大家文丛

江力 李克 主编

难忘的岁月

厉以宁 著

北京联合出版公司
Beijing United Publishing Co.,Ltd.

目 录

诗意纪事

如梦令（隔岸青山横卧） /3
长相思（早盼晴） /4
鹧鸪天（大雾漫江水气凉） /5
菩萨蛮（平堤沙岸湘江渡） /6
减字木兰花（春来缓缓） /7
南歌子（主妇争相告） /8
十六字令（春） /9
鹧鸪天（昨夜频频双举杯） /10
阮郎归（鸡鸣二遍已难眠） /11
踏莎行（截水移流） /12
苏幕遮（越丛山，穿小巷） /13
酒泉子（花瓣纷飞） /14
菩萨蛮（夜深小雪新春尽） /15
唐多令（寂寞度黄昏） /16
菩萨蛮（青春已逐年华去） /17
木兰花（几回梦醒寻儿女） /18
七绝（别来无处说相思） /19

南乡子（急电促回京） /20
浣溪沙（几见西风送晚霞） /22
七绝（何处方能觅柳条） /23
南乡子（呈纸到衙前） /24
七绝（朝朝相伴谁人栽） /25
忆江南（心何在） /26
诉衷情（郊村酒店小炉台） /27
捣练子（山水隔） /28
捣练子（三五月） /29
浣溪沙（谁见洲头白鹭飞） /30
七绝（恍然一梦醒何迟） /31
相见欢（那年暮雨霏霏） /32
采桑子（声声哀乐催人泪） /33
南歌子（坡险人烟少） /34
如梦令（送别风云雷电） /35
七律（川江栈道夕阳中） /36
长相思（五里亭） /37
念奴娇（草埋荒径） /38
减字木兰花（汉唐遗事） /40
浪淘沙（雨后绕村行） /41
木兰花（风吹积雪飘飞絮） /42
醉花阴（四十余年如梦了） /44
朝中措（一桥阅历几沧桑） /45
捣练子（青石巷） /46
调笑令（停步） /47
鹧鸪天（故事离奇又一篇） /48

朝中措（少男少女尽疯狂） /49
七绝（嘉陵秋雨漫秋池） /50
七绝（一线川江奔白帝） /51
踏莎行（戒律清规） /52
踏莎行（细雨无声） /53
秋波媚（一曲仙音破坟茔） /54
七古（少小熟背王维句） /55
长相思（山几重） /57
七绝（去去来来又一年） /58
临江仙（走走停停观景色） /59
浣溪沙（落叶满坡古道迷） /61
太常引（明几斗室小轩窗） /62
采桑子（贺兰山下沙尘起） /63
相见欢（驱车直下珠江） /64
七绝（摆渡小舟泊浅沙） /65
调笑令（姑嫂） /66
七绝（悠然回顾已忘言） /67
减字木兰花（海风拂面） /68
太常引（一心兴学悄然来） /69
七律（有缘作客访孤村） /70
南歌子（险浪身心外） /71
浣溪沙（九曲通幽似画屏） /72
相见欢（边城集镇荒丘） /73
鹧鸪天（岁暮常情话退休） /74
卜算子（风雨燕山情） /75
江城子（湟源城外起凉风） /77

七律（愁生花落莫凭栏） /78

浣溪沙（吊脚小楼河岸东） /79

七绝（一壶佳酿满楼春） /80

菩萨蛮（诗情画意门墙外） /81

夜行船（人若知心天不老） /82

洞仙歌（弟顽姐护） /83

采桑子（凉亭兄妹分开坐） /86

如梦令（渔火风轻人静） /87

七律（秋霜染得漫山红） /88

高阳台（犹记儿时） /89

踏莎行（霜降时分） /91

浪淘沙（梦里过荒丘） /92

一剪梅（绿树遮阴道道弯） /93

踏莎行（岭上行云） /94

调笑令（无路） /95

七 绝（风送驼铃总觉悲） /96

七 绝（当年若是中乡试） /97

满庭芳（风雨维新） /98

行走天下

仿佛是世外桃源

——塔斯马尼亚岛上 /103

“比英国还要英国”

——新西兰南岛的小城生活 /106

国门打开以后

——从横滨开港看明治初年日本的动向 /111

福利国家也有自己的苦恼

——在瑞典听经济学家的抱怨　/115

生活质量压倒一切

——北欧人在追求什么　/119

谁从德国农民战争中捞到了好处

——利希滕费尔斯农家做客后记　/125

海风几度送归舟

——飞越突尼斯海峡　/129

古城虽已全毁，名将长在人心

——突尼斯杰姆竞技场遗址归来　/136

他们不愿意别人提到这里最早是

流放犯人的地方

——悉尼见闻　/141

古风犹在

——在韩国水原的农村　/146

高速成长的背后

——汉江夜景随笔　/150

幕府时代的日本是不是更像中世纪的西欧

——日本京都札记　/153

王权的象征

——凡尔赛宫和波旁王朝的兴衰　/157

谁是中世纪大型建筑工程的组织者

——从科隆大教堂说起　/163

禁欲主义的历史见证

——参观法国圣米歇尔修道院　/168

中世纪城市留下了什么

——在布鲁塞尔所想到的　/173

挡不住的压力，禁不住的诱惑
——巴黎兵器博物馆观后 /179
辉煌只在回忆中
——游西班牙王陵 /183
不彻底的改革种下的恶果
——日本濑户内海的大久野岛 /188
一个历史之谜的试解
——为什么九州的诸侯和武士如此积极地参加倒幕运动 /191
工匠们有过自己的黄金时代
——斯特拉斯堡的老街区 /196
“五月花”精神
——从波士顿来到普利茅斯海边 /200
心疑重到天池路
——加拿大路易丝湖之游 /205
“上帝之城”的理念
——日内瓦的加尔文遗址 /211

岁月如歌

共同的心愿
——纪念北京大学成立九十周年 /219
难忘的岁月 /225
一代新潮接旧潮
——纪念北京大学成立一百周年 /233
决不辜负社会对我们的信任
——为北京大学光华管理学院建院而作 /240

岂是闲吟风与月，解悟人生已晚年

——厉以宁散文集序与跋 /245

文化评说

同窗才子厉以宁 /257

求学、磨难、追求 /263

厉以宁的诗意人生 /343

厉以宁散文解读 /348

经济学家和诗人的心灵感悟 /360

经邦济世 诗化人生

——记北京大学光华管理学院厉以宁教授 /372

心宽无处不桃源

——我的母亲何玉春和父亲厉以宁 /394

中国经济改革的“智囊”

——读《厉以宁改革论集》札记 /403

附录：时代、责任、创造

——厉以宁先生寄语 /413

诗意纪事

如梦令

沅陵白田头

1950年

隔岸青山横卧，
岭上密云紧锁。
夜静过江来，
不顾小船残破。
渔火，
渔火，
村外桃花朵朵。

注： 白田头村，在酉水东岸。抗日战争（后简称“抗战”）期间，雅礼中学由长沙迁至沅陵，初中部设在白田头，作者当时在此就读。

长相思

别母亲赴长沙。搭小船离沅陵赴长沙参加高考，母亲带以平弟（时年六岁）到中南门码头送行

1951 年

早盼晴，
午盼晴，
诚意盼来暮雨停，
送儿远道行。

左叮咛，
右叮咛，
今古江流有浊清，
铭心慈母情。

注： 作者当时搭乘小木船离开沅陵，顺沅江而下，随身携带一个铺盖卷、一口小箱子。小木船是湘西航运公司的，运桐油、茶油到常德去，捎带两名客人（除作者外，还有同去参加高考的蔡士德同学）。

鹧鸪天

偕蔡士德赴长沙参加高考，夜宿桃源境内

1951 年

大雾漫江水气凉，
船家熟路也迷航，
徐徐桅上风帆落，
喷喷舱中米饭香。

青豆角，热鱼汤，
油灯虽暗谊深长，
今宵泊在芦湾里，
默数潮声到梦乡。

注： 蔡士德，湖南沅陵人，是作者在雅礼中学初中部时的同学。高考发榜，作者被北京大学经济系录取，蔡士德被湖南大学统计学专业录取（后并入中南财经学院）。

菩萨蛮

别长沙

1951 年

平堤沙岸湘江渡，
娇红艳紫湘山树。
湘水自多情，
欢腾送我行。

无穷留恋意，
伴逐霞云起。
何处不逢春，
春光不待人。

注： 作者于 1951 年 8 月下旬接到北京大学经济系录取通知书，随即乘火车由长沙来北京。

减字木兰花

北河沿，春节

1952年

春来缓缓，
南下雁群归去晚。
春在邻家，
小院墙头一树花。

春情渺渺，
断断连连河畔草。
春又无踪，
昨夜风沙枝上空。

注： 作者上大学一年级时住在京城内北河沿北京大学三院宿舍，寒假在北京度过。这是作者在北京经历的第一个寒冬。

南歌子

京郊西北旺

1955年

主妇争相告，
剧团已下乡。
金山水战白娘娘，
观众上千如醉又如狂。

台下人流涌，
演员谢幕忙，
民兵无奈去清场，
捡得拖鞋整整半箩筐。

注： 1955年5—6月，北京大学经济系学生在北京郊区进行关于农业合作化的毕业实习。作者当时住在肖家河乡一位农民家中，距西北旺乡不远。

十六字令

无题

1957 年

春：

满院梨花正恼人。

寻谁去，

听雨到清晨。

注： 这是作者当时寄给女友何玉春的一封信。何玉春是作者在雅礼中学时的同学何重义之妹，自华中工学院电力系毕业后，分配在鞍山钢铁公司发电厂工作。

鹧鸪天

婚后第五日即分别，代何玉春作

1958 年

昨夜频频双举杯，
今朝默默两分飞，
新婚初解愁滋味，
咽泪炉前备早炊。

心已乱，辫低垂，
问清能否按时回，
此生渐悟民间谚，
离恨催人鬓发灰。

注： 婚后第五日，作者奔赴京西斋堂农村劳动，何玉春回辽宁鞍山工作。

阮郎归

斋堂，春耕

1958 年

鸡鸣二遍已难眠，
家家人不闲。
厩肥堆满柳林前，
驾车送下田。

修水堰，
整沟沿，
拉犁磨破肩。
今秋一准是丰年，
村民尽笑颜。

注： 1958 年作者随北京大学教职员工被下放到北京门头沟区斋堂乡劳动一年。

踏莎行

斋堂，修渠

1958 年

截水移流，
开山筑坝，
云梯铁索空中架，
百花山侧走蛟龙，
遥看龙首飞泉下。

一脉龙身，
双峰巧跨，
悠悠龙尾几分岔？
三支清水绕村流，
无边秀色谁能画？

注： 在斋堂，秋收以后，便是修渠筑坝的日子，清早出村，带上两个窝头，几片咸菜，天黑才收工回村。

苏幕遮

斋堂，文艺小分队巡回演出

1958 年

越丛山，穿小巷，
背负行装、队列多雄壮。
此去何方高处望，
白发羊倌、指路西坡上。

旧祠堂，新会场，
几盏油灯、照得全台亮。
演罢乡亲还鼓掌，
留客今宵、宿在农家炕。

注： 秋收后，作者一度被调入文艺小分队担任编写，从事快板、相声、短剧创作，跟随文艺小分队到各村巡回演出。

酒泉子

重读欧阳修《醉翁亭记》

1960 年

花瓣纷飞，
却道最香亭内。
酒留杯，
人已醉，
众扶回。

任他笑骂由他妒，
照走平日路。
自心宽，
休动怒，
坦然归。

注： 2009 年 3 月末，作者初到安徽滁州，游琅玡山醉翁亭。忆起旧日词作，即兴书写对联如下：

茶香乎花香乎泉香乎，最香来自亭内。
任人说任人忌任人骂，心宽当学醉翁。

菩萨蛮

无题

1960 年

夜深小雪新春尽，
黎明送别心难静。
怕问几时回，
明年今日归。

门前看柳信，
枝上无踪影。
寂寞小街前，
落霞照晚天。

注： 每年农历新年前，何玉春自辽宁鞍山回北京探亲，春节假日一完就启程去东北。

唐多令

无题

1960 年

寂寞度黄昏，
独居深闭门，
醒来时、好梦无痕，
影似惊鸿归又去，
分两地，怕逢春。

窗外数星辰，
花香正袭人，
小园红、难免风尘，
可惜天公无爱意，
狂雨过，落缤纷。

注： 这又是一首思念远在东北的妻子的词。

菩萨蛮

无题

1961 年

青春已逐年华去，
西风送客愁如故。
关外路迢迢，
几回渡鹊桥。

再逢河汉月，
一见终须别。
宁可暂相思，
盼来长聚时。

注： 春节尚未结束，何玉春已踏上归程。这首词是作者去火车站送行回来后填写的。

木兰花

春节，代何玉春作

1962年

几回梦醒寻儿女，
分别长年何日聚？
夜间含泪整行装，
欲定归期天不许。

一腔离恨化烟雨，
叶落随愁憔悴去，
暮云散尽又西风，
漂泊任他无所虑。

注： 春节期间，何玉春说起由辽宁鞍山请假回京探亲之艰苦。“欲定归期天不许”，是指回京探亲必须经单位批准，才能决定具体行程，然后再连夜排队购买火车票。有时因搞政治运动，单位领导拖延不批。

七绝

无题

1962年

别来无处说相思，
岂待他乡白发时？
两地年年残月夜，
梦云惊断有谁知。

注：这也是一首思念妻子的诗。

南乡子

记厉放患麻疹并发肺炎，何玉春连夜自鞍山赶回北京

1962 年

急电促回京，
仆仆风尘两地行，
未进家门先缓步，
轻轻，
小女今宵怕受惊。

淡月照中庭，
最贵人间母子情，
彻夜披衣床角坐，
天明，
再测高烧可退清。

注：厉放此时三岁半。

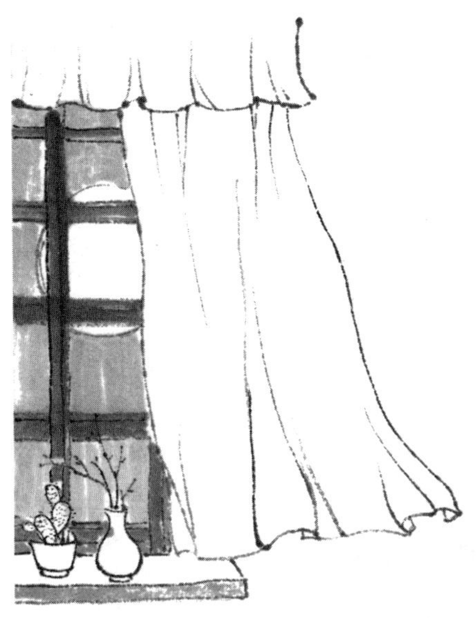

浣溪沙

无题

1962 年

几见西风送晚霞，
小园开遍一年花，
篱边人去影留家。

眼底离愁谁似我，
银宫寂寞不如她，
飞尘又满绿窗纱。

注：相思之苦，全在词中。

七绝

题白石桥

（春节后送何玉春回东北，公共汽车过白石桥，

忽忆唐朝雍陶《七绝·题情尽桥》有感）

1963年

何处方能觅柳条？
秋冬送别更心焦。
不如今后名“泪尽”，
到此离人魂断桥。

注： 雍陶《七绝·题情尽桥》如下：“从来只有情难尽，何事名为情尽桥。自此改名为折柳，任他离恨一条条。”

南乡子

七夕

1964 年

呈纸到衙前，
落地无声化作烟，
只是添愁何苦递，
名言：
厚薄亲疏孰在先？

鹊渡一年年，
月到圆时总不圆，
同向星空多少怨，
绵绵，
路隔银河用泪连。

注： 1964 年作者已有一儿一女，夫妻仍两地分居，多次打报告请求将何玉春调来北京工作，均石沉大海。

七绝

咏梅

（窗前一株梅树，与我做伴已数年）

1964 年

朝朝相伴谁人栽？
玉影傲霜独自开。
脉脉含情浑不觉，
枝头月色暗香来。

注： 这时作者仍住在北京海淀区苏公家庙 4 号，夫妻两地分居已六年有余。

忆江南

带厉放、厉伟看杂技

1965年

心何在？
早逐雀儿飞。
左右寻人从底问，
频频小手幕前挥，
久久不思归。

注： 刚从湖北江陵农村回京一个多月，又奉命到北京市朝阳区高碑店参加“四清”，行前带儿女看一次杂技表演。

诉衷情

北京朝阳区半壁店

1965 年

郊村酒店小炉台，
新路去年开。
闻得骡车铃响，
熟客过桥来。

杨柳树，
岸边栽，
一排排。
纳凉闲语，
北地南天，
好个题材。

注：1965年9月至1966年6月初，作者在北京市朝阳区参加"四清"。

捣练子

为何玉春三十岁生日作
1966年

山水隔，
两心同，
今夜叙谈尺素中，
漫漫人生方起步，
从来冬去又春风。

注：何玉春此时仍孤身一人在东北工作，两个儿女留在北京家中。

捣练子

在北大红湖“监改大院”过中秋

1968 年

三五月，
照天涯，
清水一杯代酒茶，
我止有家归不得，
儿人今日已无家。

注：关押在北大“监改大院”的教职员中，有的被抄家后又被撵出原来的住房，有的已痛失配偶或子女，有的家属被驱回原籍。

浣溪沙

车过南京，忆高中阶段往事

1969 年

谁见洲头白鹭飞？
夕阳空照断残碑，
游人争说不如归。

无景何妨寻美景，
天灰未必映心灰，
坐看明日又朝晖。

注： 作者原籍江苏仪征，出生于南京户部街，四岁时随家迁居上海。抗战胜利后，作者就读于南京金陵中学，并在此高中毕业。

七绝

在鲤鱼洲度过三十九岁生日

一九六九年

恍然一梦醒何迟，
惊觉已临不惑时。
风送落花飞似雪，
来年春在小桃枝。

注： 1969年10月下旬到达江西南昌鲤鱼洲，一个月后就是作者三十九岁生日。

相见欢

由江西回北京后与马雍、何持方晤面

1972 年

那年暮雨霏霏，
朔风吹，
道别无声应比有声悲。

赣江渡，
津浦路，
悄然归，
疑是苍天知我让春回。

注： 作者夫妇自江西回京，被分配到北京大兴县（2001 年改为大兴区）劳动。又隔了半年，到 1972 年初，才由大兴县返回北大。

采桑子

北京一月街景
1976年

声声哀乐催人泪，
处处灵堂，
处处花墙，
一夜京城换素妆。

音容虽已天边去，
留下忧伤，
留下彷徨，
预感风来雨更狂。

注：记述周恩来总理逝世时的情景。

南歌子

元旦有感

1979年

坡险人烟少，
沟深草木稀，
路标令我暗生疑，
遇阻绕行见否小山溪？

乐曲应重谱，
文章再破题，
有心攀上最高梯，
此去何方一览尽无遗。

注： 中国共产党第十一届三中全会刚结束，作者决心投入改革的探索与研究。

如梦令

杭州

1979 年

送别风云雷电，
盼到阳光初现，
红杏报新春，
指日百花争艳。
争艳，
争艳，
小巷飞来旧燕。

注： 1979 年 3—4 月，作者到杭州参加《政治经济学辞典》（外国经济思想史部分）审稿会议。

七律

乘火车由陕西入川

1981 年

川江栈道夕阳中，
遥记当年战火红。
野草丛生掩白骨，
鸦群起落缀晴空。
进兵巫峡三分始，
偷渡阴平蜀汉终。
多少人间艰险事，
造完时势造英雄。

注： 1981 年春，作者赴四川成都参加中华外国经济学说研究会首届年会。

长相思

四川乐山道中

1981 年

五里亭，
十里亭，
夹道垂杨黄雀鸣，
蜀乡山水情。

新人行，
旧人行，
大佛无言心内明，
常年带笑迎。

注：这是作者夫妇自峨眉山到乐山，在大佛像前所作。

念奴娇

西安郊外路过阿房宫遗址

一九八一年

草埋荒径，
听几声蛙鸣，
惊碎沉寂。
一代皇宫名胜地，
不见断垣残壁。
回首当时，
楼台初建，
遍野哀鸿泣。
铜驼脚下，
层层骸骨堆积。

最是历史无情，
星移物换，
大浪淘沙急。
千亩粮田春色好，
旧景何须寻觅？
堪笑游人，
伤心怀古，
为此空悲切。
历朝治乱，
谁来从底温习？

注：应西安交通大学、陕西师范大学邀请，作者夫妇自成都赴西安讲学。

减字木兰花

山东蓬莱

1981 年

汉唐遗事，
海上仙山何处是？
雾满楼边，
只见波涛那见天？

欢娱恨少，
代代君王求不老。
尊卑同归，
死后照常化作灰。

注： 1981 年 8 月，作者应中国人民银行总行之邀，赴山东烟台参加关于建立中央银行体制的学术研讨会。会议期间，到蓬莱一游。

浪淘沙

过吴家花园有感

1982 年

雨后绕村行，
云散天晴，
蝉声一片伴蛙鸣，
父老争夸年景好，
笑脸相迎。

何事意难平？
谁识民情？
是非正误已分明，
回首庐山长叹息，
定了输赢。

注： 作者当时住在北京大学蔚秀园宿舍。吴家花园在蔚秀园以西不远，1959 年庐山会议后，彭德怀同志居住于此。

木兰花

济南郊区所见

1982 年

风吹积雪飘飞絮，
石道难行无歇处，
农民挑担那边来，
活鸭活鸡声呥呥。

满头汗水流如雨，
一路几曾闻怨语，
乡间困守已多年，
大好时机从未遇。

注： 1982 年冬，作者应山东大学之邀，到济南讲学。这首词写于济南。

醉花阴

上海，路过母校南洋模范中学

1983年

四十余年如梦了，
当日方年少。
有幸又归来，
校舍依然，墙外林荫道。

难忘师长勤开导，
律己须乘早：
“一夜朔风狂，
积雪街前，莫待邻家扫。”

注： 作者小学毕业后考入上海南洋模范中学，1941—1942年在此就读。

朝中措

河北赵州桥

1984 年

一桥阅历几沧桑，
旭日又斜阳。
世道维艰目睹，
雨晴迎送炎凉。

民间嫁娶，
书生应试，
权贵回乡。
苦辣酸甜谁晓，
凭栏过客彷徨。

注：1984 年 6 月作者去石家庄讲学，游览了隋代修建的赵州桥。

捣练子

三十七年后回仪征
1984 年

青石巷，
旧城池，
记得当年离去时。
浪迹归来谁识我，
新楼墙外老槐枝。

注： 作者 1947 年春季回过一次仪征，至 1984 年已三十七年。

调笑令

仪征城南

1984 年

停步，

停步，

回忆儿时住处。

巷边茉莉香飘，

穿过竹林下桥。

桥下，

桥下，

柳影丝丝倒挂。

注： 作者家的老宅位于仪征城南大市口附近的崔妃巷。1984 年时，老宅均已拆掉，崔妃巷也不存在了。

鹧鸪天

丹麦欧登塞市安徒生故居

1985年

故事离奇又一篇，
少儿围坐壁炉前，
妖魔化作轻烟去，
仙女飘来人世间。

云接地，海连天，
草场帆影意绵绵，
画图勾起童年梦，
仿佛重回祖母边。

注：作者的祖母席氏生于1884年，1958年病故。作者是她的长孙，最受疼爱。1985年，作者率中国国际交流协会代表团访问北欧四国（芬兰、瑞典、挪威、丹麦），这首词写于丹麦欧登塞市。

朝中措

"文化大革命"结束十年祭
1986 年

少男少女尽疯狂，
仿佛中魔方。
城内焚烧古籍，
乡村打砸祠堂。

十年浩劫，
一场噩梦，
半世凄凉。
口说青春无悔，
夜深泪落千行。

注："文化大革命"十年浩劫（1966 年 5 月至 1976 年 10 月），年轻人生得太晚，不了解当年的苦难。

七绝

重庆夜雨

1986 年

嘉陵秋雨漫秋池，
岸下篷舟摆渡时。
隔水传来圆舞曲，
几人会唱竹枝词？

注：竹枝词，一名竹枝，原是流行于重庆和三峡一带的古代民歌。

七绝

别重庆

1986 年

一线川江奔白帝，
无边楚雨过瞿塘。
巴人欲解山城秀，
走出夔门望故乡。

注： 作者 1986 年 11 月下旬由成都到达重庆，再由重庆回北京。

踏莎行

于北京大学图书馆整理文稿

1987 年

戒律清规，
闲人流语，
随风吹过身边去。
藏书楼里作忙人，
楼高那管花飞絮。

不计浮华，
但求警句，
愿将心血其中聚。
清清流水出深山，
须经沙石千回滤。

注： 当时作者正在北京大学图书馆内整理手稿《非均衡的中国经济》（此书于 1991 年由经济日报出版社出版，1998 年由广东经济出版社再版）。

踏莎行

登崂山

1987 年

细雨无声，
山茶开早，
娇姿媚态千般巧。
人间不用护花神，
春山处处是芳草。

大道无形，
何愁天老，
和风定有朝阳照。
急流日夜洗河滩，
沉沙新积知多少。

注：1987 年作者应青岛大学之邀前去讲学，在这期间两次游崂山。

秋波媚

听交响乐《梁祝》

1987 年

一曲仙音破坟茔，
雨过见新晴。
彩虹如练，
花丛似锦，
日暖风轻。

今生难以成连理，
化蝶续前情。
双飞双舞，
相依相伴，
春意常青。

注：交响乐《梁祝》是作者最喜欢的乐曲之一。

七古

游桃花源

1988 年

少小熟背王维句，
有幸曾在桃源住，
只住县城未上山，
不知洞口在何处？
今日进山却茫然，
亭阁楼台古树间，
虽有桃花夹溪岸，
溪小水浅怎撑船？
沿溪探寻未见洞，
纵见小洞仅狭缝，
洞中难有天外天，
更无遗民辟家园。

归来恍然有所悟，
陶公遗篇如迷雾，
武陵未必有仙山，
灵境不在凡尘路。
桃花流水一年年，
月儿残缺月又圆，
细雨斜风燕来去，
心宽无处不桃源。

注：“心宽无处不桃源”是作者经常用来赠给友人的题词。

长相思

偕何玉春在故乡仪征小住几日

1989 年

山几重，
水几重，
北雁南飞秋又冬，
始终归意浓。

桃花丛，
杏花丛，
故里花开分外红，
乡情明月中。

注：距 1984 年回仪征，转眼已是五年。

七 绝

又到长沙，住容园

1989 年

去去来来又一年，
草衰叶落小楼前。
春光不把容园恋，
听罢秋声听雨眠。

注： 1989 年秋末，作者去湖南进行环境保护状况的调研，住在长沙容园。

临江仙

河北丰宁

1990 年

走走停停观景色，
清溪融雪流沙。
方圆十里两三家，
村民迎远客，
鲜奶沏红茶。

坝上不知南北向，
芳草连接天涯，
牛羊肥壮众人夸，
回头坡下望，
荞麦正开花。

注： 1990 年 7 月，作者应河北省承德地区专员公署邀请，就山区农村发展问题到丰宁考察。

浣溪沙

六十自述

1990 年

落叶满坡古道迷，
山风萧瑟暗云底，
马儿探路未停蹄。

几度险情终不悔，
一番求索志难移，
此身甘愿作人梯。

注： 这时，作者提出的股份制改革的主张，正遭到一些人的批判。

太常引

无题

1990 年

明几斗室小轩窗，
盆菊一枝黄。
灯下写文章，
备觉是清秋夜长。

前人功过，
史书难信，
掷笔起彷徨。
惊起鹊飞翔，
早冲出重重院墙。

注：这是作者六十岁生日时所写的另一首词。

采桑子

宁夏银川小口子，有一寺院，既供佛祖，又是道教名观

1991 年

贺兰山下沙尘起，
日出东风，
日落西风，
袅袅青烟夕照红。

世间哲理从无界，
佛在心中，
道在心中，
律己助人两教同。

注： 1991 年夏，作者应兰州铁路局银川分局的邀请，由呼和浩特到银川，做有关铁路改革的学术报告。

相见欢

在广东佛山、顺德、中山过春节

1992年

驱车直下珠江，
细思量，
何故这边常绿那边黄？

创业绩，
人尽力，
任飞翔，
难怪这厢温暖那厢凉！

注： 1992年2月，作者在广东听到有关邓小平同志视察南方的消息，填了这首词。

七绝

沅陵乌宿

1992 年

摆渡小舟泊浅沙，
石街两侧旧人家。
依稀犹记当年路，
只是油桐落尽花。

注：作者在沅陵念初中，春假时来过乌宿（1944 年），至此已经四十八年。2005 年，作者夫妇和家人在此捐建了一所九年制寄宿学校（宗琳学校）。

调笑令

以湘妹陪我和何玉春参观宝山钢铁公司

1992 年

姑嫂，
姑嫂，
话匣一开难了。
十年形影相随，
何日双双展眉？
眉展，
眉展，
共赋春江水暖。

注： 作者的二妹厉以湘，二十世纪六十年代前期毕业后分配到鞍山钢铁公司轧钢厂任技术员，当时何玉春单身一人在鞍山钢铁公司发电厂任技术员，姑嫂二人同住一间集体宿舍，直到 1970 年底何玉春调往江西鲤鱼洲农场才分开。改革开放后，厉以湘调到上海宝山钢铁公司工作。

七绝

结婚三十五周年，于广东阳江

1993年

悠然回顾已忘言，
聚少离多总是缘，
风雨同舟应共济。
浪花翻滚笑当年。

减字木兰花

结婚三十六周年，在海南三亚
1994 年

海风拂面，
往事如烟飘已远。
回忆心伤，
今日犹疑在梦乡。

是真非梦，
眼见亭边枝叶动。
琼岛新城，
携手天涯听浪声。

注： 此时厉放在澳大利亚莫纳石大学攻读博士学位，厉伟在深圳工作。

太常引

记与尹衍樑先生讨论筹建北京大学光华管理学院事宜

1994 年

一心兴学悄然来，
细语抒胸怀。
忽见笑容开，
意何在教人费猜。

“红楼旧影，
未名新曲，
桃李满园栽。
携手育英才，
岂不是悠哉快哉？”

注：尹衍樑博士，山东日照人，为捐资建立北京大学光华管理学院一事来北京讨论。1994 年 9 月 14 日，北京大学工商管理学院更名为北京大学光华管理学院，尹先生任董事长，作者任院长（1994—2005）。2005 年以后作者任名誉院长。

七律

旧金山乡间

1994 年

有缘作客访孤村，
空屋无人不闭门。
又见月来花弄影，
那堪夜尽梦留痕。
倚风转眼云成雾，
带醉遥看树渐昏。
野渡一篙杨柳岸，
深秋十月水犹温。

注： 1994 年秋末冬初，作者夫妇应邀去美国讲学，在旧金山逗留两周。

南歌子

四十九年后重访九江

1995 年

险浪身心外，
宏图巧手中。
千帆顶上过长虹，
车似流星南北送春风。

初到方年少，
重来花甲逢。
老街旧巷已无踪，
唯有浔阳楼下夕阳红。

注： 1946 年春，即抗战胜利后不久，作者乘船经过九江到南京读高中，距 1995 年已四十九年了。

浣溪沙

武夷山

1996 年

九曲通幽似画屏，
远山有影却无形，
浮云淡淡水盈盈。

滩下漩涡流更急，
竹排起伏又斜倾，
几人自若几人惊。

注： 作者在武夷山主持中国环境与发展国际合作委员会环境经济专家组会议。

相见欢

为《转型发展理论》一书出版而作
1996 年

边城集镇荒丘，
大山沟，
多半见闻来自广交游。

下乡怨，
下海恋，
下岗忧，
了解民情不在小洋楼。

注：作者所著《转型发展理论》一书由同心出版社于 1996 年出版。

鹧鸪天

为何玉春退休作
1997 年

岁暮常情话退休，
心怀豁达不须愁。
缠身公务多羁绊，
去职还家又自由。

潇洒过，再无求，
画图练字正悠悠。
往年空说山川好，
从此天涯结伴游。

卜算子

北京大学百年校庆与老同学相聚

1998年

风雨燕山情，
烈日鄱阳道，
今夜相逢话短长，
不觉江湖老。

雾里白花黄，
井底青天小，
历尽艰难路渐宽，
心静春来早。

注： 北京大学成立于1898年，至1998年已经一百年。作者从1951年考入北京大学学习，毕业后留校工作，至1998年也已四十七年了。

江城子

青海湖

2000 年

湟源城外起凉风，
望晴空，见归鸿，
人字排行、飞越雪山峰。
车逐羊群湖畔去，
芳草地，绿葱葱。

悠然身在牧乡中，
岭上松，野花丛。
朵朵浮云、蓝水映苍穹。
品味藏家青稞酒，
三盏过，醉颜红。

注： 2000 年 7 月末至 8 月初，作者率中国环境与发展国际合作委员会环境经济专家组赴青海湖考察。

七律

为学生们撰写的《厉以宁诗词解读》一书出版而作

2000 年

愁生花落莫凭栏，
无怨无求守杏坛。
明月缺圆应记得，
雨云消散自心宽。
少年岂敢文人梦，
老去更知韵律难。
笑领盛情终有愧，
只当借此释悲欢。

注： 为纪念作者七十岁生日，学生们编辑并撰写了《厉以宁诗词解读》一书，由北京大学出版社于 2000 年出版。参加编辑、注释和撰稿的学生是：彭松建、朱善利、武亚军、于鸿君、陆昊、姚敏良、洪小源、江明华、黄湘平、熊维平、王咏梅、何志毅、张一弛、刘力、章铮、鲍寿柏、罗知颂、刘天申、李庆云、刘伟、李其、梁鸿飞。

浣溪沙

湖南凤凰

2002 年

吊脚小楼河岸东，
鲇鱼豆腐味浓浓，
猕猴桃绿辣椒红。

古寨古城呈古貌，
新人新事出新风，
苗家情韵对歌中。

注： 作者虽然少年时在湘西生活、学习、工作过几年，但这是第一次来到凤凰县城。

七绝

湖南吉首，赠友人

2002 年

一壶佳酿满楼春，
小饮益人也醉人。
纵使微醺君莫笑，
文思缕缕出红尘。

菩萨蛮

在英国剑桥会见学习经济学的中国留学生

2003 年

诗情画意门墙外，
家乡细事心中在。
流水带烟来，
新人新树栽。

不辞书案苦，
涉水寻新路。
深浅纵难明，
莫忘国内情。

注： 2003 年 10 月下旬作者夫妇应剑桥大学邀请，前往英国讲学。

夜行船

日月潭

2003 年

人若知心天不老，
斜阳里、山色秋草。
岭下深潭，
烟波无际，
只叹鱼肥舟小。

回首当时风雨急，
恩和怨、尚存多少？
往事悠悠，
血浓于水，
两岸此情难了。

注： 2003 年 11 月下旬，应台湾大学邀请，作者率北京大学光华管理学院代表团赴宝岛台湾访问，11 月 26 日游览了日月潭。

洞仙歌

为厉放四十五岁、厉伟四十岁而作

2003年

弟顽姐护，
幼时情难表，
陋巷危房度年少。
浪中游、不问前站遥遥，
惊回首，
往事如今缥缈。

南国花未谢，
碧海青山，
云下烟波接芳草。

暮雨正潇潇，
桥跨罗湖，
秋凉去、香江春早。
课子女，
日夜识辛劳，
念父母当初，
掌灯严教。

注： 2003 年 11 月 29 日，作者夫妇由高雄飞抵香港（厉放家住此地）。11 月 30 日，厉伟一家也自深圳到达香港，全家共庆厉放四十五岁、厉伟四十岁生日。

采桑子

记厉澳、厉莎在蓬莱阁上

2004 年

凉亭兄妹分开坐，
争吵为何？
赌气为何？
微露腮边小酒窝。

蓬莱阁上宜观景，
海不扬波，
心不扬波，
且把风声当俚歌。

注： 蓬莱阁上有一块木匾，上书“海不扬波”四字。此时厉澳八岁半、厉莎五岁半。

如梦令

夜游橘子洲头南端

2005 年

渔火风轻人静，
飘叶水波桥影，
别后梦长沙，
今晚涛声细听。
神韵，
神韵，
缈缈带离尘境。

注： 作者感叹道：“今已七十五岁，重游少年时的故地，心情大不相同。”

七律

从教五十周年暨七十五岁生日自叙

2005 年

秋霜染得漫山红，
看叶登高叠叠峰。
昔日荒沙连大漠，
今朝道畔尽花丛。
多年劳累非虚掷，
往事堪思一笑中。
鬓白不为闲话扰，
加鞭纵马对西风。

注：2005 年 12 月 3 日，北京大学光华管理学院为作者从教五十周年暨七十五岁生日举行庆祝会。

高阳台

为何玉春七十岁作

2006 年

犹记儿时，
随歌起舞，
一双小辫低垂。
家住山城，
朝朝石道斜晖。
校园芳草年年绿，
雨伴风，
花落花飞。
最难忘，
红色樱桃，
紫色杨梅。

孤身塞外空床冷，
纵循环四季，
总怕春归。
世事艰辛，
也曾几度心灰。
冰河盼到消融日，
下鄱阳，
破了愁围。
到如今，
绕膝娇孙，
能不舒眉？

注：何玉春生于1936年12月，2006年年末整七十岁。

踏莎行

整理诗词选集稿

2007 年

霜降时分，
菊残季节，
追思少小家乡别。
不知此刻夜已深，
卷帘窗下看明月。

改改删删，
篇篇页页，
暮年诗兴犹难绝。
四更梦醒再推敲，
短长句句皆心血。

注： 与商务印书馆约定，《厉以宁诗词选集》于 2007 年年末交稿。为此，每日凌晨整理诗词稿。

浪淘沙

七十七岁生日

2007 年

梦里过荒丘，
寒意飕飕，
醒来小院却温柔。
不是阶前花未谢，
心正无忧。

人世似江流，
好景悠悠，
此行何必再寻舟。
遥望波涛东逝去，
方到中游。

注： 回顾这七十七年，作者将其一生分为三个阶段：第一阶段，1930—1956 年；第二阶段，1957—1977 年；第三阶段，1978—现在。

一剪梅

结婚四十九年，代何玉春作

2007 年

绿树遮阴道道弯，
过了山峦，
还是山峦。
从来一路不孤单，
雨水潺潺，
溪水潺潺。

跋涉多年未觉寒，
公事虽难，
家事更难。
小姑妯娌总相安，
穷也心宽，
累也心宽。

注：作者为长兄，下面有弟弟五人，妹妹四人。

踏莎行

贵州毕节拱垅坪落花溪

2008 年

岭上行云，
崖边瀑布，
溪流环绕青青树。
落花遍地悄无声，
是谁踏出弯弯路？

久雨初晴，
黄昏欲暮，
农家木屋留君住。
秋虫一夜扰人眠，
醒来不解藏何处。

注： 毕节拱垅坪落花溪为国家自然保护区。作者夫妇在毕节参加第二届全国贫困地区发展论坛后，到此考察。

调笑令

巴黎枫丹白露

2008年

无路，
无路，
帝国辉煌何处？
连夜雨湿宫墙，
又见落花满塘。
塘满，
塘满，
可惜醒来太晚。

注：枫丹白露位于巴黎东南，从12世纪起用作法国国王狩猎的行宫。

七　绝

埃及开罗金字塔前

2008年

风送驼铃总觉悲，
当年筑墓几人归？
黄沙依旧遮荒野，
不解人间事已非。

注： 2008年11月，作者夫妇应埃及中国文化中心之邀，赴埃及讲学。

七　绝

安徽全椒吴敬梓纪念馆

2009 年

当年若是中乡试，
怎有名篇传世人？
得失一生难预料，
至今外史映儒门。

注：吴敬梓的《儒林外史》是中国古典小说之佳作。

满庭芳

为北京大学一百一十周年校庆而作
2008 年

风雨维新，
激流五四，
红楼岁月留痕。
八年烽火，
跋涉到边村。
百载弦歌未绝，
传科学、民主精神。
怀先烈，
神州大地，
何处祭英魂？

新人！

追往昔，

心中暗誓，

济世经纶。

定勤读寒窗，

迎送星辰。

朝夕湖光塔影，

离毕业、几度冬春。

争相勉，

兴亡重任，

我辈主乾坤。

行走天下

仿佛是世外桃源

——塔斯马尼亚岛上

我们是从墨尔本乘飞机到塔斯马尼亚州首府霍巴特去的。在澳大利亚的中国留学生说："塔斯马尼亚岛可是个好地方，只有旅游者才到那里去，我们来澳大利亚几年了，还没有去过哪！"塔斯马尼亚州同维多利亚州隔着一条巴斯海峡，有二百多公里宽，全岛面积大概是六万七千平方公里，相当于我国台湾、海南两岛面积之和。

塔斯马尼亚最早也是英国流放犯人的地方。当年从英国押送到澳大利亚来的犯人前后累计有十几万人，其中将近一半安置在塔斯马尼亚。岛上有山，有湖，有清溪，有瀑布，有森林，有良港，还有一些带有十九世纪英国维多利亚王朝建筑风格的房屋和街道的市镇。在英国人来到以前很久，大约是十七世纪四十年代，荷兰人就已到达这里。据说是荷兰的一位名叫塔斯曼的船长发现这块宝地的，所以塔斯马尼亚岛东面的大海，现在名为塔斯曼海，塔斯马尼亚岛也因这位船长而得名。英国人占领塔斯马尼亚岛并把它当作犯人流放地，则是十八世纪末期到十九世纪中期的事情。

从有关塔斯马尼亚的历史书籍上看到，在殖民者来到以前，原先住在岛上的居民同澳大利亚本土上的原居民似乎不是同一个种族。澳大利亚本土的原居民可能是一万年或两万年前来自南亚，而塔斯马尼亚岛上的原居民可能是几千年前来自太平洋上的岛屿，他们后来被英国人称作塔斯马尼亚人。塔斯马尼亚人的命运是悲惨的，他们遭到围歼，被大批屠杀。少数人向白人投降，总算逃过了杀害，但塔斯马尼亚人还是躲不过白人带到岛上来的疾病的侵袭而陆续死去。最后一个塔斯马尼亚人，是在1876年死去的。从此，我们只有在霍巴特的博物馆中看到所复制的他们的模样，以及他们当初的生活方式。

首府霍巴特是塔斯马尼亚岛南部的一个港口城市，历史悠久，但规模不大。飞机从墨尔本机场起飞，越过海峡，穿越全岛时，只见碧绿的群山丛林，其间有湖泊和草地。面积达六万七千平方公里的全岛，至今仍只有几十万人。在霍巴特市区，同样是人少，车也少。市内虽然绿荫如画，街道整洁，还有些古色古香，但收入较高的家庭，嫌这里太冷清、太寂寞，每逢周末，要乘飞机到悉尼或墨尔本去度假和购物。而周末从悉尼或墨尔本来塔斯马尼亚的游客，也不爱住在单调的霍巴特市区，而是到岛中部的山里面去享受大自然的美景。在塔斯马尼亚大学，我们遇到了几个中国留学生。他们见到我们，非常高兴，他们都是自费来这里上学的，他们还说，大学对中国留学生很热情，图书馆藏书丰富，教授的水平也不差，只是这里太安静了，有点像修道院。

尽管有人不喜欢过于安静的霍巴特，但塔斯马尼亚大学一位研究生态学的教授却告诉我们，要研究生态学，最好来塔斯马尼亚，这里不仅生态状况好、物种多，而且这里的居民环境意识浓厚，甚至价值观念也不同于悉尼或墨尔本。比如说，岛上有些湖里有鱼，游客可以来钓鱼，但钓鱼只是一种休闲活动而不是为了把鱼拿回去。钓到的大一点的鱼都得再放回水里，否则就得受处罚。这就是价值观念不同的反映。也许外来的人会说:你们过得太不自在了，有必要定这一套清规戒律吗？但塔斯马尼亚岛上的居民却不这么看。他们认为，如果说以前若干代人不够理智，以致破坏了生态，那么本代人作为理智的一代，应当多为后代人着想，这既是本代人的责任，也是本代人超越前代人的表现。

霍巴特的市民另有自己值得骄傲之处。谁要说霍巴特在澳大利亚的城市里太不显眼了，他们会说：我们这座城市的历史比墨尔本、阿得雷德、布里斯班、堪培拉都悠久，只比悉尼晚一点。谁要说霍巴特像是一个小渔港，他们会说：在这里品尝海鲜，要超过澳大利亚任何城市。这里的鱼和龙虾是如此新鲜，还真的是刚刚捕捞上来的！

我们就要离开霍巴特去新西兰了。飞机在茫茫的塔斯曼海上空穿云破雾。回首望望霍巴特，望望塔斯马尼亚岛，我想问一问同机的游客，你们说，这块世外桃源能像现在这样再保持一个世纪吗？

1983年10月

（选自《山景总须横侧看：厉以宁散文集》，北京大学出版社，2003年版）

“比英国还要英国”

——新西兰南岛的小城生活

飞机从澳大利亚塔斯马尼亚州首府霍巴特起飞，笔直往东，穿越塔斯曼海，用不了三个小时就到了新西兰南岛的克赖斯特彻奇。到达新西兰南岛上空时，从飞机上的窗口往下望，只见座座雪山，在阳光照耀下分外娇丽。难怪同行的友人说：跟瑞士境内的阿尔卑斯山有什么区别？简直是一个模样！这话一点不错，不然地图上怎会把新西兰南岛的这片雪山称作南阿尔卑斯山。

新西兰主要由南北两岛构成。面积，南岛大；人口，北岛多；风景，南岛好；经济，北岛发达。新西兰是一个移民国家，移民主要来自英国。如果要说“英国味”，新西兰要远远超过澳大利亚，而把新西兰的南岛和北岛相比，可以说，南岛的“英国味”浓于“北岛”。南岛有两个“大城市”：一是克赖斯特彻奇，有二十多万居民；一是位于它南部三百公里的达尼丁，人口有十多万。这两个城市在新西兰可算是大城市了，因为新西兰全国人口才三百多万，三分之二住在北岛。可是按国际标准来看，只能列入中小城市一类。南岛还有一些人口在几千人到一两万人的小城镇，它们稀疏地分布在面积达十五万平方公里的南岛上。

在克赖斯特彻奇，我们住在一位退休的新西兰机械工程师家中。他们夫妇两人住在郊区一座小山坡上，住在自家的别墅里。孩子都大了，外出成家了，老两口在这里过着平静的生活。令我们感到吃惊的是，他们家里居然没有电视机。他们说，电视有什么好看的，买了也没有人看。到了晚上，老太太弹钢琴，老先生坐在沙发上，灯下阅读一部经典小说。我们到达的第二天，正逢星期日，他们老两口是基督徒，一早就驾着汽车，邀我们一起上附近的小教堂去做礼拜。祷告时，唱赞美诗时，他们是那样虔诚；礼拜仪式结束，在教堂门口与老友们话别时，他们又是那样的安详。下午，他们和可能也退休了的一些朋友，在郊外的一个公园里举行茶话会，欢迎我们这些来自中国的友人。每家带着水果、面包和自己做的菜，就摆在草地上，大家席地而坐，一起欢聚谈笑，不顾近处年轻情侣们在清溪边低声细语，也不顾较远处孩子们在草地上追逐打闹。就这样，我们度过了美好的一天。

来到新西兰之前，有人告诉我们：新西兰“比英国还要英国”。这是因为，新西兰的英国移民，很多是十九世纪或二十世纪初来的。他们把维多利亚时代的英国风俗习惯和生活方式都带来了。英国本土在第二次世界大战结束后的几十年内变化很大，而新西兰在这些年内的变化要小得多。所以到了新西兰，尤其是到了南岛的小城，仿佛回到了维多利亚时代的英国一样。这不仅仅反映于城镇风貌、建筑型式、街道气氛方面，而且反映于人们的生活方式、家庭观念、礼貌和谈吐等方面。移民社会，真是一个有趣的研究课题。

这里的英国移民后代津津乐道的，是维多利亚女王临朝六十多年的美好岁月。尽管那个时代早已过去，但在移民家庭中，怎

么也抹不掉历史的痕迹。人是需要有回忆的，没有可回忆的事情，人生会变得枯燥乏味；没有可回忆的交往，经历会变得何等孤单。但是，回忆有时也使人们保守，使那种不求变革和安于现状的思想表现得比较充分，甚至还会对新事物抱着将信将疑的态度。如果一个人老是说："我爷爷就是这么生活的，我爸爸也是这么生活的,我还有必要改变吗？"那么这个人就不可能是一个讲实际的人，而肯定是一个落后于时代的人。如果一个人老是在回忆中。甚至在长辈的回忆中过日子，留恋自己年幼时经历过的，甚至是长辈们年幼时经历过的岁月，那么这种回忆就会变成一种幻觉、一种伤感、一种无可奈何的嗟叹。得到的是空虚，失去的却是未来。

维多利亚时代的英国只不过是昔日的辉煌。实际上，只有两种人最喜欢在对昔日辉煌的回忆中寻找安慰：一是维多利亚时代英国社会的既得利益集团；一是早已习惯了维多利亚时代那种宁静生活，而不适应进入二十世纪后半期以来太快的生活节奏和过于紧张的生活的普通人。我们在新西兰南岛上遇到的这些善良的友人，显然属于上述第二类人之列。他们的前辈移居到新西兰南岛来，多半不是当时英国既得利益集团中的一分子。即使他们的祖先中有人隶属于这一集团，自从来到新西兰后，隔了这么多年，他们并不想保持自己的既得利益，保持自己的特殊身份、爵号、社会地位，他们也不是因为在社会变动中自己的利益受到了很大损失而留恋过去，他们都是些普普通通的英国移民的后代。唯一引起他们对一个世纪以前的日子有所怀念的，只是看不惯现实，总觉得这也不如过去，那也不如过去。他们感到世界变得太快了。

世界总是要变革的。从社会的角度来看，持久不变，就是停滞；

长期停滞，就是落伍、毁灭。主要是看朝哪个方向变，不变是不可能的。守成、安于现状、维持原来的一切，只是一些人的愿望，但阻挡不了变革之风。从家庭生活的角度看，有了汽车，为什么不买不坐？买了私家汽车，谁还愿意购一辆马车作为家庭交通工具，每天还要扫马粪，给马喂饲料？想要坐马车，在旅游点坐一坐，多少有些怀旧的味道，但买私家汽车却是无法遏制的。

超市、快餐店、信用卡、彩电、家用电脑、高速公路，所有这些，不管你喜欢不喜欢，反正社会上有人喜欢，这就行了。人人都有选择权；有选择，世界就多样化了。

告别了在克赖斯特彻奇接待我们的这对老夫妇，我们要赶到机场，乘飞机前往北岛的惠灵顿。那是新西兰的首都，有三十多万人口，比克赖斯特彻奇大。在惠灵顿机场，正碰上一个来自美国的旅游团，刚下飞机，几乎都是年轻人，他们准备去南岛的雪山滑雪。岛外的新风尚，就这样每日每夜通过世界各地的游客，特别是美国旅客，带进了新西兰南岛。“比英国还要英国”的日子还能保持多久？

1983 年 10 月

（选自《山景总须横侧看：厉以宁散文集》，北京大学出版社，2003 年版）

国门打开以后

——从横滨开港看明治初年日本的动向

从东京到横滨，路程不远，走高速公路，一个多小时就到了。横滨位于东京湾西侧，是一座海港城市。那一天，晴空无云，远处依稀可见终年覆盖白雪的富士山峰。横滨近郊有一些住宅区。在东京上班的人，有的家就住在横滨，每天坐火车往返于东京、横滨。

横滨的华侨很多。有一条中华街，有中国式的牌坊、中国字招牌、中文招贴画，还上演中国戏。中国各地风味的餐馆都聚集在中华街上，有川菜馆、鲁菜馆、粤菜馆、淮扬菜馆等。日本友人特地请我们到这里进午餐，吃北京烤鸭。这里有点像纽约或旧金山的唐人街，但美国的唐人街似乎广东味、福建味更浓些，而这里的中华街却听不到那么多的广东和福建口音。

中学时代从地理书上就知道，横滨是十九世纪中期日本最早开放的通商口岸之一，是明治维新以后从小渔村迅速发展起来的大城市。但横滨究竟是怎样成长起来的，却不清楚。后来，书读多了，对日本的经济和历史也逐渐有所了解。

德川幕府时代，日本实行的是锁国政策。1840年中英鸦片战争爆发，中国战败，割地赔款并开放港口通商。日本离中国这么近，日本各界很快知道了这件事。幕府当然受到很大的震动，但幕府的基本对策却是两条：一是继续锁国，并不因此而改变已经实行了二百多年的闭关自守的政策；二是多少得有些防备，如果外国侵略者也攻打日本的话，那该怎么办？幕府财政困难，不可能花较多的钱来加强海防，便把海防的责任和防务费用主要落在沿海各地诸侯的身上。

1853 年 7 月，美国舰队的四艘军舰在海军准将佩里率领下驶进东京湾的浦贺港，要求幕府接受美国总统的书信，同意缔结日美通商条约。幕府提出美国军舰须开入长崎才进行谈判。佩里拒绝，并以武力作威胁。幕府担心事态扩大，终于接受信件。佩里声称次年春天听取日本的答复。1854 年 2 月，佩里率十艘军舰进入东京湾，在神奈川港停泊，提出最后通牒。3 月，幕府接受美方要求，开放下田、函馆两个港口，为美国船只提供粮食、淡水、煤炭等；美国在日本可以设立领事馆，享有最惠国待遇。在佩里等人的推荐下，纽约商人哈里斯出任首任美国驻日本的总领事。幕府为了保有自己的尊严，不许哈里斯驻在江户（东京），而让美国把总领事馆设在下田港。不管怎样，日本的国门被打开了，从此结束了闭关锁国二百多年的局面。不久，英国、俄国、荷兰等国以美国为先例，也同日本政府订立了类似的条约。

美国并不以此为满足，1858 年，美国利用武力威胁，又同日本签订了通商条约。条约规定：日本开放函馆、神奈川（横滨）、长崎、新潟、兵库（神户）这五个港口通商，允许美国人在江户和大阪居住经商，承认美国在日本的领事裁判权。条约还规定：日本货物出口税率定为 5%，美国向日本输入的商品的进口税率为 5%～35%。紧接着，荷兰、俄国、英国、法国也先后同日本缔结了类似的条约。但西方列强还不满足已经取得的特权，继续向幕府施压，要求驻兵保护侨民，要求把进口税率一律改为5%，等等。

在这种形势下，日本国内各种不满幕府统治、力图改革的力量联合起来了，倒幕运动的声势不断扩大。到1868年，终于废除了幕府体制，成立了新的中央政府，进行改革。这就是日本的明治维新。

日本国门被打开以后，明治维新的动作是相当大的，步子也相当快。从明治元年（1868）到明治六年（1873）这六年间，日本把诸侯领地归还给中央，设置府县；实行国家银行制度，在国家监督下可以由私人投资创办有纸币发行权的银行；废除土地买卖的禁令，承认土地私有权和买卖自由，并颁布土地执照。政府还颁令实行征兵制，废除过去只有武士才具有军人身份的特权。日本的面貌迅速发生变化。也许变化得过快，以至于一度出现捣毁寺庙佛塔、废佛毁释的风潮。朝野上下普遍存在着崇洋、恐洋的情绪，尽管这些倾向后来有所纠正。

横滨在日本开港以后的改革进程中起了重要作用。日本的第一条铁路，东京到横滨的铁路，是明治五年（1872）通车的。其实，当初日美条约上日本通商的口岸之一是神奈川，而不是横滨，因为横滨那时只是一个小渔村，只有几十户人家。幕府末期，关于神奈川开港的地点问题，在幕府内部就有过激烈的争论，一派认为，神奈川是一个海湾，距东京太近，如果开港了，就会直接影响东京。既然条约上讲明了神奈川开港，能拖即拖，不必着急，实在不能拖了，也以距离东京越远越好。另一派则认为，开港对于日本的发展是有利的，距东京近，应当被看成是一个优点，而不是弊病。既然要在神奈川湾开港，不如选一个港阔水深、最适合建港的地点，于是就选择了小渔村横滨。争论结果，后一派获胜，这也就决定了横滨的命运。幕府决定在横滨开港，但当时没有码头，外国商船停在港外，要把货物先卸在驳船上，再回到岸边。明治维新以后，填海、筑堤、修码头、建街道，逐渐形成了大港、大城市的格局。

今天，当我们行走在横滨繁华的市区和郊区时，很难想象一百多年前这里还是一片沼泽地，芦苇丛生，荒凉不堪。从横滨迅速发展起来的历史，可以得到一个有益的启示：即使在幕府末期，一旦幕府中的有识之士认识到唯有开港，唯有同西方通商，吸收西方的文化技术，才能使日本免于像同时代的中国清朝那样遭到更多的侵略，他们就会以比一般人所想象的更快的速度来加快开放的步伐。幕府末期是这样，明治维新以后更是这样。这也许就是当时日本不同于中国之处。

世界上最可怕的事情是：明知自己落后了，偏偏不承认自己落后，硬要装出一副不但不落后，而且比谁都先进的样子，既欺人，更自欺。机会就这样一次又一次地丢掉了。参观横滨，回想起一百多年来的历史，我禁不住写下了这点感想。

1984 年 9 月

（选自《山景总须横侧看：厉以宁散文集》，北京大学出版社，2003 年版）

福利国家也有自己的苦恼

——在瑞典听经济学家的抱怨

瑞典是一个幸运的国家。自从1814年同丹麦打了一仗并取得胜利，把挪威从丹麦统治之下划归瑞典之后，就再也没有卷入战争了。尽管1905年挪威脱离瑞典而独立，但挪威独立是以和平方式解决的。两次世界大战时，瑞典都宣布中立，而且确实维持了中立，而不像某些宣布中立的西欧国家照样被纳粹德国军队占领那样。

瑞典很早就以福利政策而著称于世。瑞典人常说，瑞典作为各国乐于称道的福利国家的历史，要早于英国。英国的主要社会福利政策和有关社会福利的法律，是二十世纪四十年代后期才开始实施的，而瑞典的主要社会福利政策和有关社会福利的法律，则于二十世纪三十年代内已开始实施，这同瑞典社会民主党在1932年到1976年连续执政四十四年之久有直接的关系。此后，有时是保守党执政，有时是保守党与其他政党联合执政，有时仍是社会民主党执政。执政党的更替并没有改变二十世纪三十年代以来瑞典一贯推行的社会福利政策。这种情况倒是同英国很相似。英国的主要社会福利政策由二十世纪四十年代后期英国工党执政时开始实施，尽管后来英国保守党和英国工党轮流执政，但谁都没有对已经实行的社会福利制度做实质性的变更。

我们到瑞典访问的内容之一是对瑞典的社会福利制度进行考察。同行的胡亚美同志是著名的儿科专家，她当然对瑞典的这一制度特别感兴趣。在斯德哥尔摩、卡尔斯塔德、森纳，我们曾到医院、老年福利院、残疾儿童福利院、节能居民村参观，也参加过瑞典外交部和各界友好人士为我们举行的招待会、座谈会。优美的自然风光、洁净的环境、舒适的居民生活、完善的社会福利措施，这些都使我感受到，瑞典人民的生活福利是令人羡慕的。

按人均 GDP 来说，瑞典在世界上位居前列，称得上是一个富国。以国家财政收入占 GDP 的比例来说，瑞典又是一个财政力量雄厚的国家。瑞典能够有这样完善的社会福利措施，是同国家的财力分不开的。然而，在我同斯德哥尔摩大学的经济学家交谈时，我所听到的，除了对如此完善、如此替国民着想的社会福利制度的赞扬外，还有另一种声音：对这种社会福利制度的抱怨。

难道仅仅是瑞典的经济学家有抱怨吗？我想肯定不是。政府官员也会有抱怨，但他们不便说。瑞典的一般职工家庭可能同样有些抱怨，只是抱怨程度不等而已，但他们不一定把心里话说出来。经济学家是直爽的，有话直说，还加上一些经济理论的分析，使之顺理成章。这也许是经济学家的一种职业习惯吧！

在瑞典的一些经济学家看来，庞大的政府福利支出仿佛变成了一个无底洞，再多的经济资源也填满不了它。这副担子太沉重了，而且这副担子一挑上肩，要想卸下来，却是非常困难的。所以，他们抱怨说“福利国家”的负担已经变成了压在瑞典身上的沉重包袱，世界上再富的国家也承担不了，何况瑞典呢？

问题还不止于此。他们认为，从效率的角度看，由于失业津贴的存在使一些失业者不急于找工作，从而延长了失业时间；由于原来在市场上迫使人们提高工作效率的机制的作用受到了限制，瑞典成了一个低效率的国家。用我们中国已经习惯了的用语来说，这就是，在福利国家中，干多干少一个样，干和不干无区别，对“福利”的依赖使得“吃大锅饭”的思想滋长起来了。

瑞典的经济学家还指出，福利国家看起来很公平，人人都可以得到各种补助，享受各种优惠，实际上却不公平。比如说，一个人退休前的工资越高，年老时得到的养老金越多，而一个低工资的人辛苦了一辈子，退休时也只能领取较少的养老金；又如，生孩子越多，每个子女上学的时间越长，家庭得到的国家补助越多，相反的，一个人终身未婚，或一对夫妇没有子女，他们当然就没有孩子上学，于是也就享受不到国家给予的各种优待，包括女方和男方都享有的产假（男方称照顾假）、产妇津贴、婴儿和幼儿津贴、教育补助等等。再如，一个人休假越多，一个家庭外出旅行的次数越多，从交通运输方面得到国家的津贴补助越多；反之，一个人工作狂热，不休假，也不外出旅行，他在这方面便什么津贴也享受不到。这些难道算公平吗？

他的这番议论，引起了我的兴趣。我说：“你即使子女少些，休假少些，外出旅行的次数少些，只不过是少享受些政府的津贴而已，你自己并没有什么损失啊。”他不以为然，接着说：“怎么会没有损失？所有这些津贴、补助，不都来自税收吗？我作为一个纳税人，每年缴纳的各种各样的税，够重了。”这是事实。福利国家的福利设施是很花钱的，筹集这些巨额款项虽然不完全依靠税收，一部分还依赖国债之类的收入，但税收负担仍相当沉重。个人所得税税率和累进税率过高，使人们工作的积极性受到了抑制。这就是经济学中所说的“工作与闲暇的替代性”。如果个人所得税率高得使加班工作的人感觉到自己几乎是在“白干”，那么多半不愿加班加点。斯德哥尔摩大学的教授很少有人愿意到外面去讲课，这主要不是因为他们个人的工资收入比较高，而是因为累进的个人所得税率太高，他所得到的追加收入扣税之后将所剩无几，他为什么要外出讲课呢？

经济学家同政治家是不一样的。政治家考虑的是政治形势，是政治格局的变化和政党应当采取的对策。所以不管瑞典哪一个政党，在竞选时从不对社会福利制度产生的低效率和有失公平的事实发表只言片语，尽管在被选为执政党之后有可能对社会福利方面的个别措施做些小步的调整。经济学家则不同。瑞典的一些经济学家在抱怨福利国家所引发的新问题（如财政压力过大，纳税人负担过重，效率下降，企业竞争力削弱）时，主要是从纯经济的角度来进行分析的，学术味道可能浓一些，对现实政治的了解可能少一些，所发表的言论可能刺耳一些，这也没有办法，经济学家总归是经济学家。

经济学家的沉默，是知识界的不幸，也是国家的巨大损失。而政治家的话太多，缺少含蓄，毫无保留，过于直截了当，则是社会的不幸，因为这可能引起某些阶层和某些社会群体的不安，导致社会矛盾的激化，甚至还会引起邻国的不安，导致国际冲突的加剧。这同样是国家的巨大损失。

一个社会，既需要政治家，也需要经济学家，二者缺一不可。

1985 年 4 月

（选自《山景总须横侧看：厉以宁散文集》，北京大学出版社，2003 年版）

生活质量压倒一切

——北欧人在追求什么

我们用了一个多月的时间连续走访了芬兰、瑞典、挪威、丹麦四个北欧国家。除了四国的首都以外，我们在这四个国家，还到了一些较小的城市和小镇，到了农村、林区、港湾，我们在普通居民家中住过，同主人一同进餐，我们还轮流下过厨房，做了中国菜、中国汤招待主人。我们接触了各种各样的人，上至议长、部长、省长、市长，下至一般职工、教师、医生、农民、退休老人和大、中、小学生，了解到许多从书本报刊上了解不到的东西。北欧之行的最后一站是丹麦的欧登塞市，那是安徒生的故乡，是保留了工业化以前丹麦社区原貌的旅游地。我们住在乡间一所农业学校的宿舍里，四周是田野，空旷开阔。快离开北欧了，临行前，我在想：北欧人在追求什么？市场经济制度早已建立，并且正在有效地运行，福利国家的目标已经达到，人们的生老病死都有保障，议会民主制度也在正常运转，每个北欧人都可以自由表达意见，可以批评政府官员，可以把选票投给自己所中意的候选人。他们还追求什么？

在同北欧人交谈过程中，发现他们常常挂在嘴边的一个名词叫作生活质量。这个名词大概是二十世纪七十年代以后流行开来的。按照经济学的解释，生活质量不但有自然方面的内容（环境污染的消除，生活环境的改善等），而且有社会方面的内容。社会方面的内容不仅包括社会文化服务的方便、社会治安状况的好转，还包括老年人的生活安定和精神愉快。如果社会上一些老年人过着孤独的、寂寞的、无人照料的生活，那么无论平均每人国民收入有多高，也不能认为达到了高生活质量水平。此外，闲暇的增加也被看成是社会方面的生活质量提高的一个方面。货币可以储存，时间却没有办法储存，因此人们必定越来越珍视时间。要使人们不仅享有尽可能多的自由支配时间，而且能有效地和合理地支配越来越长的闲暇，从而感到生活是丰富多彩的、富有乐趣的。既然这些都是生活质量的内容，所以它们也是福利是否增长的标志。

北欧人对实物消费的支出和对劳务消费的支出有自己的看法。以我们在挪威所住的那户人家为例，主人是工薪阶层的一员、一个中等收入者，热衷于挪中友好，住在奥斯陆郊外一个安静的小区内。三层楼的住宅，汽车是中档的，家用电器是老式的，家里的摆设一般，从实物消费的角度来看，似乎没有什么特点。但劳务消费支出却不少，包括旅行、教育、保健、医疗、文化、体育、书报等形式的消费。从劳务消费支出的增加可以看出，他们的消费需求已经逐渐由较低层次向较高层次过渡，劳务消费支出在消费支出中所占的比重在上升，而且从发展趋势看，这种上升是不可避免的。在这里，还应当提到一点：我们所接触到的北欧人，一般都爱学习，有人还把学习作为一种享受，因为可以从中取得知识和得到求知欲望的满足，而且这也是尽量享用闲暇的一种方式。在丹麦欧登塞市的农业职业学校里，一位教师认为，用于学习支出的费用是劳务消费支出的一部分，学习支出是提高生活质量的一个方面。

在芬兰，我们结识了一位女权主义者。她虽然也谈一些如何提高生活质量的问题，但更为关心的似乎是妇女的社会地位的提高和妇女摆脱家务劳动问题，并且认为这才是当前提高生活质量的核心。在一般的书籍里，所说的家务劳动是指居民为日常生活需要而在家庭中付出的脑力和体力劳动的总和，这是通过家庭内部加工和自我服务的劳务来实现的。家庭内部加工主要是指居民对购自市场的商品先进行加工，才使之进入消费过程；不通过这种加工，原来的商品无法进入消费。洗菜、炒菜、淘米、做饭就是一例。家务劳动中自我服务的劳务，包括洗衣、打扫等。家务劳动一直被认为是妇女的职责，女权主义者显然是不同意类似的看法的。按照女权主义者的观点：由谁来进行家务劳动？难道仅仅是家庭主妇吗？有些家庭可以雇仆人，但即使雇了仆人，对仆人也需要管理，这仍然是一种家务劳动，仍然落在主妇的身上。说得更明确些，对仆人是要付工资的，而家庭主妇替代仆人从事这一切家务劳动，却不领取分文工资。这难道合理吗？能不能让男主人也分担一部分家务劳动呢？在芬兰这位女权主义者看来，这固然比只由家庭主妇一个人来承担要公平些，但从另一个角度看，岂不是一个家里有两个不领工资的仆人了？这就涉及劳务消费支出和提高生活质量问题了。被认为理想的解决方式是加快发展社会服务业。比如说，洗衣店多一些，既方便，又降低收费，不就可以代替由主妇操作和保养的洗衣机吗？保洁公司多一些，不就可以代替家庭用的清洁设备吗？从商店里能买到可口的食品，不就可以代替家庭的烹饪吗？

这样一来，家务劳动将由自我服务变成由社会提供服务。以家用吸尘器代替手工打扫，不如由保洁公司派人来打扫并收费；以家用洗衣机代替手工洗衣，不如由洗衣店派人上门收衣服去洗，并定时送回。这才真正减轻主妇（或男女双方）的家务劳动，才能使主妇真正从繁琐的事务中脱身而成为消费的享受者，使家庭生活成为一种乐趣。要说提高生活质量，难道这不是社会努力的一个方面吗？

生活质量压倒一切，北欧人追求的正是不断提高的生活质量。在同北欧国家一般居民家庭接触的过程中，我们的体会是：在社会主义条件下，照理说应当比资本主义条件下更有理由关心人，关心人们生活水平的提高，关心生活质量的上升。社会主义条件下，应当使人们的福利达到新的水平，但为什么我们这么多年从来没有认真思考过这些问题呢？

我们曾经经历过这样一个时代，那时让工人违背操作规程，冒着生命危险去干本来可以采取安全措施从事的劳动，可能就是“以革命的名义”下达命令的。夫妇多年分居两地，这一不合乎人情的事情也在“革命”的名义下被某些领导人视为当然，迟迟不考虑如何解决。对普通的劳动者，鼓励的是生活上的克制再克制。禁欲主义成为一种美德。起码的生活标准变成了不可逾越的界限，变成了普通劳动者必须遵守的道德规范。

我们曾经经历过这样一个时代，照理说，人是社会生活的主人，然而实际上，工作者却被领导者视为私有。你虽有才能，但不合领导人的意，那就刁难你，抑制你，埋没你。你很难跳出他的手心。你想换一个更适当的、更能发挥个人才能，从而能给社会做出较大贡献的工作岗位吗？你被认为违背了“人民的利益”，你简直把“个人利益”置于“革命利益”之上了。不管上级是正确的还是错误的，你应当成为一个“听话”的工具。对上级向你布置的一切，你只得服从、盲信。如果忘掉了你只不过是一个“听话”的工具，你不想盲目服从，你想有所创造、有所作为，那么你就会被斥责为“叛逆”“异端”，至少是一个“极端个人主义者”。

社会主义是优越的，但践踏社会主义的人，由于惯用革命的口号替自己身上涂上一层圣油，于是本来是封建的东西却变成了“社会主义的”。向普通劳动者宣传禁欲和生活上一再克制的人，总是那么理直气壮、振振有词；以“革命”的名义大肆挥霍国家财产的人，总是那么心安理得，处之泰然。你们吃苦，是为了“人民的利益”；他恣意享受，也是为了“人民的利益”。为了把现实生活中曾经存在过的这些说成是合理的，“愚民政策”显然不可缺少。

值得庆幸的是，在中国，这一切已经过去了。中年以上的中国人，谁也忘不了“文革”的历史。的确，决不应当忘记过去。往事作为一面镜子，可以从中得到有益的启示，更可以引起人们的深思。

1985 年 5 月

（选自《山景总须横侧看：厉以宁散文集》，北京大学出版社，2003 年版）

谁从德国农民战争中捞到了好处

——利希滕费尔斯农家做客后记

黄昏时分，我们从柏林乘火车南下，夜间到达拜罗依特市，转乘汽车来到利希滕费尔斯。利希滕费尔斯是德国南部一个不知名的小城镇。由于我们想去科堡这个古城堡参观，就在利希滕费尔斯乡间一个农家旅店住下了。

在这个农家小旅店住下的第二天，正逢店主人拉普先生的五十岁生日。他邀请旅店的住客和附近的农民共进晚餐，住在这家小旅店里的客人，除了一对美国年轻情侣而外，就只有我们几个中国人了。而附近的农民却来得不少，家家都是男女老少一起来的。他们穿着当地的古老服装，仿佛回到几百年前一样。菜肴非常丰盛，每人四分之一只烧鹅、两个大土豆团子、一大盘生菜、一公升瓶装的啤酒、一大杯牛奶、一大盅冰激凌，还有农家自己烤的硬壳面包。我们饭量有限，每人吃了一半还不到，而那些来做客的农民，包括一些老太太，把面前的那一份菜全吃下去了。吃完饭，就在屋子前边的广场上，升起篝火，男男女女，老老少少，围了一个圆圈，拉起手来，又唱又跳。主人邀我们参加，我们不会跳，也都跟着转圈子。直到半夜，农民们才一一开着小汽车告别而去。第二天上午我们起来后，那对美国年轻情侣已经走了。

我们向主人告别，驱车前往班贝格和纽伦堡。德国农民如此纯朴、热情，使我们久久难忘。

利希滕费尔斯北面是图林根，西面是维尔茨堡，都是十六世纪德国农民战争的激战区域。我想，凡是读过威廉·戚美尔曼的名著《伟大的德国农民战争》的人，可能都会记得，书里的描述是何等生动。四百多年前，这里的农奴生活凄苦，他们受尽了压榨和凌辱，在这种情形下，农奴揭竿而起。而在起义被残酷镇压下去之后，在那些血雨腥风的日子里，家破人亡，尸横遍野，这里简直是连地狱都不如的世界。但这都是四百多年以前的事情了，在今天的德国南部，哪里还有那一段悲惨历史的痕迹呢？

历史就是历史。历史已经铭刻在无形的史柱上，一代又一代传下去。只要人们想了解过去，轻轻地拂去史柱上面的灰尘就行了。

四百多年前，德国的乡村经济相当落后，城市的市场是狭小的。封建割据状态依然如故。除了七个有选帝资格的诸侯而外，境内还存在十多个大诸侯、二百多个小诸侯，至于独立的帝国骑士则有上千个。诸侯、骑士和城市之间，有时结盟，有时互相征战，争夺地盘。各地关卡林立，货币有一千多种。

十六世纪初年，开始了宗教改革运动。德国大多数城市信奉新教，拥护宗教改革的传教士在南方各城市任职和居住。受尽压迫的农奴从宗教改革中感觉到新的希望的出现，似乎参加了宗教改革运动，就可以既反对贵族的统治，又反对教会的腐败与专横。这样，同宗教改革运动密切结合的、规模空前的农民战争遍及德国大部分地区。

农民战争持续了三年（1524—1526），最后被诸侯的联军镇压了下去。但教会的势力由于受到农民军的打击而削弱，罗马教廷在德国的影响力缩小了，一些寺院和教堂被捣毁，世俗诸侯乘机又侵吞了教会财产，城市的经济发展也受到阻碍。以往，在诸侯纷争的政治环境中，城市在夹缝中生存下来并得以发展。农民起义被镇压后，贵族力量强大了，城市想进一步摆脱封建主控制的愿望也就落空了。

那么，究竟是谁从德国农民战争中捞到了最大的好处呢？众多诸侯们虽然捞到了好处，但还不是最大的获利者。捞到最大好处的是最强大的诸侯，即日后的德国统一者——普鲁士。

十六世纪德国农民战争结束后，十七世纪内，德国境内基本上形成了新教诸侯和旧教诸侯两个阵营，势力相当。七个选帝侯中，有四个信奉旧教，三个信奉新教。新教以萨克森、黑森、勃兰登堡为中心，旧教则统治南部、东南部和莱茵河中下游地区。两派都有国外的支持者。这样，从 1618 年到 1648 年发生了“三十年战争”。

勃兰登堡侯是德国境内七个选帝侯之一，是新教的信奉者。在 1524—1526 年德国农民战争期间，乘南部诸侯忙于应付农民起义之际，勃兰登堡侯着力于增强自己的实力。“三十年战争”前期，战争在德国西南部和东南部进行，新旧两教诸侯的势力都削弱了，而勃兰登堡虽属于新教阵营，但实力未受多大损失，境内也不是主战场，它实际上成了“三十年战争”中的最大获利者。在发生“三十年战争”的 1618 年，勃兰登堡得到了普鲁士；“三十年战争”结束时，又占有东波美拉尼亚、马格德堡大主教区。这时，易北河以东的大片土地，直到莱茵河下游都在霍亨索伦家族统治之下。

1701 年，勃兰登堡选帝侯腓特烈三世改称普鲁士国王腓特烈一世（1701—1713）。普鲁士王国第二代国王腓特烈·威廉一世（1713—1740），大力扩张军队，加强中央集权统治。

第三代国王腓特烈二世（1740—1786）统治时期，侵占了西里西亚，在同俄、奥共同瓜分波兰后获得了西普鲁士。普鲁士不仅确立了王权，而且成为军事强国，拥有一支二十万人的强大军队。

勃兰登堡侯国正是在德国境内其他诸侯的力量不断削弱的情况下壮大起来的。普鲁士王国正是在战胜和吞并其他诸侯的基础上，最终联合各邦成为统一的德意志帝国的。在这个漫长的历史进程中，十六世纪的德国农民战争竟然为以后德国政治格局的变化、德国的统一做了准备。勃兰登堡侯国领地本来是德国境内经济最落后的地区，又处于偏远的德国东北部，远离经济比较发达的莱茵河和多瑙河流域。要不是宗教改革运动、农民起义和“三十年战争”这些事件的发生，十九世纪后期统一的强大德意志帝国会以普鲁士王国为核心而形成吗？历史的发展往往有令人难以预料之处。从这里可以找到又一个证明。

1989 年 3 月

（选自《山景总须横侧看：厉以宁散文集》，北京大学出版社，2003 年版）

海风几度送归舟

——飞越突尼斯海峡

从公元前七世纪到公元前二世纪，西地中海有两个并立的奴隶制强国，一是迦太基，一是罗马。非常有趣的是，迦太基是一个贵族共和国，罗马当时正处于共和时代，也是一个贵族共和国。罗马共和国的首都是罗马城，迦太基共和国的首都是迦太基城，位于今天突尼斯共和国的首都突尼斯附近。我们刚好访问了意大利，从罗马乘飞机前往突尼斯。这也可以算是一次探寻罗马和迦太基古迹的旅行，尽管二千一百多年前迦太基已被罗马灭掉。

突尼斯同意大利西西里岛之间隔着一条突尼斯海峡。从地理位置上说，这条海峡把地中海分为东西两部分。法国、西班牙、英国、德国和北欧的船只，在好望角被发现之前，要到东方去，都得通过突尼斯海峡；而希腊、埃及、近东的船只，也只有通过突尼斯海峡，才能到达西欧和北欧。突尼斯海峡既是商业要道，无疑也是兵家必争之地。我们从空中飞越突尼斯海峡时，一面望见北非大陆，一面看到西西里岛。这一天，天朗气清，万里无云，从机上的窗口朝下看，来往的船只像无数的小白点散落在蓝色的大海中。海面如此平静，谁能想到二千多年前，罗马和迦太基的舰队曾在这里展开过多次激烈的海战。

迦太基城是居住在今天叙利亚、黎巴嫩一带的腓尼基人所建的。腓尼基人有若干个城邦，但从未形成一个统一的国家。他们善于造船、航海和经商，也掠夺人口，当作奴隶贩卖。他们不仅活跃于塞浦路斯、希腊和意大利，而且到过西班牙，还穿过直布罗陀海峡，到了摩洛哥的大西洋沿岸。在今天的突尼斯境内，腓尼基人建立了迦太基城，这大概是公元前九世纪的事情。而腓尼基人自己的各个城邦，总想争一个霸主地位，相互攻战，力量都削弱了，而周边的国家一个个相继兴起，都想侵占腓尼基人的土地。公元前八世纪左右，腓尼基城邦终于被周边的国家兼并，一部分腓尼基人逃到迦太基。据说迦太基建国是在公元前 613 年左右。由于突尼斯一带土地肥沃，物产丰富，来自腓尼基的移民又善于经营，所以迦太基很快就成为一个强国。从公元前 558 年起，迦太基除了拥有北非突尼斯一带的领土外，版图还扩大到西西里岛、撒丁岛、科西嘉岛、马耳他岛和西班牙沿海，成为西地中海的霸主。而罗马这时还处于王政时代。罗马王国统治的地域有限，只占有意大利半岛的中部。公元前 510 年，罗马废除了王政，接着建立了罗马共和国,并着手逐步征服意大利半岛。公元前三世纪，罗马共和国统一了意大利半岛之后，罗马和迦太基先是结盟关系，以便共同对付希腊各城邦。但随着罗马共和国越来越强盛，两国争雄的战争便不可避免。

当迦太基独自称霸于西地中海并占据着大半个西西里岛时，突尼斯海峡是安宁的，来来往往的都是商船。这些商船装载着西班牙开采到的矿石，北非的粮食、肉类、橄榄油和水果，近东的纺织品和工艺品，以及从各地掠夺来的奴隶，进出迦太基港口。

迦太基商人是富裕的，正因为他们有钱，所以他们供养得起一支相当强大的陆军和海军，陆军主要由雇佣兵组成，船舰上的桨手则是奴隶和囚犯。迦太基城很繁荣，街道纵横，熙熙攘攘，据说当时城内的居民有好几十万人。有坚固的城墙，有众多的神殿，有群众集会用的市内广场，还有宽畅舒适的公共浴室。在迦太基的上流社会，盛行的是希腊的服饰。他们把近东的经商传统和希腊的生活方式融合在一起了。商人乘船外出的次数多，在外面逗留的时间长，妇女们闲在家中，比珠宝，比香水，比头饰，比服装，富家生活之奢侈超过了当时地中海沿岸的任何一个城市。

西地中海容纳不下两个都想争霸的奴隶制国家，罗马更容忍不了大半个西西里还被迦太基所占据。罗马对于迦太基，既出于嫉妒，也出于仇恨。嫉妒的产生，源自迦太基比罗马富有，迦太基人比罗马人善于经商、善于敛财。仇恨的发萌，则始于迦太基敢于劫掠、击沉或焚毁在西地中海所发现的非迦太基的商船，当然也包括罗马的商船在内，这就等于断了罗马的财路，罗马人认为这简直是海盗的行径，罗马同迦太基之间长达一百二十年的战争就这样开始了。罗马把迦太基称作布匿，这个字是由腓尼基语演变而来的，所以这场战争又叫布匿战争。这一百二十年内，前后进行了三次布匿战争。

挑起战争有时需要有说服力的理由，有时什么理由也不需要，只要随便找一个借口就行。罗马人找到了借口。借口是：西西里岛东部，距离意大利半岛最近，那里未被迦太基人占领，而是由希腊移民在这里建立了一些城邦。公元前 264 年，离意大利半岛最近的一个城邦墨西拿发生了雇佣军的骚乱，希腊移民被杀，于是位于墨西拿以南的另一个希腊人城邦锡拉库萨派兵去墨西拿平叛，迦太基乘机也从西西里岛西部出兵，先行攻占了墨西拿。作乱的雇佣军心有不甘，便求援于罗马，罗马一看，夺取西西里岛的机会终于来了，同迦太基交战终于有理由了。就在这一年爆发了第一次布匿战争。战争打了二十三年，从公元前 264 年打到公元前 241 年。论国力，迦太基强于罗马。罗马元老院知道战争前双方力量的对比和获胜的不易，便动员罗马市民出钱出力，大造船舰，并且发明了钩锚和移动跳板，以便靠近敌船，跳上船去展开白刃战。近战使迦太基的海上优势不再存在，只好同罗马人讲和，除赔款外，还割让西西里岛给罗马。西西里岛上原有的希腊移民的城邦也一并落入罗马共和国统治之下。接着，罗马又乘机夺取了迦太基占领的撒丁岛和科西嘉岛。在西地中海，至此形成了罗马和迦太基平分秋色的格局。

第一次布匿战争结束以后的和平时期是短暂的。这并非意外，两个都想称霸于西地中海的奴隶制国家，谁愿意别人同自己分享独占贸易的利益呢？只相隔了二十年多一点，第二次布匿战争又起，起因在于争夺西班牙。在这以前，西班牙本来就已经是迦太基的殖民地，而罗马在这段时间内也竭力向西北扩张，占领了南高卢，也就是今天法国的南部。迦太基企图由西班牙北进，罗马人则企图由南高卢南下，冲突越来越激烈。战争终于在公元前 218 年爆发。

记得在中学读书时就听老师讲过汉尼拔和西庇阿这两位名将的故事。时隔几十年了，至今记忆犹新。汉尼拔是迦太基军的统帅，将门之子，当时才二十八岁，率军由西班牙进入南高卢，突破罗马的防线，自北向南，以少胜多，大败罗马军队，直逼罗马城，罗马共和国危在旦夕。迦太基军队所到之处，把俘获的罗马人都变为奴隶，用枷锁锁上。这一下激起了罗马人的恐慌，成年男子全部从军，投入战斗。这不仅是一场捍卫国家主权的战斗，也是保护自己免受杀害或沦为奴隶的战斗，罗马人终于挡住了迦太基军队的继续进攻。

第二次布匿战争的转折点在西班牙战场上。罗马名将西庇阿，也出于将门，他的父亲和叔叔，作为罗马军队的指挥官，都战死在战场上。西庇阿受命统领西班牙战场上的罗马军队时，才二十四岁。他在西班牙节节获胜，截断了汉尼拔的补给线。西庇阿自西班牙回到罗马，当选为执政官，决定派军队渡过突尼斯海峡，直接攻打迦太基城。这一年是公元前205年，距汉尼拔率军越过阿尔卑斯山攻打罗马城已经十三年了。迦太基兵士长久在外，久攻罗马不下，产生了强烈的厌战情绪。而在西庇阿的进攻下，迦太基告急，迦太基元老院只得急忙调回汉尼拔。由于经过西班牙的归路已断，迦太基军队只得乘船返回迦太基。汉尼拔下令处死不服从军令、不愿乘船回迦太基的士兵，以振军威。汉尼拔匆匆回国，率军在迦太基城附近同罗马军队决战，不幸大败，只得于公元前201年向罗马求和。这是一份使迦太基受辱的和约：赔款，西班牙划归罗马，迦太基只准保留十艘战舰。和约还规定，迦太基今后在未取得罗马同意之前不得进行对外战争。从此，西地中海霸权尽落在罗马人手中。汉尼拔退出政界，归隐乡间。

和约的签订使迦太基蒙受耻辱，但迦太基共和国继续存在。迦太基丧失了西班牙，但还保留了北非。迦太基的战舰只限于十艘，但商船队仍在，海上贸易仍照常进行，商人仍可致富。罗马从这时起，转而致力于恢复遭破坏的国内经济和准备征服希腊半岛。随后的几十年间，罗马和迦太基之间基本上没有大的冲突，因为迦太基既然不再成为罗马的竞争对手，罗马的注意力就转移到东地中海，一心要征服巴尔干半岛，征服马其顿和希腊，征服近东和埃及。

我们从罗马乘飞机到突尼斯，不到两个小时的航程。飞过突尼斯海峡不久，就进入突尼斯湾上空，飞机徐徐降落在突尼斯机场。历尽沧桑，现在的突尼斯市是一座漂亮的旅游城市，白色的建筑物，宽阔的林荫道，海滩上处处是从欧洲来度假的游人，各种游艇、舢板停在港湾里，或航行在海上，远看白帆片片，海风轻轻拂过。突尼斯市的社会治安状况良好，阿拉伯古老的鞭刑至今还被用来对付那些有偷窃行为的犯人。谁能想到在这个阿拉伯国家中实行的是一夫一妻制？谁又能想到这里还推行计划生育政策？每对夫妇只能生两个孩子？如果要生第三胎，那就不能再享受政府给予的各种福利措施，包括不能租住廉价公房，不能领取抚养子女和子女受教育的津贴等。当陪伴我们的突尼斯友人告诉这些实际情况的时候，开始时我们有些吃惊，后来也就理解了，因为突尼斯是非洲最富裕的国家之一，同时是国民教育程度最高的国家之一，也是受西欧文化影响最大的国家之一。

迦太基早已成为一个历史名词。迦太基亡了，罗马也亡了，日耳曼民族在这里建立的汪达尔王国存在了近一百年（公元439—公元534），又被拜占庭帝国灭掉。到了公元698年，阿拉伯人进入突尼斯，赶走了拜占庭势力，从此这里成了阿拉伯世界的一部分。

突尼斯海峡，涛声依旧，海风如故，除个别战争年代外，商船照常往来，商人从未停止过寻找致富的机会，直到今天也如此。

1994 年 10 月

（选自《山景总须横侧看：厉以宁散文集》，北京大学出版社，2003 年版）

古城虽已全毁，名将长在人心

——突尼斯杰姆竞技场遗址归来

我们从突尼斯市乘汽车南行，先到达突尼斯中部的海港城市斯法克斯。这是突尼斯的第二大城市，仅次于首都。斯法克斯附近盛产磷酸盐，这也是突尼斯的重要出口商品，主要从这里外运，港口有铁路直通矿区。如果说突尼斯市有较多的迦太基遗迹的话，那么在斯法克斯北部不远的杰姆城，古罗马的遗迹仍保存得比较好。在从斯法克斯去突尼斯另一城市苏塞的途中，我们专门绕道到杰姆的古罗马竞技场遗址参观。

杰姆的竞技场，从规模上看，不如意大利罗马市内的竞技场，但建筑形式和风格是一样的。当时，竞技场中的竞技，十分残忍，人与人斗，人与猛兽斗，血腥的场面竟使看台上的观众欣喜若狂，真是不可思议。杰姆的竞技场是在罗马灭掉迦太基之后修建的，专供罗马的官员、贵族和公民玩乐。至于迦太基人，这时或者早已被杀害了，或者早就沦为奴隶。他们的后代也可能被迫在竞技场上参加角斗，死于非命。

迦太基的亡国，从某种意义上说，是咎由自取。公元前201年第二次布匿战争结束后，罗马的注意力东移了。迦太基尽管割地赔款，军力大减，但商业往来同以前相差不大，国内经济遭受的破坏还没有意大利半岛那么严重，因为第二次布匿战争多年的主战场在意大利境内。只要迦太基能够汲取教训，未尝不可以保持国家的独立。然而事实并非如此。

迦太基名义上仍是共和国，实际上多年来一直实行豪门贵族们把持着元老院议席的寡头政治。元老院由选举产生的议员们组成，选举是公开的行贿场合，不是巨富根本选不上。迦太基城内，照常歌舞升平，宴乐如初，国家的前途没有人操心。汉尼拔这时已经退隐在家，但仍关心时局，忧国忧民。一些人希望他再度掌权，以拯救国家于危难之中。汉尼拔终于出山了，担任了执政官，并着手严惩贪污，追缴赃款。这一下就捅了马蜂窝，迦太基的豪门贵族把东山再起的汉尼拔视为眼中钉，决心除掉汉尼拔。那么，怎样才能除掉他呢？豪门贵族便向罗马告密，说汉尼拔阴谋发动反罗马的战争。曾经同汉尼拔交战多年的罗马执政官西庇阿，了解汉尼拔的为人，认为这种事不可信，况且证据也不足。但罗马元老院不这么看，他们认为汉尼拔留在迦太基，迟早是个威胁，不如乘迦太基元老院告发汉尼拔之际，让他们把汉尼拔押解到罗马来。汉尼拔获悉消息后连夜出走，公元前 195 年逃到叙利亚。罗马人击败叙利亚后，汉尼拔又辗转逃亡于克里特、小亚细亚等地。汉尼拔在外流亡了十二年，最终在小亚细亚服毒自尽，这一年大约是公元前 183 年，汉尼拔已是六十多岁的老人。西庇阿在这以前就已退休，在汉尼拔去世后几个月也去世了。

汉尼拔死了，迦太基的豪门贵族大大松了一口气。是罗马人帮他们除掉这个眼中钉的，他们照样贿赂公行，贪婪成性。迦太基的富户们照样竞赛奢侈，寻欢作乐。迦太基的商人擅长经营、唯利是图、不讲信用，以至于当时国外流行着一句“迦太基人的信用”，意思是说迦太基人只顾赚钱，不讲信用。而在使用奴隶、剥削奴隶、虐待奴隶方面，迦太基人丝毫不比罗马人逊色。至于迦太基的防务，迦太基人不愿当兵，他们把防务交给了外族雇佣军。这些雇佣军是从四面八方招来的，历来是只认钱，不认主子，既不忠诚，又无纪律。

这样，又经过了四十年左右，第三次布匿战争爆发了。罗马的威势已非昔比。罗马已经征服了马其顿，在那里建立了行省，希腊半岛上一些城邦相继被罗马人并入马其顿省，剩下的独立城邦不多了。罗马在击败叙利亚之后，又把小亚细亚收入自己的版图。整个地中海沿岸，未归顺罗马的国家和地区中，在罗马人看来最重要的是两处：一是埃及，二是迦太基。罗马决心先拿下迦太基，再去征服埃及。罗马以迦太基不遵守公元前 201 年的和约为借口，要求迦太基交出贵族家庭的三百名小孩作为人质，迦太基无可奈何地答允了。当押送人质的船只驶离迦太基时，家长们围集在海岸边，不准船只开航，但无法阻挠航行。罗马人还不满足，再要求迦太基人让出迦太基城和沿海地区，退向内陆。迦太基人不能答允这一无理的要求，战争便开始了。这一次，罗马军队的统帅是小西庇阿，他是当年率军同汉尼拔作战的西庇阿的养孙。罗马军队包围了迦太基城，断绝了其粮食供应，迦太基人无法持久抵抗。破城后，小西庇阿下令焚毁全城，大火烧了几天几夜，迦太基城终成一片废墟，残存下来的迦太基人全部被卖作奴隶。迦太基不仅亡国了，而且迦太基图书馆中的有关书籍资料也丧失殆尽。今天人们了解当年的迦太基，除了凭遗址而外，主要依靠罗马作家和希腊作家的记载。罗马把新征服的迦太基土地辟为阿非利加省。建国于公元前613年左右的迦太基亡于公元前146年，这个国家大约存在了四百六十七年。

当年迦太基历任元老院有权有势的议员们、各届执政官、煊赫一时的贵族、富甲一方的巨商，如今谁还记得他们的名字？历史早把他们忘得干干净净。迦太基亡国至今已经二千一百多年，人们能够记住的迦太基名人只有汉尼拔。第二次布匿战争期间，他率军由西班牙北上，穿过南高卢，翻越了阿尔卑斯山，白雪茫茫，冰封山道，路滑难行，一不小心人和战马就会跌下深谷，军队减员一半，下山时只剩下二万六千人。下山后连续击溃了意大利北部的罗马驻军，向罗马城逼近。而赶来阻击的罗马军队，人数超过汉尼拔军五倍。一场决战开始了，汉尼拔以自己损失仅六千人的代价，歼灭罗马军五万四千人，俘虏一万八千人。尽管第二次布匿战争以迦太基失败而告终，但汉尼拔的统帅才能连罗马统帅都为之叹服。几十年后，汉尼拔不能被本国的豪门贵族所容，逃亡他乡，自尽于小亚细亚。他的戏剧性的一生使后人感叹不已。同他相比，迦太基那些元老们、贵族们、富商们又算得了什么呢？谁也记不起他们了。今天的突尼斯是一个阿拉伯国家。当地的阿拉伯人一谈起汉尼拔，仍是那么神往，依然把他看成是一位英雄。古城虽已全毁，名将长在人心。

参观杰姆竞技场之后，我们乘车前往突尼斯的另一港口城市苏塞。在汽车上，我不禁想起，当时罗马人对付汉尼拔翻越阿尔卑斯山南下时，可供选择的对策实际上是三种：一是派兵从西西里岛渡过突尼斯海峡，在迦太基登陆，攻打迦太基首都，迫使迦太基把汉尼拔军队调回来，把决战的地点放在迦太基境内。二是罗马的军队采取防守战术，拖住汉尼拔，避免同汉尼拔正面交锋，拖的时间越长，汉尼拔面临的困难就越多，锐气就越下降。因为迦太基军队远离本土，孤军深入意大利北部，是经不起持久作战的。这是当时罗马统帅费边的主意。三是速战速决，同汉尼拔在意大利北部决战，以众多的兵力一举歼灭迦太基远征军。假定当时迦太基的统帅不是汉尼拔，而是别人，也许第三种方案即速战速决最佳。但偏偏是汉尼拔率领了这支军队。汉尼拔显露出优秀的指挥才能，尽管他率领着人数不多而且还经过四个月长途跋涉的迦太基军队，但他避实就虚，一举突破罗马人的防线，结果罗马近十万大军被击溃了。上述第二种方案，也就是费边的方案。虽然战争拖的时间会相当长，意大利北部城乡会遭到严重破坏，但时间毕竟对罗马人有利，迦太基远征军是会被拖垮的。这一方案未被罗马人采纳，费边被免职了。直到后来，在西庇阿担任罗马统帅时，才决定采取上述第一种方案，罗马人不顾北方的汉尼拔，而是南下渡海进入迦太基，迫使迦太基元老院急调汉尼拔回师，然后罗马人在迦太基境内，以逸待劳，击败迦太基军队，逼迦太基求和。这才结束了第二次布匿战争。在古代迦太基的所在地突尼斯，回顾一下二千多年前的战史，不也挺有意思吗？

1994 年 10 月

（选自《山景总须横侧看：厉以宁散文集》，北京大学出版社，2003 年版）

他们不愿意别人提到这里最早是流放犯人的地方
——悉尼见闻

来澳大利亚之前就有人告诉我们，在澳大利亚人面前，千万别提起这里以前是英国流放犯人的地方。尽管这是无可争辩的历史事实，但澳大利亚人不愿意听，而且他还可能认为你说这种话是瞧不起他，把他看成是犯人的后代了。

到了悉尼以后，有机会去参观海边从英国驶来的运送犯人的船只最初登陆的地址。当地向导并不讳言历史，他说，本来英国是把犯人送往北美殖民地的，因为1776年美国爆发了革命，所以英国才把犯人流放到澳大利亚来，他们就是在悉尼附近登陆的。是些什么样的犯人？主要是扒手、小偷，也有少数杀人犯、强奸犯，还有一些妓女和乞丐。前前后后，好几十年内，大约运了十多万犯人来。犯人们登上澳大利亚土地后，除非继续犯罪作恶或不服从命令，一般都不关在监牢里，而是编成组，强迫劳动，种地、放牧或做工，服刑期满或提前获释后就成为正式的移民。

不否认今天的澳大利亚人中有一小部分是当年被流放到这里来的犯人的后代。然而澳大利亚的较大发展是从十九世纪后期的淘金热开始的。那时，听说这里发现了金矿，美国、欧洲和亚洲各地的人，包括中国人，纷纷涌入澳大利亚。据说，在1850年时，澳大利亚这么大一块土地上才有四十万人口。出现了淘金热，十年内就涌入七八十万人，平均每年大约涌入七八万人。到十九世纪、二十世纪之交，澳大利亚人口已达六百万。二十世纪前半期，发生了两次世界大战，欧洲都是主要战场。从欧洲来的移民，有英国的，西欧大陆的，也有东欧的，年年不断。到二十世纪五十年代初，澳大利亚的人口大约是一千万人。此后，移民继续增加。1983 年我第一次访问悉尼时，澳大利亚人口已经超过一千六百万。不妨想一想，当初流放到澳大利亚来的，不过十几万人，加上他们繁衍的后代，如今活着并留在澳大利亚的至多不过几十万人。在澳大利亚一千六百万人当中，能占多大比重呢？难怪今天的澳大利亚人不愿意提到这里最早是流放犯人的地方。他们会说，那是二百年前的历史，同我们这一代有什么关系？

悉尼是一个移民城市，一个经历代移民努力而建成的现代化城市。沿海岸，或是悬崖峭壁，或是洁净的沙滩。繁荣的大街上耸立了许多摩天大楼，郊外则是一片片雅致的别墅区。最令游客神往的，可算是既像一堆白色贝壳，又像挂上片片白色风帆的歌剧院了。澳大利亚为什么吸引移民前来，悉尼为什么是外来移民首选之地？位置适中，气候宜人，风景优美，可能都是原因。而对于来自英国，来自欧洲大陆的人来说，更重要的恐怕是机会均等原则在这里得以充分体现。

按照机会均等原则，社会的各个职位应向一切有条件参加竞争的人开放。择优的结果是，各个职位由最适宜者担任，不适宜者被淘汰。这样，每个职位的占有者都能在岗位上发挥自己的才能。如果机会均等原则受到限制，人们的流动有阻力，一切被认为是上流社会等级标志的职位只向受照顾者开放，职业的排他性未被打破，那么，获得特殊照顾的人便居于优势。他们会优先占有某些职位。其他的竞争者就会放弃努力，放弃竞争，由此就会带来社会的效率损失。

澳大利亚在十九世纪还是一片在发展上刚刚起步的新土地，在二十世纪仍是一个充满商业机遇的国家。在英国和欧洲大陆上生活久了的人，凭上一辈人的经验教训，凭同龄人的经历遭遇，凭个人的体验，都会感觉到那种有形或无形的社会职位的“世袭制”使人们感到压抑，感到透不过气来。战争期间情况要好一些，因为不同社会出身的人一起在军队和民防队伍中工作，这种经历和接触使得人与人之间的隔膜有所消除。而战争一结束，社会似乎又恢复到原来的状态。在两次世界大战中，澳大利亚本土都没有战火波及，战后正逢大发展的时机，于是移民就纷纷来自向来被认为重门第、重出身的英国和欧洲大陆国家。

在新土地，不但谋一个好职位较容易，自行创业也同样比较容易。人们通常感到自创一个较小的企业，个人的才能更显得重要，个人的积极性也更能发挥出来。为什么这些年来，在澳大利亚一下子会出现这么多小商店、小作坊、小工厂、小公司，这不能不同移民社会的环境有关。澳大利亚确实是一个受传统观念束缚较少的国家。不仅如此，至少在二十世纪八十年代中期以前，澳大利亚的工作机会是比较多的。发展提供了就业机会。就业机会多了，更多的就业机会就来了。就业是靠就业扩大的，1983 年我第一次到悉尼时就有这种感觉。在悉尼的一个社区，碰到的全是意大利人；又一个社区，碰到的全是希腊人；再一个社区，碰到的是越南人。来自中国的人也不少。他们也有自己的社区，但没有听到有什么人说这里难以找到工作，也没有人抱怨这里的生活费用高，简直活不下去了。不少已经有了孩子的家庭妇女也参加工作，她们赚取收入为家庭添置汽车，或购买房子;或因孩子大了，上学了，与其在家里闲着，不如出去工作。在新移民中，门第和家谱远不像在欧洲那样被看重。这些都是在悉尼可以被察觉到的。

与来自欧洲的澳大利亚人不同，这里的华人华侨并不讳言自己的家世和出身。有一位在这里居住了好几代的广东台山人，兴致勃勃地对我们说，他们的祖辈，第一代是从中国到这里来挖金矿的、淘金的。金矿挖完后，有些人回广东去了，有些人留在这里种蔬菜，因为他们来自农村，会种蔬菜，而澳大利亚人不会种菜或种不好蔬菜。蔬菜有销路，他们积攒了一点钱，回到广东老家结了婚，婚后也有把妻子儿女带到澳大利亚来的。这都是清朝末年的事情。辛亥革命后，从广东来到澳大利亚的移民多了起来，这些人主要开餐馆，开洗衣店，开小杂货铺。同乡、同族的，从中国刚来这里时，在餐馆、洗衣店、杂货铺里做帮工，等到有了积蓄，自己也开店谋生了。两次大战之间，也就是二十世纪二三十年代内，由于受到澳大利亚的“白澳政策”的影响，再加上受到世界经济萧条的打击，从中国来到澳大利亚的移民少了。直到第二次世界大战结束后，情况才发生变化。从六十年代起，逐渐出现了专业人员来到澳大利亚的热潮，包括在英美留学的中国学生，获得学位后来澳大利亚工作。早期中国移民的后代，学历高了，有知识了，他们也在澳大利亚的政府部门或大公司中找到了职位，成为专业队伍中的一员。但即使是他们，也不回避祖辈们漂洋过海来这里的艰难岁月。靠劳动谋生，靠本事闯天下，富裕来自勤劳，家世、出身、经历，有什么不好说的！这就是老华侨的故土情！

1996 年 4 月

（选自《山景总须横侧看：厉以宁散文集》，北京大学出版社，2003 年版）

古风犹在

——在韩国水原的农村

汉城（2005年更名为首尔）是一个现代化的大城市。从我们下榻的新罗饭店顶层向四周望去，满目都是高层建筑，间或有一块块绿色的草坪，马路上汽车穿梭不绝，夜间灯火通明。除了南大门一带和某些名胜地点还保存了较多的传统建筑以外，简直察觉不到传统汉城的面貌。这种情况有些像今天北京的东郊和北郊，那里的高楼群中，还能找到老北京的模样吗？

然而当我们开车离开汉城，向南到达水原以后就发现，在水原附近，韩国农村却是另一番景象。这是新时代的农村，房屋整齐，道路宽舒，已经不是传统意义上的农村。住在这里的是新型的农民，他们有文化，有教养，在田野工作时，使用新式农业机械。当他们驾着自己的小汽车，在村边公路上行驶时，同城里人没有什么区别。然而无论在村子里还是在农民家中，仍然令我们这些外来者处处感觉到传统文化和风俗人情的影响。从屋里的摆饰、庭园的布置、长者同晚辈的关系、过年过节的习俗、待人接物的态度，甚至村内家内人们的衣着，使人仿佛有回到现代化以前社会的味道。陪我们前去的两位正在北京大学光华管理学院攻读工商管理硕士的韩国留学生说，水原离汉城较近，受大城市的影响较大，如果将来有机会陪你们到韩国东海岸的农村走走，或者到南面的忠清北道、全罗北道的农村看看，传统文化的保存要多得多，农村中的古风也要浓得多。

我们在汉城住的饭店叫新罗饭店，这是汉城一家著名的大饭店，单单是饭店的名称“新罗”二字，就引起我们极大的兴趣，使我们想起了一千多年前的朝鲜半岛。

在相当于中国的南北朝到唐朝初年时期，朝鲜半岛上有三个王国：高句丽、新罗和百济。三国相互攻战，都有统一全境的打算。据历史记载，公元七世纪中叶，高句丽联合百济、日本进攻新罗，新罗求援于唐朝。唐朝先攻百济，百济国王投降，日军战败，唐朝联合新罗合攻高句丽，高句丽灭亡，新罗统一了朝鲜。公元七世纪后期，唐军退出朝鲜半岛。统一后的新罗采用唐朝的政治制度，设州郡，归中央领导，并推崇儒学，设立遴选官员的国家考试制度，这被认为是仿照中国的科举制度的一种尝试。但从八世纪末起，新罗王室内部争斗不已，地方豪族兴起，农民起义不断，王权衰落，在百济和高句丽土地上又兴起了两个新政权，即后百济和后高句丽。公元 918 年，后高句丽国王弓裔专制暴虐，将军王建将弓裔赶下王位，弓裔在逃跑时被人民杀死。王建被推举为王，改国号为高丽。国势衰微、疆土日蹙的新罗于 935 年向王建投降。936 年王建又灭后百济，于是朝鲜半岛再度统一于高丽王朝。

新罗统一朝鲜的时期，也就是系统引进唐朝文化的时期。新罗统一朝鲜后所建立的王朝，从 675 年起，到 935 年被高丽所灭为止，约二百多年。高丽王朝建立于 936 年，存在了四百多年，1392 年被李朝所灭。李朝的历史最长，达五百一十八年，1910 年被日本吞并。高丽王朝受到同时代中国宋、辽、金、元几朝的影响，而李朝则受到同时代中国明清两朝的影响。中国文化在这一千多年的时间内通过不同渠道传入朝鲜半岛。除中央和地方官制，科举取士和儒学的兴起，受到来自中国的影响外，在文学艺术、手工技艺、汉医汉药和建筑等方面，中国的影响也是明显的。如果说目前要在中国以外的国家找寻中国传统文化的印迹，韩国肯定是印迹最多的。

韩国人重家族，重家庭，重孝道，重兄弟之情、朋友之义。这些在相当大的程度上同儒学长时期在韩国城乡的传播有关。在同汉城大学和延世大学教授交谈时，他们这样说：新罗时代，尽管从中国唐朝引入儒学，并仿照唐朝的做法，设置太学监，挂上从中国带来的孔子和他的学生七十二贤人的画像，讲授《论语》《诗经》《孝经》等课程，但佛教在新罗时代仍居于主流地位。许多高僧到中国的寺院学习佛教经典，回国后传播佛教。到了高丽王朝，佛教和儒学并重。在这四百多年间，各地兴建了许多寺庙，王室和贵族都信仰佛教，并把子弟送入寺庙为僧。同时，也创立了从中央到地方的官学系统，讲授儒家学说。高丽王朝的历代国王深信，佛教可以教人为善，并能降福于人间，免遭天灾兵祸；而儒学则是治国的依据，儒家伦理是维持社会和家庭内部稳定、和谐的精神支柱。在李朝，儒学逐渐上升到主流地位，佛教只是作为个人信仰的宗教继续存在，佛教对政治的影响淡化了。但不管怎样，流行于新罗时代、高丽王朝和李朝的儒学，是从中国输入的，佛教也主要引自中国。中国文化对韩国的影响，并未因日本占领（1910—1945）而消失，也没有因最近几十年的经济迅速发展而匿迹。

在水原附近的农村中，我们所说的古风犹存，主要是指对家庭伦理观念的重视和维护。晚辈对长辈，恭敬顺从；子女对父母，克尽孝道；兄弟情深，朋友义重。为了家庭的尊严，每个成员都要严于自律；为了本乡、本村、本族的荣誉，人人都要注意自己的言行，不要使集体为此蒙羞。这样的民风，即使是从历朝流传下来的，哪一点同高速的现代化不相适应？难道一个现代化社会注定是一个古风荡然无存、世态炎凉顿现的社会吗？难道现代化所追求的，是一种世情薄似纸，人际关系冷如冰，到处尔虞我诈，连起码的家庭温情都不再存在的社会吗？从水原农村回汉城新罗饭店后，我想这些问题已经在我所看到的韩国农村中找到了正确的答案。

1996年7月

（选自《山景总须横侧看：厉以宁散文集》，北京大学出版社，2003年版）

高速成长的背后

——汉江夜景随笔

汉江缓缓地从汉城南面流过。汉城的夜景是美丽的，汉江的夜景同样是美丽的。当我们坐着汽车沿江行驶，欣赏这座现代化城市的新建筑群时，过去从画报或从书籍插页上看到的二十世纪三四十年代和五十年代初的老照片，不时会重新浮现出来，好像有意识地让外国游客做一番今昔对比，也好像故意让你们提出一个疑问：往年汉江边上的棚户、贫民窟到哪里去了？

已经人到中年的一些韩国公司的经理们一定会想起，他们上小学时，韩国正处于二十世纪五十年代末的恢复和重建阶段，六十年代他们在读中学，七十年代他们大学毕业了，或正在读研究生，或者已出国留学。就在这段时间内，韩国经济在高速成长。汉城的面貌在改变，汉江的景色在更新，韩国在现代化的道路上大步前进。

这似乎是奇迹，但仔细想想，又算不上什么奇迹，因为奇迹往往是超人力所实现的，而韩国经济的高速成长却是人力所创造的。谋事在人，成事也在人。

为什么二十世纪六七十年代韩国能够实现高速成长？难道仅仅归因于美国资本输入的影响？难道仅仅因为历届韩国政府采取了扶植企业的措施？难道仅仅是因为国际环境对韩国的成长有利？这些

都有一定的作用，但还是需要从经济理论上做进一步的说明。

根据当代发展经济学理论，对后进国家而言，在技术上同先进国家的差距的扩大是一种“后发性劣势”，而传统社会结构之下的劳动力价格低廉则可能成为一种“后发性优势”。“后发性劣势”同“后发性优势”是并存的。只要后进国家充分利用自己的优势，那么劣势可以被克服。反之，如果这样的国家错过了机会，那就好像赶班车一样，错过了一趟班车，那就必须等很久才能搭上下一班车，“后发性优势”也就发挥不了作用，现代化也会延误。所以机会难得，机不可失。那么，怎样才能不丧失机会呢？韩国经济成长的经验表明，要把“后发性劣势”转化为“后发性优势”，制度是关键性的因素。正如一位韩国教授所说，不管有多少韩国人至今仍不喜欢朴正熙，但要谈到韩国的高速成长，不能不提到朴正熙的作用。他原是一名有少将军衔的军官，1961 年 5 月发动军事政变，推翻了李承晚政府，自任国家重建最高委员会主席，同年 8 月升为中将，11 月升为上将。1962 年 3 月代理总统，1963 年 8 月任韩国民主共和党总裁，12 月当选为总统。他连任五届总统，1979 年遇刺身亡。韩国的高速成长主要是在这一时期进行的。当然，对朴正熙的功过是非，应由韩国的学者去评价。但不能否认，正是在朴正熙时代，韩国形成了适合于资本主义发展的制度环境，这是经济发展的前提。在这一前提下，韩国就能够乘着有利的国际形势而使资本主义迅速发展。

经济的高速成长离不开一大批有作为的企业家的作用。在韩国期间，我们有机会同一些企业领导人晤谈，我们感到他们的竞争意识很强。他们总是认为，经济和技术上还不如日本。在三星集团的展览馆内，一进门就显示，今天韩国三星集团与日本同行的差距有多大。这是对公司全体员工的一种告诫，不追赶上去，就会更落后，更难追赶。这是一种时代的紧迫感。的确，在科学技术加速发展的现阶段，在周围的国家和地区经济不断增长的条件下，如果不奋起直追，那确有越来越被甩在后面的危险。强烈的竞争意识，应该被看成是支撑韩国经济发展的一种精神动力。

在汉城，我们在不同场合遇见了国内来的一些商务代表团，有些是省市派出的，有些来自国有大企业。有些人忙于洽谈业务，有些人在细致地进行调查研究、学习、考察，也有些人仅仅热衷于吃吃喝喝、观看歌舞、闲逛商场。要知道，中国的现代化，比世界上其他某些国家，甚至比韩国，已经晚了很多年。我们曾经错过了不少机会，如果说这一次我们通过种种努力，终于使中国经济转上了繁荣的道路，那么这不过表明我们的经济达到了一个新的起点。国际市场竞争中，强手如林。我们同各个有力的竞争对手之间，在经济技术上的差距虽然比过去已经缩小了，但要不被竞争对手击败，我们必须兢兢业业，不能有丝毫的松懈。国内企业界应当懂得：稍有不慎，落伍的危险、被排挤出国际市场的危险完全可能由担心变为现实。

汉江上游船如织，两岸灯火通明，在悠闲的气氛中仍然可以感受到时代的紧迫感。不亏不盈，就是赔本；不进不退，就是落伍。不战胜竞争对手，就有被对手打败的可能。我们深深地感到，韩国的节奏比我们快，这难道不给人以启发吗？

1996 年 8 月

（选自《山景总须横侧看：厉以宁散文集》，北京大学出版社，2003 年版）

幕府时代的日本是不是更像中世纪的西欧

——日本京都札记

应立命馆大学法学部的邀请，在东京讲学期间，抽空乘新干线由东京赶赴京都。立命馆大学请我讲授的题目是《中国证券法的制定和遇到的难点》。由于我是全国人大常委，又是全国人大证券法起草小组的组长，所以立命馆大学的志村治美教授在获悉我已到达日本一段时间之后，派他的助手专门到东京来迎接。我只好应允，因为志村治美教授以前访问北京大学时就邀请过我，当时我因工作太忙，推辞了。现在既然身在日本，便不好意思不去。

京都是日本的古都之一，有人对我说，你虽然来日本好几次了，但没有到过京都，还不能算真正到过日本。这句话颇有几分道理。据说京都是仿照中国唐朝的长安和洛阳的样式建造的。既像长安，又像洛阳。京都原名平安京，公元 794 年，日本的都城由奈良迁到平安京，从此这里成为首都。从这时起，大约经历了四百年，这个历史时期被称为平安时代。贵族藤原氏世代为外戚，从公元 858 年起，把持朝政长达二百多年，其他贵族不服，他们各有领地，有军队，纷争不断。1185 年，关东武士集团首领源赖朝控制了京都，并于第二年在镰仓城建立了自己的一套行政机构，称作幕府。1192 年，源赖朝迫使京都朝廷封他为征夷大将军，号令全国。从 1192 年算起，到明治维新时期，这将近七百年的时间被称作幕府时代。

日本国内诸侯割据的局面并未因幕府的建立而消失。1333 年，反对幕府的诸侯支持天皇，镰仓幕府覆灭，皇室重握实权，但为期只有三年。1336 年，足利尊氏占领京都，重建幕府，幕府设于京都的室町，称室町幕府。室町幕府维持到 1573 年，被织田信长所灭。织田信长表面上尊重天皇，实际上借天皇之名陆续征服一些诸侯。1582 年，织田信长死，部将丰臣秀吉掌权，继续征伐诸侯。1598 年丰臣秀吉死，部将德川家康成为势力最强大的诸侯。他率军击溃了尚未归顺的诸侯，使长期混乱的局面得以结束。1603 年，德川家康取得世袭的征夷大将军称号，在江户（东京）设立幕府。天皇仍然是国家首脑，京都仍然是首都，但实权出自将军，出自江户。各地的诸侯仍拥有封建领地，领地称作“藩”，但必须效忠于将军。这一体制被称为幕藩体制。

京都的历史表明，从京都成了日本的首都那一天开始，除了很短暂的时间外，京都从来没有真正作为天皇行使权力的都城而存在。京都作为首都超过一千年，这一千多年可以分为四个阶段，这就是：平安时代、镰仓幕府时代、室町幕府时代、江户幕府（或称德川幕府）时代。平安时代的大多数年份是贵族外戚把持朝政，天皇形同傀儡。幕府时代则是将军说了算，天皇只是摆设。京都古迹虽多，园林虽美，但改变不了上述历史事实。

平安时代（794—1193），日本的封建制度尚在形成过程中。镰仓幕府时代（1192—1333）的日本社会是不是封建社会，日本学术界还有争论。较多的人的看法是：室町幕府时代（1336—1573）和江户幕府时代（1603—1867），日本无疑处于封建制度之下。而且学术界中有些人还认为，尽管京都是仿照中国唐朝的长安和洛阳建造的，但日本封建社会同中国唐宋以后的封建社会相似之处却要少于它同中世纪西欧封建社会的相似之处。这倒是一个十分有趣的问题。学术界认为幕府时代的日本（包括镰仓幕府时代）同中世纪西欧相似的理由在于：日本社会和中世纪西欧社会一样，等级森严，重血缘，重出身，贵族就是贵族，平民只能是平民，身份是不容改变的。国君无实权，贵族、诸侯各据一方，表面上臣服于国君，实际上大权在握，根本不把国君放在眼里，国君也奈何不了他们。至于耕种土地的农民，那就更苦了，他们服役、缴租、纳税，不得离开村落，世世代代受领主的剥削和统治。这不正同西欧中世纪盛期分封制和农奴制下的情况一样吗？哪里像中国历代皇朝那样高度的中央集权制呢？哪里像中国唐宋以后的非身份制社会呢？

看来这种类比有些道理，日本不存在像中国唐宋以后以科举取士，土地容许自由买卖，农民子弟可以为官等情况。日本的封建社会的确和西欧封建社会相似，但我们也必须看到另外的一面，日本的封建社会也有和西欧封建社会截然不同的地方。比如说，日本封建社会中的城市虽然也是商人、手工业者居住之地，但却归将军和诸侯直接管辖，商人、手工业者依附于将军和诸侯，而绝不像中世纪的西欧那样，城市成为逃亡农奴的聚集地。日本从来不曾出现以城市为一方、以乡村为一方的对抗局面。

在幕府时代，京都是首都，是一个大城市；江户（东京）是将军驻地，也是一个大城市。大阪、长崎、堺、博多，都是商业和手工业发达的城市。但在当时，这些城市可能更类似于中国封建社会中的城市，同中世纪西欧的城市却完全不一样。即使日本封建制度下的等级制、身份制和农民的地位有些像中世纪西欧，然而缺少以城市为一方和以乡村为一方的对立、斗争，日本封建社会同西欧封建社会不是同一类型的。日本封建社会以后的演变途径也绝对不像西欧。

近代日本的崛起，还是离不开京都。天皇居住在京都，幕府设在江户。幕府的威信越下降，天皇的威信就越提高；江户控制不了日本全国局势时，京都成了倒幕派的政治中心。孝明天皇的次子睦仁，生于京都，长于京都，1860 年，八岁时被立为太子。1867 年，年仅十五岁的睦仁即位，改为明治。明治天皇成为倒幕派的拥戴者。他下密诏讨伐幕府。1868 年 1 月底，在京都附近击溃了幕府军，4 月，明治天皇在京都宣布要建立以天皇政府为中心的统一国家。5 月，明治天皇的军队占领了江户，改名为东京。1869 年 4 月，日本首都由京都迁往东京，从此京都也就完成了自己的历史使命，结束了使天皇蒙羞的时代，明治维新开始了。

让我回到这篇文章的题目上来。题目是：幕府时代的日本是不是更像中世纪的西欧。回答应当是这样的：既相似，又不相似。幕藩制有点像西欧中世纪的分封制；日本农民有人身依附关系，类似于西欧当时的农奴。但城市完全不像，日本城市没有像西欧那样的城市自治制度，没有同封建领主对抗的市民等级。研究经济史的人，最忌的是公式化。凡是套用一种所谓的理论模式来解释多样化的社会和多种发展道路的，没有不失败的，因为我们的世界就是多元的世界。

1997 年 1 月

（选自《山景总须横侧看：厉以宁散文集》，北京大学出版社，2003 年版）

王权的象征

——凡尔赛宫和波旁王朝的兴衰

位于巴黎西南郊的凡尔赛宫是法国波旁王朝王权的象征。

凡尔赛宫原来是一个村落。1624年法国国王路易十三在这里修建了一座城堡，作为国王打猎时休息的行宫。年仅五岁的路易十四，是1643年继位的。当时的财政大臣福盖在巴黎南郊修建了一座十分富丽堂皇的沃勒子爵城堡。城堡的建筑和内部的装饰都是第一流的，而城堡周围的花园更是典雅美丽，仅是喷泉就在一千眼以上。1661年8月，沃勒子爵城堡落成了，路易十四应邀出席欢庆城堡落成的宴会。路易十四这时已二十三岁，亲政不久。沃勒子爵城堡的落成使他产生了两个念头：第一，一个财政大臣竟拥有这样壮观的城堡，国王为什么没有？如果要修建，为什么不能超过它？于是路易十四决心要盖一座更豪华、更有气派的凡尔赛宫。第二，一个财政大臣怎会如此阔气，他从哪里弄到这么多钱来修建这座城堡？路易十四决心清查，不久，福盖被关进监狱，城堡被没收，设计师和修建工人都被带去建凡尔赛宫了，福盖一直被关在牢里，这辈子再也没有出来。

凡尔赛宫于1661年开工修建，历时二十八年，1689年完成。在完成之前，路易十四就把代表王权的中央政府从巴黎迁到了凡尔赛。凡尔赛宫中有国王的宫室，有政府的议事厅和办公用房，有教堂和剧场。花坛、草坪、雕像、喷泉、柱廊、室内的装饰、油画等等，都无与伦比，完全可以称作世界建筑史上的绝作。于是显赫的贵族之家也纷纷从巴黎搬到凡尔赛镇上来住。他们在这里，既有机会经常跟在国王前后，听受国王的旨意，处理朝廷大事，又能带上妻子儿女荣幸地出席宫廷的宴会、舞会。在凡尔赛宫及其周围，为王室、朝廷、贵族们服务的侍从，就更不计其数了。然而，也正是这座凡尔赛宫和附近的凡尔赛镇，见证了法国波旁王朝的兴盛和衰亡，见证了法国封建制度的终结和大革命的声势，也见证了不可逆转的历史潮流。

从历史上看，自从宗教改革运动兴起以后，新教在法国的影响不断扩大。法国华洛瓦王朝后期，大贵族的势力相当强大，大贵族同国王之间的矛盾日益尖锐。就在华洛瓦王朝国王与大贵族之间争权夺力的同时，信奉新教的贵族和信奉天主教的贵族形成了势不两立的两个集团。两个大贵族集团都拥有军队，也各自得到一些城市的支持。国王起初对新教徒采取宽容政策，信奉新教的贵族乘机扩大了势力，国王看到新教力量的扩张会影响自己的统治，转而迫害新教徒。这时信奉天主教的贵族竭力支持政府，但又力图控制政府。华洛瓦王朝最后一个国王亨利三世不甘心受天主教贵族的控制，刺杀了天主教贵族领袖亨利·吉斯公爵，但不久他本人又被天主教极端派暗杀。政权落入波旁家族的亨利四世手中（1589—1610），华洛瓦王朝就此结束，波旁王朝开始。

波旁王朝的第二代国王路易十三（1610—1643）统治期间，王权的力量加强了。到了路易十四临朝时（1643—1715）国王实行独裁统治，集大权于一身。并且，路易十三和路易十四都奉行对外扩张政策。连年战争使军费猛增，宫廷的挥霍无度使财政更加困难，只得不断加征赋税，人民不堪重负，对政府的积怨越来越深。到 1715 年路易十四去世时，留下的是一个政治腐败、财政濒临破产、民怨载道的国家。

在凡尔赛的花园里，游客都陶醉于秀美的景色中。但了解法国历史的人不免会产生一个疑问，在中世纪曾经领导过城市反封建斗争，多年来为争取自治权和平等权而不懈努力的市民阶层，为什么在王权面前显得那么无能呢？难道他们甘心屈从于像路易十四这样以“朕即国家”自诩的专制国君吗？

应当说，市民阶层的无能表现在一定程度上同这个阶层的分化有关。

从华洛瓦王朝算起，到波旁王朝的路易十四时代，大约有二三百年。这二三百年内，市民阶层分化了，从这里已分化出一个上层，也就是资产阶级。对资产阶级而言，王权也给了他们好处，如消灭了封建割据状态，统一了市场。尤其是其中一部分人，也就是同王室关系密切的大商人，由于向政府和宫廷供应物资，或通过包税得到了好处，成为国王的庞信，挤进了新贵行列。当然，这些人在资产阶级中只是少数，资产阶级中的多数人仍是平民，政治上无权无势，他们只不过是有钱的平民而已。他们该怎么办？进行反叛？把争取平等权的斗争继续进行下去？形势已经改变了，资产阶级或整个市民阶层所面临的对手已不同于过去了。过去，城市在同各个地区的封建领主进行斗争时，长时期内势均力敌。城市在当时的条件下支持国王，支持国王统一国家的战争，那时国王的实力还不那么强大。但王权确立并巩固以后，国王的专制统治加强了，城市无法改变已经形成的大局。城市别无选择，只得接受国王专制的既成事实，这才是现实的态度。

路易十四活了七十七岁，去世后，由他的曾孙、年方五岁的路易十五继位，宫廷的腐败、奢侈，政府的横征暴敛，一切照旧。路易十五说过：“我死以后哪怕洪水滔天！”这句话真的应验了，洪水滔天，就在他死后不久。路易十五于1774年去世，农民暴动和城市贫民起义不断。他的孙子路易十六上台，连年天灾，饥民走上街头抗议，但宫廷照样大肆挥霍，凡尔赛宫奢侈如初。革命终于在1789年爆发了。这一年7月12日和13日，巴黎街头发生了市民同国王军队的战斗。市民从军火库等地夺取了大批枪械，有一部分士兵转到市民一边。7月13日晚，巴黎大部分地区已被起义的市民控制。巴黎的资产阶级在这种形势下，组成了一个常务委员会，决定成立国民自卫军。7月14日，武装起义的群众攻下了位于巴黎东南的巴士底狱，标志着法国大革命的开始。

路易十六焦急万分，匆忙同大臣一起筹划反击，密令把亲国王的军队调到巴黎。消息传开后，1789年10月5日巴黎市民以妇女为前列，前往凡尔赛宫，冲破重重障碍，于10月6日清晨冲进凡尔赛宫，迫使路易十六回到巴黎。一些保王党分子逃到外地或境外，聚集力量准备进军巴黎，解救国王。1791年6月，路易十六化装外逃，在边境上被发现，并被押回巴黎。1791年底，形势又发生变化，奥地利和普鲁士的军队同法国的逃亡贵族一起，准备扑灭法国革命。路易十六暗中同奥地利勾结。1792年4月20

日，法国对奥地利宣战。战争初期，法军失利，巴黎人组成义勇军，各地也纷纷组织义勇军，开赴首都，保卫巴黎。7月25日，普奥联军总司令发出威胁，如果法国国王受到侵害，他将完全摧毁巴黎。这一消息传到巴黎，巴黎市民决心废除君主政体，废黜国王，作为回应。8月9日夜，起义者聚集于巴黎各区。8月10日晨，起义者攻入王宫，路易十六出逃后被捕。立法议会通过决议，废黜国王。9月22日宣布成立共和国。11月在王宫的一个秘密壁橱内发现了国王与外国宫廷勾结的信件，路易十六经审判后被判处死刑，1793年1月21日路易十六被送上断头台。同年10月，王后也被处死。波旁王朝就这样结束了。

凡尔赛宫给后人留下了无价的建筑艺术珍品，也给后人留下了难忘的教训。对于路易十四来说，再高的威望，再大的权势，只在他生前起作用。臣民怕他，顺着他，逢迎他。而一旦他死了，谁也顾不上那么多了。国势已衰微，财力已枯竭，人心已丧尽。如果说路易十五还能勉强维持着这座摇摇欲坠的王国大厦的话，那么到他的孙子路易十六即位时，大厦的崩塌已是旦夕之事。此后，法国的政治舞台上如走马灯似的，一批一批地更换主角：雅各宾专政，热月政变，拿破仑掌权并称帝，波旁王朝复辟，七月革命。1830年的七月革命推翻了复辟王朝，建立了七月王朝。到1833年，七月王朝宣告把凡尔赛宫作为法国国家历史博物馆，距路易十四下令修建凡尔赛宫的1661年，才一个半世纪。法国政局的变化多大啊！

任何一个统治者，在生前权势最大、威信最高的日子里，也应当冷静下来，想一想后人将会怎样评价我的政绩、我的功过，以便在有生之年，能挽回的尽量挽回，能补救的尽量补救，而不能总是沉溺在一片歌颂声中。

1998 年 1 月

（选自《山景总须横侧看：厉以宁散文集》，北京大学出版社，2003 年版）

谁是中世纪大型建筑工程的组织者
——从科隆大教堂说起

在卢森堡吃完午餐后，汽车载着我们驶向德国的科隆。到达科隆，已经是傍晚了。大家商量一下，先到著名的科隆大教堂参观，因为怕去迟了教堂关门。等参观完了以后，到繁荣的商业街逛逛，然后找一家中餐馆吃晚餐，晚饭后再到莱茵河边散散步。主意一定，我们就直奔科隆大教堂。

用什么词句来形容这座举世闻名的大教堂呢？庄严肃穆，气势雄伟，似乎都不足以表达参观者的心情。说得更确切些，走进科隆大教堂，顿时感觉人的渺小和人世的短暂，感觉心灵所受到的震撼。而震撼心灵的力量来自何处呢？难道真的来自神，来自上苍，来自宇宙？难道就不会来自内心的忏悔和自疚，或者来自一种自省、自责、自律？

科隆大教堂是中世纪建成的。中世纪是一个虔诚的时代，在科隆大教堂建成前后，整个西欧修建了多少座教堂，至今没有精确的统计。除了建教堂以外，西欧中世纪城市中还建成了许多公共设施。国王的宫殿和行宫，主教、诸侯和大臣们的府邸，富商的豪宅，也在纷纷兴建之中。这就使人想起，谁是这些房屋的建筑者？每一座大教堂，每一座宫殿，都需要长时间地施工，这些

大型的建筑工程，谁是组织者？要充任这些大型建筑工程的组织者，是不容易的。要有管理才能，才能把各种各样的人员组织好，各司其职；又要精心监督，保证建筑的质量；还要计算各种用料，以免浪费或不足，耽误工期。

看来有必要对西欧中世纪建筑工匠劳动组织的状况做一些回顾。

要知道，西欧中世纪城市手工业者是按行业组成行会的，行业的划分很细，不准跨行业工作。比如做烟囱的，是烟囱匠；砌炉灶的，是炉灶匠;装锁的，有锁匠。石匠、瓦匠、木匠、炉灶匠、烟囱匠、锁匠等，都随身携带着工具，受人雇用去干活。如果某个市民或作坊主要盖房子，通常他自己去采购建筑材料，再一一去请石匠、砖瓦匠、木匠等等来建造，按约定支付工资。西欧中世纪城市发展早期，情况就是如此。

后来,随着城市规模的扩大,城市中的公共建筑,如教堂、仓库、市政厅、剧院、码头等，都是急需的项目。原来那种由房屋主人自己采购材料，再请不同行业的工匠前来建筑的做法显然不符合需要了。这时需要有技术水平高的工匠出来牵头，把不同行业的工匠组织到一起，组成建筑包工队。主人或他聘请的工程主持人，便同建筑包工队打交道。他们之间的关系是合同关系。西欧自十二世纪以后一些大教堂的修建，流行的就是建筑承包的方式。由于建筑工期很长，在这段时间内，施工和管理都由包工队承担。

事实上，一个建筑包工队就成了一个独立的行会。石匠、瓦匠、木匠等一起建筑房屋（例如一座大教堂）时，虽说他们每一个人属于各自的行业，但为了共同的事业联合起来了。他们结成一个独立的行会、一个跨行业的行会。由于建筑包工队的工作是流动性的，建筑工程中伤亡事故也常有发生，所以独立行会的互助性和纪律性格外明显。工匠们供奉同一个守护神，履行共同的祭祀任务，并且有一定的宗教仪式。工匠之间彼此以兄弟相称，实行严格的纪律，坚守技术诀窍不外传的信条。有些建筑包工队还佩戴一定的标志，内部人一看就知道是自己人。在有外人在场时，内部人之间用行话交谈。

最初出现的，是由不同行业的工匠组成的建筑包工队。工资是总付的，即由雇主总付给包工队，再由包工队按照工匠们不同的技术等级分配下去。包工队领队是技术水平高的工匠，他们有技术、有经验、有威信。他们负责工程指挥、组织管理、对外联系等任务。包工队的流动性大，一处的工程完成了，又要赶到另一处去干活。包工队中有技术的工匠人数有限，在建筑工地上还需要不少技术性不很强的帮工。有些帮工是就地雇用的，也有些帮工作为技术熟练的工匠的助手，也参加包工队，跟包工队一起流动。大型建筑工程的组织者实际上就是当时出现的建筑包工队的领队或总管。他们原先只是些普普通通的工匠，默默无闻。他们是在实干中显露自己的组织管理才能的。

在建筑业中，据说早在十三世纪，意大利、法国等地已经使用工程师、建筑师这样的称呼，这是指那些能在纸上进行设计，在实际工作中使之实现，并在工地上进行指导的人。建筑师或工程师中，有些人越来越有名气，找他们设计和指导的雇主很多，他们显然就成了建筑包工队的中心人物。

看来，西欧中世纪城市中的大型建筑物都是通过这种劳动组织形式建成的。这时还不曾出现资本主义性质的建筑公司。资本主义性质的建筑公司的出现是后来的事情，这同建筑包工队内部的分化和商人资本的介入直接有关。建筑包工队在发展过程中，有些管理者成了经营者，一些擅长建筑设计的人，即当时所称的建筑师或工程师，也有的成为经营者。而当商人们感到投资于建筑业有利可图时，他们就插足其中。他们由于财力雄厚，又同政府官员有密切交往，很容易得到建筑承包合同，他们充当了承包商的角色，然后雇用不同专业的建筑工人，包括设计人员，从事建筑业务。于是就出现了资本主义性质的建筑公司，它们资本雄厚，有财力购买必要的建筑用的工具设备，或从事材料的囤积和土地的投机。但在科隆大教堂兴建时，这样的建筑公司是不存在的。

不能不佩服科隆大教堂这样的大型建筑工程的组织者。据说科隆大教堂从开工到最终完成长达一百五十年。按照三十年为一代的说法，那么这项建筑工程前后花费了五代人的心血。工程的组织者至少也换了几次吧。科隆大教堂终于成为中世纪西欧建筑的奇迹之一。参观者从早到晚，一年四季，络绎不绝。虔诚的教徒数百年来在这里把心灵奉献给上帝。但只有历史学家还记得当初的大型建筑工程是怎样组织施工的。

1998 年 1 月

（选自《山景总须横侧看：厉以宁散文集》，北京大学出版社，2003 年版）

禁欲主义的历史见证

——参观法国圣米歇尔修道院

是我的学生黄伟业驾车带我们夫妇两人到圣米歇尔修道院参观的。黄伟业是北京大学经济系七七级学生，毕业后到法国留学，获博士学位后在巴黎工作。他在法国学习和工作十多年了，对当地的情况很熟悉，有他驾车并一路介绍风土人情，途中没有感到疲倦。

圣米歇尔修道院位于海边一个孤洲上，面对波涛汹涌的英吉利海峡。孤洲上有一座小山，修道院建在小山顶上。四周都是海水，落潮时，沙滩显现出来了，汽车停在岸边，旅客在后人修筑的长堤上走，步行可以上山。涨潮时，那就真的成为一个孤洲了。据说修道院最初建立于公元八世纪，后来不断扩大，现在的修道院规模是十三世纪左右形成的。各地到这里朝圣的人络绎不绝。当时没有长堤，上山必须涉水，如果潮水突然涌来，朝圣者肯定会被卷走，无影无踪，所以自古以来在这里就流行着“冒死朝圣”这句话。

修道院里房间很多，教士都住在这里。他们与世隔绝，辛勤劳作，生活简陋，终身独处，诵读经文，把一辈子奉献给了上帝。教士们的行为受到严格的戒律约束，他们也自律甚严，苦苦修行，只求赎罪，希望能成为上帝的仆人。这种情形保持了八百多年。大约到十六世纪以后，修道院纪律才松弛下来。首先，修道院长不再以身作则，而过着同世俗人一样的生活；接着，教士们也人心涣散，各奔前程了。到了波旁王朝后期，修道院已衰败不堪，竟变成了关押政治犯的监狱，以至于被巴黎人称为外省的巴士底狱。

圣米歇尔修道院是禁欲主义的历史见证，而且也仅仅是见证而已。西欧中世纪修道院里的禁欲主义为什么不可能长久保持呢？这无疑同经济的发展以及相应发生的意识形态的变化有直接的关系。要知道，无论是世俗的还是教会的封建统治者对于商品货币关系发展的态度一直是矛盾的。他们既认为商品货币关系的发展会冲击封建的统治，他们又需要有一定程度的商品货币关系的发展，以满足生活上的需要，从意识形态方面看，就必须设法实现商业意识与宗教观念的调和。

其实，在基督教成为西欧正宗的宗教之前，在古代希腊，在罗马共和国时期和罗马帝国早期，哲学中的享乐主义一直有很大的影响。当时的人认为，享乐主义不是什么坏事，而只是说明了人要顺应自然，人要本性流露，不要虚伪，也不要压抑本性。当时，这种流露本性和顺应自然的思想既反映于艺术作品中，也反映于社会生活中。然而自从西罗马帝国灭亡和西欧封建社会逐渐形成之后，由于经济的衰败，封建庄园中自给自足倾向的加剧，乡村生活的单调，古代哲学中的享乐主义已经没有立足的地盘而被世界所遗忘，代之而起的则是禁欲主义。基督教的教义被教会解释为赎罪要通过对自己生活的节制，对教廷的恭顺，对内心活动的反思来实现。圣米歇尔修道院正是这一时期历史的产物。

然而，城市兴起以后，这一切都发生了变化。城市居民生活在新的环境中，在这里，既有从乡村迁来居住的贵族家庭，又有通过工商业活动而发财致富的商人、作坊主，还有摆脱了人身依附关系的昔日的农奴或今日的市民们。环境变了，地位变了，思想也变了，古代哲学中的享乐主义的复兴从十三世纪以后便有了基础。对市民来说，在法律上平等了，本性就有机会流露出来；有了一定的个人财产，就会去做自己想做的事情，这就是顺应自然。这同对基督教的信奉，以及对上帝的虔诚，可以并行不悖。古代哲学中享乐主义的复兴，意味着人文主义思想开始活跃起来。

在城市居民看来，正常的交易行为是顺应自然的，不应当加以限制，更不能加以压制。人们既然追求的是对自然的顺应，那就应当放手让人们去参加交易，参加各种商业活动。掩饰人的本性是不对的，因为人的本性中包含着对利益的追求和改善生活处境的愿望。这些都同教会宣扬的禁欲、苦行主义针锋相对。人不能漠视现实世界的变化，也不可能对周围发生的变化视而不见。古代哲学中享乐主义的复兴为商品货币关系的进一步发展增添了动力。人文主义的进一步发展使西欧封建社会继续发生变化。变化不仅反映了商品货币关系的扩大，而且反映了人们精神面貌的改变，其中包括基督教信仰也开始出现人性化的倾向。这在文艺复兴的艺术作品中清楚地反映出来。

宗教中的人性化倾向实际上鼓励了城市中的居民争取更多的自由和进一步发展经济。中世纪人们所向往的天上王国观念受到了新的冲击。天上王国原来只存在于教士的口头上和经典的暗示中，然而宗教中的人性化倾向却让人们懂得，原来天上王国在不少方面是同尘世王国相似的或相通的。天上王国中也有温情，也有悲伤，也有欢乐，而不全是冷冰冰的。生活在圣米歇尔修道院中的教士们精神上的堤防逐渐崩塌，他们动摇了，这是他们摆脱禁欲、苦行的第一步，也是圣米歇尔修道院从鼎盛走向没落的第一步。

同样不可忽视的是，城市的经济发展和城市的生活环境也影响了教会本身。比如说，农奴出身的人可以成为商人，成为作坊主，甚至被选进了行会领导机构，或者在城市行政机构中担任了一定的职务，为什么农奴出身的人就不能担任教职？事实上，有的地方已经这么做了。再如，城市兴起和工商业发展以后，在城市中社会流动比较宽松了，想当教士的人就大大减少，甚至已经做了教士的也设法离职而去，只要他们有文化、有人缘，在城市、在工商界，哪儿找不到合适的职业，何苦一定要终身独处，在荒凉的孤洲修道院里过着简陋的生活？

当初，圣米歇尔修道院建立之时，西欧的商品货币关系不仅很不发达，而且是受到教会抵制的。按照正统的基督教的解释，商品货币关系的发展不利于一个人思想的净化和灵魂的获救，有悖于做人的原则。而世俗的知识界人士，包括从教会中分化出来的持有不同观点的学者，则认为商业精神与宗教观念可以共存，可以平行发展，商品货币关系是自然发展起来的，限制商品货币关系的发展实际上就是限制人们向自然的顺应。这种在当时说来是新的观念，从城市居民那里扩大到城市以外，从工商界扩大到宗教界，整个修道院上上下下也都接受了这种观念，至少是从内心倾向于这种观念。于是久而久之，在广大市民日益接受天上的王国与尘世的王国可以并存的观念之后，教会对经济领域内各种事务的影响力逐渐减弱了。修道院院长带头转向世俗社会，教士们跟着这样做。禁欲、苦行主义的大堤经不起城市生活影响的冲刷，圣米歇尔修道院的衰败是必然的。

我们迎着英吉利海峡上的阵阵西风，从修道院的塔楼上向北看去，一望无际。我们默默地走下山来，不时回头看一看这座历经沧桑的禁欲主义历史的见证物。我们上了汽车，匆匆向诺曼底驶去，要赶在日落前凭吊一下第二次世界大战期间盟军登陆的战场遗址。

1998 年 1 月

（选自《山景总须横侧看：厉以宁散文集》，北京大学出版社，2003 年版）

中世纪城市留下了什么

——在布鲁塞尔所想到的

从安特卫普开车到布鲁塞尔，只用两个小时就到了。安特卫普是比利时的第一大港，也是西欧大陆最大的港口之一。布鲁塞尔是比利时的首都，还是欧洲共同体部长理事会（最高决策机构）和委员会（执行机构）所在地。安特卫普和布鲁塞尔都是历史悠久的名城。安特卫普城和布鲁塞尔城在十一至十二世纪时就已初具规模。到十三世纪，工商业已相当发达，成为区域性的经济中心。驾车带我们游览的是我的学生车耳。他是北京大学法语专业1977级学生，本科毕业后，又在北京大学经济系外国经济史专业攻读硕士学位，研究法国经济史。他在选修我的《经济史学概论》一课时所写的论文《昂利·塞（Henri Sée）的经济史理论》，我给了最好的成绩。他先在法国工作了十多年，再转到美国工作。他说，从历史的角度看，布鲁塞尔更有意思，因为这里保存下来的中世纪遗迹要比安特卫普多。

中世纪给布鲁塞尔留下了什么？给安特卫普留下了什么？给比利时各个城市留下了什么？又给西欧的大大小小城市留下了什么？当然，留下的历史遗迹不少。在西欧到处可以看到，几百年前留下的教堂、修道院、城堡、宫殿。它们即使曾经毁于战火，

但后来又修复了。此外，在一些地方还可以看到当年留下的老街道、老房子、往日的雕塑等等。这些都值得观光者在此留步。单单是一座小男孩撒尿的雕像就围上好几层游人，听导游介绍中世纪时有个小男孩怎样用一泡尿水拯救了全城居民的故事。人们还在圣母玛利亚雕像下许愿，在用砖石铺砌的城市广场上漫步。姑且不谈附近的滑铁卢，也就是决定拿破仑一生命运的战场，就在布鲁塞尔市内，历史遗迹真不少。但布鲁塞尔这座中世纪就已闻名的城市，除了历史遗迹以外，还留下什么？这是车耳和我在比利时境内一路交谈的主要话题。

留下的应该是一份珍贵的精神遗产，这就是城市自治制度和市民共济互助的文化传统。还可以毫不夸张地说，城市自治制度和市民互助共济的文化传统不仅是比利时中世纪城市留下的精神遗产，而且是整个西欧的中世纪城市所留下的精神遗产。这份精神遗产还被带到了十七、十八世纪的北美殖民地，带到了加拿大、澳大利亚和新西兰。这一珍贵的精神遗产在西欧和西欧以外的某些城市，被长期维护着，一直保存到今天。

为什么说这些精神遗产比历史遗迹更耐人寻味，更发人深思？要了解这些，必须从西欧中世纪城市的建立说起。

在西欧中世纪，尽管城市是自发成长起来的，而且这一过程长达数百年之久，但城市的出现具有不可忽视的意义。开始时，城市虽然出现了，但依附于乡村，依附于封建主。农奴和有农奴身份的手工业者即使已住在城市中，但在城市发展的初期仍然要向领主承担一定的义务，缴纳了货币后也不能完全免除义务。然而，当不同等级和不同身份的人从四面八方聚集到城市以后，原来的等级界限即使依旧存在，但由于大家都住在一个城市内，要遵守城市生活中已经形成的若干惯例、若干行为准则，在城市发生紧急状态（如遇到外来的进攻，或发生大火灾，或瘟疫流行，或严重饥荒）时，彼此是共命运的，大家都为城市的安全、稳定着想，从而进一步冲淡了原来的等级界限与身份特征。

此外，在西欧封建社会初期，只有教会人士才是有知识的人，世俗人士同知识无缘。城市兴起以后，情况逐渐发生了变化，居住在城市中的医师、律师、作家、艺术家、学者、会计，还有手工工匠，成为西欧中世纪最早的世俗知识分子，他们对以后城市文化的发展起了重要的作用。

聚集在城市中的居民多了，就要推举出一些人来管理城市。推举什么人呢？当然是有能力，办事公正，而且得到大家拥戴的人。这是很自然的事情，因为城市初建时，面临的困难很多，没有合适的人来管理城市，城市就难以生存下来。城市的自治机构就是这样产生的。

城市自治机构要应付的第一件大事就是要使本城有足够的粮食供应，这直接影响城市的安定。囤积居奇者的投机行为被禁止，粮食限定于在市场上公开出售。有的城市规定了每个家庭购买粮食的最高限额，面包师不许购买超过他的炉灶所需要的麦子。有的城市连食盐、煤炭等生活必需品的销售也做了规定，不许多买，更不许囤积。

西欧中世纪城市建立之初，贫富差别不大。贫富差别增大是以后的事情。而且，较穷的人在城里总是占多数。从居住条件上说，城市初建时的条件很差。穷人都挤住在木头或泥土构建的房屋内，手工工匠与同行往往住在同一区域，而每一条街的名称就是一个行业协会的名称。行人在阴暗的小巷中行走，马车把通道堵住，猪在污泥中觅食。城门日落关闭，日出才开，以保证城市的安全。

在这种情况下，为了保证城市生活的正常进行，为了让穷人也能生活下去，以及为了维持秩序，城市采取了一系列措施。比如说，很早就建立了义务消防队和轮值巡夜制度，成年的男性都有义务参加救火和巡夜。又如，有些城市设立了“公社”，让穷人到那里去烘烤面包。有些城市在郊外保留了成片公有树林和公有牧场，容许市民到那里去自由放牧，采伐树枝作为燃料。这些都体现了城市初建时居民中存在的共济互助精神。

刚进城的手工业者是势单力薄的，他们经不起天灾人祸，经不起任何意外挫折，他们不仅控制不了自己收入的增减，而且也控制不了自己的命运。他们唯一的办法是组织起来，按行业的不同组成行会。行会领导人最初也是推举出来的。所推举的都是些有能力的、肯负责的、办事公正的工匠，这与他们自身财产多少没有直接联系，即不一定把最有钱的人选到领导岗位上。行会不仅制定经营的规章，而且承担了许多公益事务，如帮助贫穷的手工业者家庭，救济孤儿寡母等，所以被选为行会领导者的人要有奉献精神，愿意出钱出力。

城市限制竞争，行会也限制竞争，实际上都是共济互助精神的一种体现，以免穷人受打击，少数人获得巨额利润。例如在城市中，行会规定，每个手工业者同时也是自己生产的手工业产品的销售商。店铺的后院就是生产车间，前面是柜台。工匠不准从事贩运活动，禁止作坊招贴广告，禁止强拉顾客上门，禁止削价出售商品，禁止派人沿街叫卖。有的城市，甚至禁止裁缝上门干活，禁止鞋匠上门补鞋做鞋，因为上门干活，易于摆脱行会的各种限制，并会加剧竞争。用今天的标准来看，行会的某些规定是不合理的，它们阻碍了技术的进步和竞争力量对经济的促进，然而在当时，它们有着存在的理由，因为城市建立之初，社会的安定是压倒一切的。

时代变了，过时的规定早就被抛弃。城市限制不了贫富差距的扩大，行会阻挡不了市场竞争的展开和技术的进步。城市的领导人逐渐换成了有权有势又有钱的富商，行会机构也被大作坊老板所把持。几乎每一个西欧中世纪城市都经历了类似的变化。又过了若干年，在王权兴起之后的西欧，不仅行会名存实亡了，甚至城市的独立地位也丧失了，行会受制于政府，城市依附于王权，但中世纪初期城市生活中所留下来的城市自治制度和市民共济互助的文化传统却已渗透到街区，渗透到家庭，渗透到市民中间。不少西欧城市至今还保留了许多节日，其中不少是从中世纪传下来的。在节日里，他们用游行、用舞蹈、用歌曲、用化装表演，来怀念遥远的过去。遥远的过去是一个已经生疏的年代，但仍然深深地留在那些节日里载歌载舞、欢庆同乐的人们的记忆之中。

1998 年 1 月

（选自《山景总须横侧看：厉以宁散文集》，北京大学出版社，2003 年版）

挡不住的压力，禁不住的诱惑

——巴黎兵器博物馆观后

我在巴黎兵器博物馆内足足待了一个下午，仔细观看。使我感兴趣的，不仅有中世纪骑士们的头盔、面罩、甲胄和刀剑，还有早期的火炮火枪。这可不是一般的兵器展览，而是整个西欧社会从兴盛到衰亡的历史写照，是封建主这个阶级的命运的概述。

西欧的封建主阶级自认为血统高贵，祖上又有军功，得到国王的赏赐，占有大片土地，建立庄园，役使农奴。他们之所以能在一个区域内维持自己的统治，依靠的是武力。在他们看来，城市中的主要居民无非是过去的农奴而已，甚至连城市这块地方也是归自己管辖的，向城市征税是天经地义的事情。有军队作后盾，封建主还怕什么？

西欧封建主阶级的军队主要是骑兵。骑兵由封建主阶级的下层成员充当,不但骑兵本人披上铠甲,而且连他的战马也披上铠甲。铠甲,把人的全身从颈到脚踝都盖住。他只在打仗的时候才穿起来，并且需要一个仆人替他背负盔甲和长盾，牵引战马，并帮助他在作战前穿好铠甲。在封建主的军队中，步兵当时起不了多大作用。步兵多半由农奴充当，他们的主要任务不是野战，而是跟在骑兵后面，起着配合作战的作用。在个别作战场合，由农奴充当的步兵还担任弓箭手。在封建主同城市的斗争中，封建主的骑兵在野战中处于优势。

平时，封建主住在城堡里。城堡四周有壕沟，有吊桥。城堡往往建在山坡上，易守难攻。这又是封建主的一个优势。

然而，大概在十四世纪初，西欧开始在战斗中使用火炮，发射珠形石弹和实心铁弹，后来使用爆炸的弹头。城市有钱，首先添置了火炮，建立了炮兵。稍晚，步兵开始使用步枪、手枪，而且往往是步枪与长矛并用，一部分人用步枪，一部分人用长矛，互相配合。城市有了自己的炮兵，又有了使用步枪的步兵，以前一直攻不破的城堡抵不住城市的大炮，枪弹可以射穿骑士的盔甲，从此封建主不再是城市的对手了。

另一方面，城市以自己的新的生活方式和经营方式也影响着封建主阶级。在痛恨、嫉妒、羡慕之后，最后封建主阶级也相继向城市生活方式和经营方式学习，依样行事。封建主向往安逸舒适的生活。他们感到，庄园自产的毛织品比较粗糙，要想穿丝绸衣服，甚至棉布衣服，必须到城市里去购买；从东方输入的上等丝绸和棉布，只有城市里才出售。衣服上的装饰品、工艺品以及美观的首饰、修饰，也都是庄园自身生产不出来的。庄园里也不生产调味品。煮的或烧烤的肉，只有蘸盐吃。可用作调味品的香料只有城市里才能买到，因为它们是从东方进口的。为了改善居住条件，封建主还必须从城里购买一切被认为必要的东西。只有城市里才能买到玻璃，使乡下住所的窗户挡风避寒。城堡里的灯具、炊具、锁具以及装饰用的地毯，精致的家具等等，无一不需要到城市里去购买。但要购买这些，都需要货币。有的封建主，干脆搬到城里来居住。或者,他们在城里建造住宅,城乡都可居住,并把乡间的城堡、庄园当作行使权力的场所，或作为狩猎、休闲的地方。还有一些封建主为了增加收入,转而经营工商业或金融业。当然，另有一些封建主在庄园里经营市场所需要的农产品的生产，如种植供出售的粮食，发展养羊业，出售羊毛，或者生产和销售咸肉、黄油和奶酪。

一切都在变化之中，城乡关系在变，封建主自身也在变。正如我在关于资本主义起源研究的读书笔记中所写的：那些坚持老一套经营管理方式的封建主，那些不肯变、不想变，念念不忘以高贵血统引为自豪的旧贵族，无疑越来越落后于时代。庄园效率低下，收入日减。他们阴森森的城堡既挡不住城市雇佣军的炮火，他们贪图享乐的本性又抵抗不了城市奢侈生活的诱惑。他们悲叹自己的时代已经一去不复返，他们以无可奈何的心情来看待庄园债台高筑。他们穷了，但排场依然要讲究，饮食还得同以往一样，马车、仆从、礼服等等，一切照旧，尽管日子已经不好熬了。这种现象甚至早在十三世纪的西欧就已经出现。以高贵血统和祖上的军功而自豪的封建主的后代们，既挡不住城市炮兵的火力，又禁不起城市繁华生活的诱惑。他们越来越感觉到曾经光辉过的“骑士时代”再也回不来了，自己被潮流抛弃了。在封建社会后期的西欧，可以看到这样一些过去未曾有过的现象：大贵族由于没有财力置备女儿讲排场的嫁妆，而不得不一再把女儿的出嫁日期推迟;小贵族由于还不起欠债,只好把自己的马匹和宝剑都变卖出去。庄园的土地被抵押出去了，有钱的农奴和有农奴身份的手工业者赎出了自身，没钱的逃亡到城市里、新开发区，或深山老林之中。

在意大利，托斯卡纳大封建主廷廷那诺家族没落后，最后一代封建主把家产卖光，在城市里以讨饭为生，最后饿死在大街上。虽然这些只不过是个别的例子，但足以说明无法适应新形势的大大小小贵族们，再也保持不了往日的赫赫声势了，已经没落的封建主们再也恢复不了从前的地位了。他们已经被城市的经济力量毫不容情地打败[1]。全身盔甲，精湛的骑术和剑术，坚固的城堡，所有这一切都挽回不了西欧封建主必然被历史所淘汰的命运。从巴黎兵器博物馆出来，我首先想到的就是这些。

1998 年 2 月

（选自《山景总须横侧看：厉以宁散文集》，北京大学出版社，2003 年）

①厉以宁：《厉以宁选集》，山西人民出版社，1988 年版，作者手迹页。

辉煌只在回忆中

——游西班牙王陵

早上在巴黎乘飞机到马德里，一下飞机就到市中心把旅馆房间订好，接着叫了一辆出租车赶往马德里郊外的王陵参观。同我原来的设想大不一样。在我的印象里，中国的皇陵都是有山有水，有墓葬，有牌坊，有石人石兽的，明孝陵和明十三陵、清东陵和清西陵那种占尽人间好风水的景象就不必说了。哪怕是位于南京江宁的南唐二陵，仍然有一种陵园的气派，只是规模小得多而已。然而当我们来参观西班牙王陵时，却出乎我的意料，那是一座旧宫殿，下层是棺木陈列室，已故国王们的棺木排列在那里，每个棺木前面有一块牌子说明死者是谁，生年卒月，周围点着蜡烛，阴森森的。这就是王陵？是的。也许这符合基督教的传统，因为西班牙的国王们不仅是虔诚笃信的教徒，而且曾为维护教皇的权威和扩张基督教势力出过不少力。

西班牙历史上有过一段辉煌灿烂的时期。把十五世纪后期到十六世纪末的西班牙说成是欧洲的海上霸主，甚至世界海洋的霸主，并不为过。西班牙兴盛也快，衰落也快。西班牙给人类历史增添的，同西班牙使世界所丧失的，几乎是一样多。用中国人的老话说，叫作“功过相抵”；用时下的说法，则叫作“对半开”。

西班牙给人类历史增添的是什么？是新大陆的发现，是玉米、土豆、番薯等可以挽救灾荒年代无数饥民生命的新粮食品种向世界各地的传播，是基督教文明与阿拉伯文明的交融，是通过阿拉伯人把中国人发明的火药传入了西欧，是塞万提斯留下的《唐·吉诃德》这样的文学名著，是斗牛士们所显示的勇气和韧性。西班牙使世界丧失了什么？是玛雅文明、阿兹特克文明、印加文明被摧毁，是印第安人大量死亡或被奴役，是中世纪城市自治精神的丧失，是残暴黑暗的宗教裁判所的长期肆虐。

当我们从西班牙王陵回到马德里，天已快黑了。在马德里街头散步，到处是小店小摊，出售各种各样的纪念品，其中有哥伦布横渡大西洋的帆船模型，有迷人的巴塞罗那海边风光的图片，还有当初统一西班牙的斐迪南国王和伊莎贝拉女王两人的头像等等。而来自世界各地的游客们更热衷购买的则是西班牙的土特产，包括葡萄酒、橄榄油、地毯和挂毯、羊皮和羊毛织品以及斗牛士穿戴的衣帽。

西班牙是在长期与阿拉伯人的斗争中统一的。独特的历史使它在许多方面不同于西欧其他国家。古代，西班牙地区曾被迦太基占领，后来落入罗马共和国和罗马帝国手中，成为罗马版图的一部分。在罗马帝国衰亡过程中，日耳曼人不断南下，日耳曼人中的一支西哥特人在五世纪初进入高卢南部和西班牙地区，建立了西哥特王国。公元 507 年，法兰克王国国王克洛维从高卢北部南下攻打西哥特王国，西哥特战败，被逐出高卢南部，只保留了西班牙地区的统治权。公元 711 年，阿拉伯人由非洲渡过地中海北上，西哥特人退往北部山区，先后建立了几个小王国。北部山区的西哥特人王国同中部和南部的阿拉伯人占领区长期对峙，达数百年之久。

到了十二世纪，北部山区的几个小王国，通过战争和谈判，终于在今日西班牙境内形成了两个较大的国家，这就是卡斯蒂利亚王国和阿拉贡王国，都是基督教国家。收复被阿拉伯人占领的土地的斗争从此进入一个新阶段。到十三世纪末，卡斯蒂利亚王国攻占的土地有安达卢西亚、穆尔西亚，以及科尔多瓦、塞维利亚等。阿拉贡王国攻占的土地有瓦伦西亚和巴利阿里群岛。阿拉伯人只保存了半岛南端的格拉纳达一小块地区。

对西班牙近代历史具有关键意义的是十五世纪后半期。1469年，阿拉贡王子斐迪南和卡斯蒂利亚王位的女继承人伊莎贝拉结婚。1474年，伊莎贝拉继位为卡斯蒂利亚女王；1479年，斐迪南继位为阿拉贡国王。于是两国正式合并，形成了统一的西班牙王国。从1483年起，西班牙为了收复被阿拉伯人占领的土地，向格拉纳达进攻，并于1492年攻下格拉纳达。至此，从八世纪初算起，长达七百多年的收复失地斗争宣告结束。

西班牙的王权是在同阿拉伯人的长期斗争中确立的。伊莎贝拉和斐迪南所依靠的是城市、骑士和一部分同工商业关系比较密切的贵族的力量。但西班牙封建领主的势力依然强大，他们希望割据的局面继续存在，不愿意统一以后自己的力量遭到削弱。在统一的西班牙王国建立后，伊莎贝拉和斐迪南便开始打击地方割据势力。而城市对王权是支持的。城市组织的民军，同国王军队一起攻下封建领主的城堡，没收被侵占的王室土地，剥夺封建领主的铸币权。国王为了获得城市的支持，曾给予城市以自治权。

尽管相对于当时西欧其他国家的城市而言，西班牙的城市自治权十分有限，但西班牙城市对此是容忍的，因为城市看到，统一的西班牙有利于扩大市场，特别是从事对外贸易的商人能迅速致富。

进入十六世纪二十年代以后，西班牙政局发生了剧烈的变化。1516 年，斐迪南国王死后无嗣，其外孙哈布斯堡家族的查理（斐迪南和伊莎贝拉之女安娜之子）继承了西班牙王位，称查理一世。1519 年，查理一世的祖父、神圣罗马帝国皇帝马克西米连一世去世，查理一世被选为神圣罗马帝国皇帝，称查理五世。这样，查理一世统治的范围从西班牙本土扩展到意大利、尼德兰、奥地利和德国境内一些地方，再加上西班牙的美洲殖民地。西班牙版图之大，空前未有。西班牙的灾难，从此降临。查理一世对外连年用兵，耗尽财力；对内横征暴敛，赋税加重。他实行的是绝对专制集权的政治体制。他依靠西班牙的大封建主来巩固自己的统治，取消了城市的自治权。议会名义上还存在，但再也不起什么作用了。在查理一世统治西班牙以前，西班牙城市曾经出现过繁荣。到十六世纪末和十七世纪初，在查理一世的儿子菲利普二世继位并实行专横统治时，西班牙城市的繁荣成了历史的陈迹。

在伊莎贝拉和斐迪南统治时期，他们为了巩固王权，同时也为了向罗马教廷表忠心，希望得到教皇的支持，就以宗教裁判所作为手段，罗织罪名，清洗异己。查理一世继位后，实行了更加严厉的宗教统治，宗教裁判所进而变成借此掠夺、侵吞工商业者财产的手段。西班牙宗教裁判所的黑暗和残酷，在查理一世的儿子菲利普二世时期更达到了顶点。

西班牙王陵所在的旧宫殿中，油画很多。不少油画以西班牙的民俗人情为题材，也有描述宫廷生活和战斗场面的。油画反映的是过去的时代。西班牙的确有过辉煌的昔日，但辉煌仅仅留在历史的记载里，留在人们的回忆中。

一个民族，是不能靠回忆生活的。哪怕过去有无比灿烂的史迹，哪怕祖先们对人类、对世界有不可磨灭的功绩，那也只能说明过去而已。回忆，可能给人们以精神上的动力，要发奋图强，再创辉煌，但也可能使人们沉溺在对往事的无尽追忆之中，把祖上的业绩变成一种麻醉剂，甚至陷入了盲目自信的困境。千万记住：历史不等于现状，更不等于未来。

1998 年 1 月

（选自《山景总须横侧看：厉以宁散文集》，北京大学出版社，2003 年版）

不彻底的改革种下的恶果
——日本濑户内海的大久野岛

濑户内海是日本的一个内海，东面，有纪伊水道，通往太平洋；南面，在九州和四国之间，有丰后水道，也是通往太平洋的；西面，通过关门海峡，同日本海相连。濑户内海里的岛屿很多。广岛是濑户内海北岸的大城市之一。

在濑户内海有一个小岛，名叫大久野岛，是一个无人居住的小岛。二十世纪三十年代以前，较详细的日本地图上有这个岛。三十年代以后，大久野岛从所有的日本地图上消失了，因为这个岛已被建为制造毒气弹的工厂。直到第二次世界大战结束后，美国占领当局才摧毁了这个毒气弹生产基地，并把全岛封闭了起来。

我们是由广岛乘船到这个岛上去的，距离日本投降已经五十多年了。大久野岛现在是一个旅游点。岛上有山，山洞都被堵死，平地上全换上外地运来的泥土。岛上还有一个展览室，陈列当年在岛上制造毒气弹的图片。侵华战争中日军所使用的毒气弹，有些就是大久野岛的兵工厂生产出来的。在岛上，我们的心情十分沉重，悲痛地悼念被日寇杀害的我国军民。大久野岛是日本侵略者罪恶历史的铁证。

明治维新以后日本之所以很快地转上对外侵略的军国主义道

路，不是偶然的。改革迅速但很不彻底，封建主义、军国主义被大量保存着，种下了一系列恶果。不可否认，明治维新的推动者主要是那些主张学习西方富国强民之术的封建主阶级成员以及同西方国家接触较多的商人，他们不满意幕府统治下对商业的限制和对商人的控制，而希望通过变革使日本也能像西欧国家那样建立保护商人、保护私有财产的制度。他们以财力支持要求变革的诸侯和武士。所有这些人在发现西方军事力量强大，远不是日本所能抗拒得了时，便很自然地成为倒幕运动的支持者了。他们念念不忘的是先使日本强大，再对外扩张，实现幕府所实现不了的帝国之梦。日本在从封建制度向资本主义制度转变的过程中，社会、政治、文化生活中都保存了不少封建主义、军国主义的内容。即使在经济领域内，财阀体制同样可以被看成是资本主义和封建主义的一种结合。

从大久野岛归来，我认为不能低估第二次世界大战结束后在日本开始的又一次变革的意义。战后，日本按照西方国家的模式进行了体制重组，土地关系变革了，财阀体制废除了，政治方面也进行了改革，例如，宪法的修改、议会制度的改革、民主选举制度的实行等。尽管这些改革都是在美国占领当局主持下或施压下进行的，但通过这些改革，以普选制为基础，以国会作最高权力机关和唯一立法机关的议会民主制度在日本终于建立。日本的资本主义发展经过最近几十年的一系列改革，终于逐渐淡化了明治维新以后大约八十年左右的时间笼罩于日本政治、经济和社会之上的封建主义的影响。当然，企图使日本重新走上军国主义道路的人今天仍在不停地宣扬当年日本的军威，煽动国民仇视中国，但多数日本人对于议会民主制度已经有所认识，他们不愿意再回到半个多世纪以前的岁月去，不愿意使日本重受军国主义的支配。

在日本，我感到日本与德国相比，有一个显著的不同。在德国，国民之中存在一种对纳粹在第二次世界大战期间的罪行的自责和内疚，他们认为这是德国全民族的耻辱。而在日本，则看不到这种情绪，总有一些人认为日本当年是出于自卫才有这种战争的。这是对历史的歪曲，奉劝这些人到大久野岛上被封闭的山洞前看看吧。

1999 年 6 月

（选自《山景总须横侧看：厉以宁散文集》，北京大学出版社，2003 年版）

一个历史之谜的试解

——为什么九州的诸侯和武士如此积极地参加倒幕运动

明治维新前的倒幕运动中,西南诸藩是倒幕的主力。西南诸藩,主要指九州的萨摩藩和佐贺藩、四国的土佐藩,以及位于本州西南角的长州藩。我们乘火车由广岛西行,首先经过山口县,长州藩就在今山口县境内。过了下关,进入九州,我想起一百三十多年前的历史,当年这一带正是倒幕军的重要基地。

以前有人问过我一个问题:明治维新以前的日本掌握实权的是江户幕府,受压迫最重、苦难最深的是广大农民和破产的城市手工业者,政治上最受冷遇、最受排斥的是居住在京都的天皇和天皇身边的宫廷大臣们,为什么日本从封建主义向资本主义的演变,既不是来自江户幕府推动的改革,又不是来自底层社会的革命,也不是来自京都皇室所发动的政变,而是从远离东京、远离京都的西南诸藩首先发难的倒幕运动开始的?九州岛,位置偏僻,面积不大,全岛只有三万多平方公里,还不到日本全国面积的十分之一,对外贸易虽然比较活跃,但经济发达程度远低于东京附近和京都附近,然而九州岛的诸侯和武士竟会如此积极地参加倒幕运动,这是为什么?

在九州,在日本朋友陪同下参观古迹并同他们交谈时,得到了不少启示。我尝试着对这个问题做一些解答。

九州是日本最早接触西方传教士和商人的地方。葡萄牙商船于 1543 年来到日本九州，据说是因海风漂流而来的。葡萄牙耶稣会的传教士最早从 1549 年起开始在九州等地传教。西班牙人到达日本的时间要比葡萄牙人晚三十多年。葡萄牙人、西班牙人不仅在日本传教，还运来枪炮。到十六世纪末，据说信天主教的日本人已有十五万人，信徒中有商人、手工业者、农民，还有武士。当时日本正处于诸侯割据时期。葡萄牙人到日本开始传教之时，本州中部尾张国（今爱知县名古屋附近）的大名（诸侯）织田信长的势力刚刚兴起。他用了葡萄牙人带来的西洋枪炮装备军队，吞并附近一些诸侯领地并占领京都，于 1573 年结束了室町幕府统治。织田信长对天主教采取保护政策。织田信长死于 1582 年，部将丰臣秀吉继承了他的统一事业。丰臣秀吉害怕天主教势力扩张会影响自己的统治，于 1587 年下令禁止天主教，但禁令未被严格执行。到十七世纪初，即德川幕府建立时，日本的天主教徒已多达七十至七十五万人，甚至德川家康的亲信之中也有了天主教徒。1613 年底，幕府担心天主教深入民间，成为民变的一种精神力量，下令严禁天主教，指责天主教是邪教。从公元 1614 年到 1635 年，据说有二十八万天主教徒因拒绝改变宗教信仰而遭杀害。

德川幕府镇压天主教的手段极其残酷。据历史记载，九州天主教徒受尽酷刑，如割耳、断手指、用竹锯锯头、火烤、投入沸水等。1637 年 10 月九州的岛原、天草爆发了大规模农民起义，起义者中不少是天主教徒。在幕府十三万大军攻打下，起义军三万多人被围困在原城。1638 年 2 月，原城被攻破，惨遭屠城，起义军全部战死、自杀或被俘斩首，城内老人妇孺也未能幸免。天主教此后还秘密地存在于九州，势力大不如前。幕府对天主教徒的镇压，虽然使九州一带的平民百姓痛恨幕府，痛恨投靠幕府的本地的领主和武士，但这对于后来的倒幕运动并没有直接影响。

1635 年，德川幕府禁止一切日本船只和日本人出国，不准已出国的日本人从海外回国。这被称作锁国政策。在锁国政策之下，只开放长崎港同中国、荷兰进行有限的贸易。荷兰人来到日本的时间稍晚于葡萄牙人和西班牙人。荷兰人信奉新教，不同于葡萄牙人和西班牙人信奉天主教。不仅如此，荷兰人对德川幕府是恭顺的，并帮助德川幕府削平不归顺的诸侯，镇压反抗德川统治的农民军。例如，九州的岛原地区的农民军曾打出天主教的旗号反抗当局，努力日盛，幕府军久攻岛原地区的原城不下，就求助于荷兰人。荷兰人向幕府军送去大炮和炮弹，还把望远镜借给幕府军指挥官使用。荷兰军舰从海上炮击原城，幕府军才把农民军镇压下去。所以荷兰人在德川幕府时代处于略受优待的地位。为什么说“略受优待”呢？因为幕府对荷兰人仍存戒备，他们只能在长崎经商（葡萄牙、西班牙船只根本不准驶入），而且有指定的住处，不能自由走动。

荷兰人通过长崎主要对日本西南地区产生影响，这种影响是不可忽视的。由于同荷兰人的接触较多，日本知识界中有一些人经过荷兰人的介绍而了解到西欧国家的政治、经济制度。兰学是指学习荷兰语来了解西方的自然科学、医学、军事、政治、经济、地理和历史的一门学问。这些通过荷兰而逐步了解西方的日本学者，被称为兰学家。由于兰学中有涉及西方政治制度的内容，引起幕府不安，因而逮捕了一些宣传西方政治制度的民间人士，只容许自然科学、医学知识的传播。但兰学的影响并未减弱，有政治内容的书籍和思想照样传入，甚至还影响了一批对幕府统治不满的下级武士和诸侯。兰学对以后倒幕势力形成的影响要比以往葡萄牙人、西班牙人的影响大得多。

然而，西南诸藩成为倒幕派主力的主要因素仍旧是西南诸藩对自身利益的权衡。十九世纪前半期，德川幕府更加腐败无能，财政困难，赋税加重，加之经常发生灾害，幕府官员不但不设法赈济灾民，反而勾结粮商，抬高粮价，民间暴动不止。西南诸藩感到，如果幕府继续统治下去，不仅会使日本无法抵御西方列强的侵入，而且连西南诸藩也会因社会动乱的加剧而难以保住原有的利益。在这种情况下，他们要求向西方学习，进行改革，而阻挠革命的最大障碍，在他们看来就是德川幕府。

西南诸藩也认识到，单靠自己的力量是推翻不了德川幕府的。他们必须依靠天皇，于是“尊王攘夷”“还政天皇”便成为他们的口号，一场酝酿已久的倒幕运动终于展开了。倒幕运动的声势不断扩大，幕府仍企图以军事力量对倒幕派进行镇压，但形势已不利于幕府。英国政府看到，如果倒幕派继续用发动平民的方式来推翻幕府统治，很可能使局势难以控制，不如转而支持倒幕派。于是英国向倒幕派供应军火。1866 年 12 月，主张维持原有封建秩序的孝明天皇去世，1867 年明治天皇继位，宫廷的形势变得有利于倒幕派，倒幕力量决定组织联军东进。1868 年 5 月德川庆喜投降，幕府时代告终，日本全境由天皇统治。

西南诸藩实现了倒幕目标。明治维新以后短短几年内，天皇政府迅速实行了中央集权制度，采取了废藩置县，建立中央陆海军，取消地方关卡，废除旧的等级制和身份制等改革措施，并宣布取消给贵族和武士的终身年俸，而以一次性发放公债和给予一部分现金作为补偿。天皇政府还颁布了禁止武士佩刀的禁令。这一切使西南诸藩大为失望，使那里的武士们忿忿不平。当初这些积极参加倒幕运动的贵族和武士，固然怀着打倒幕府，拯救日本的愿望，但他们并非真正的改革派。他们希望天皇掌权后能增大贵族和武士的利益，至少能保持他们原有的利益。这一愿望落空后，他们便以“征韩”为名，企图通过发动对外战争，削弱中央的权力，阻挠改革。而明治天皇政府认为“征韩”时机尚不成熟，目前应以通过改革增强国力为主。于是原来的西南诸藩境内先后发生了叛乱，包括1874年佐贺的叛乱，1876年长州的叛乱。到了1877年，萨摩叛乱爆发，以武士们为主组成的叛军多达好几万人，为首的就是当年积极参加倒幕的重要人物西乡隆盛（1827—1877）。叛军被政府军击败，西乡隆盛自杀。

在九州，日本明治维新前后这段历史，倒也发人深省。要知道某些最初积极参加改革的人，不一定是改革目标的赞同者。当改革逐渐接近目标时，分歧的扩大将导致这些人疏远改革，退出改革，甚至强烈反对改革！

对改革过程的分析不宜简单化。这里又提供了一个例证。

1999年6月

（选自《山景总须横侧看：厉以宁散文集》，北京大学出版社，2003年版）

工匠们有过自己的黄金时代

——斯特拉斯堡的老街区

位于德法边境法国一侧的斯特拉斯堡是一座历史名城。不算罗马时代，从公元五世纪的法兰克王国算起，距今也已一千五百多年了。以前这里属于法国的阿尔萨斯州，普法战争后,法国失败，把阿尔萨斯和洛林两州割让给德国，第一次世界大战结束后才被法国收回。现在，斯特拉斯堡属于法国下莱茵省，是省会所在地。在李洁博士的陪同下，我们来到斯特拉斯堡。我们是从德国斯图加特乘汽车去的，途中经过巴登—巴登，越过莱茵河，就到了。

斯特拉斯堡现在之所以出名，是因为欧洲议会会址设在这里。而斯特拉斯堡在中世纪之所以闻名，因为它地处莱茵河畔，水陆交通便利，手工业发达，商业兴旺。十三至十五世纪时，从北欧通往地中海，从东欧通往英吉利海峡的商路，都经过斯特拉斯堡。从这里，商队北上，可达科隆、不来梅、汉堡、律贝克；南下，可达里昂、马赛、米兰、热那亚、比萨、佛罗伦萨；东去，可达维也纳、布达佩斯、基辅、诺甫哥罗德；西行，可达巴黎、鲁昂、布鲁日、伦敦。斯特拉斯堡既然是东西南北商路的交汇点，各国商人也就在这里聚集、洽谈、交流。在中世纪的西欧，一个有二万人的城市就算得上大城市了，而十五世纪中期斯特拉斯堡的人口已达到二万六千人。

另外值得一提的是，斯特拉斯堡的行会组织相当典型。斯特拉斯堡当时有两个大的行会，一是制帽匠行会，一是织布匠行会。它们势力大，而且富有，地位要在其他行会之上。

当我们在斯特拉斯堡的老街区散步时，尽管这里经历了几百年的风雨，天灾、战乱不断，但仍能想像到昔日的喧闹，想像到当年那些手工工匠们如何为自己的生存和发展而在这座城市中辛勤地生产和经营。中世纪西欧城市中的行会是手工业者自行组成的，参加行会的是作坊主人，又称行东或匠师。行会是怎样形成的？可以认为，最初的行会是一种带有生活上互助性质的组织。在困难的环境中，同一职业的人聚在一起，靠互相照顾而在城市中生存下来。这种共济互助团体的另一个作用是，由于当时市场有限，手工业者为了求得稳定，竭力防止内部的竞争，所以采取了各种限制措施。

比如说，并非任何一个手工业者都能自由建立作坊。在某一个行业开设作坊，必须先取得行会的会籍。有些城市规定了一个行会的会员限额，不准超过限额，以免竞争对本行业造成负面影响。又如，行会对作坊的规模也实行限制，包括对年产量的限制，对帮工和学徒人数的限制，对工具设备的数量的限制等等。以对帮工和学徒人数的限制来说，通常情况下一家作坊只允许雇一个或两个帮工、两三个学徒。这种限制，是有现实意义的，因为这可以防止一家作坊规模过大，挤垮其他作坊。同时，这种限制也对未来有意义。这是因为，学徒学艺几年后就会出师，担任帮工，做了帮工后，只要积蓄了一定的财产，或有了某种机会，就可以开设作坊，因此，多招收学徒和帮工意味着未来的作坊数目会增加，作坊之间的竞争会加剧。

行会对作坊的技术限制，包括对产品质量制定一定的标准，对于帮工技术水平的考核等。当时在巴黎，一般规定学徒学艺五年，五年满师后，至少必须再当五年帮工，才能取得当行东的资格。在德国某些城市，对铁匠的考核通常是：一个人骑马在这个帮工面前来回走三次，帮工就应当替这匹马打出尺寸大小相符的马掌。在作坊里，只准利用自然采光，从日出工作到日落，不许在灯光下干活，不准上夜班。正式的理由似乎是，点灯干活不能保证产品的质量；更重要的理由是，延长工时会加剧作坊的竞争。

在中世纪的西欧城市中，曾经有过这样一个时期：行会说了算，工匠们说了算。行会是按行业设立的。行业虽然有大有小，力量有强有弱，但行会与行会之间，既没有从属关系，也没有主次之分，富裕的行东多半出自大的行会中。城市领导机构则受势力大、经济力量强的行会的支配，大行会的富裕行东通过本行会的影响进入了城市领导机构。所以这一段时期可以被称作行会的黄金时代、工匠们的黄金时代。

斯特拉斯堡的老街区并不大，走出老街区，又回到新市区。这完全是一座现代化的城市。老街区保留下来了，新市区不断建设、发展。正如中世纪工匠们的黄金时代是暂时的，行会的黄金时代也不可能维持很久。在斯特拉斯堡可以雇一辆马车，在老城区悠闲地逛着；而在新市区，新型的小汽车在穿梭不绝地奔驰。马车可以继续存在，只要游人愿意坐就行；而汽车代替马车，则是不可改变的趋势。行会规定的种种限制，终于逐渐被富裕的行东突破。作坊的雇工人数超出了限额，行东本人不再是作坊的主要劳动力或者本人不再参加劳动了。行会中过去存在的作坊师徒关系已经转变为雇主与雇工了，帮工晋升为匠师的希望越来越渺茫，他们成了“永久性帮工”，他们同雇主之间的矛盾加剧起来，这就迫使帮工们设法自行组织起来，成立团体，号召帮工罢工，以保护自己的利益。

这正是西欧经济史上值得注意的现象：大作坊主和永久性帮工都来自乡村，来自离乡背井的农民，前者由小作坊主变成中等规模的作坊主，再变成大作坊主，发财致富了，并阻止后者获得同样的发财致富的机会。城市中等待出卖劳动力的人越来越多，他们聚居在陋巷和城郊，每逢星期一早上，就匆匆从住处赶到城市广场或教堂前面，等待雇主挑选。有幸被选中的，便有了工作，但不少人只能充当临时工，每次受雇日期为六天。到了星期六晚上才能领到工资，但又意味着下周必须再出去寻找新的受雇机会。这就是最初的自由劳动力市场。说劳动力自由，因为逃进城市的农奴们，有些已经成了市民，有些即使尚未取得市民身份，但暂时不受封建主的束缚、限制。至于破产的小手工业者、被解雇的帮工，以及被赶出门的学徒，他们本来就是自由之身，但却没有工作可做，只得等待新主人的雇用。

斯特拉斯堡这个既古色古香，又充满现代化情调的边境上的城市，可供参观、游览、欣赏、回味的地方太多了。对老街区的参观，只是斯特拉斯堡之行的一部分内容而已。但愿下一次来这里时，看得更细致些。

1999 年 10 月

（选自《山景总须横侧看：厉以宁散文集》，北京大学出版社，2003 年版）

“五月花”精神

——从波士顿来到普利茅斯海边

沙滩时期的北京大学老同学张涛、李会燕夫妇三十年前全家移民美国。现在，他们的三个孩子都大学毕业并已成家，老两口退休了，自由自在地在波士顿安度晚年，有时飞往美国其他城市看看孩子，有时结伴回北京走走。我两次去波士顿，都是应麻省理工学院的邀请去做演讲的。第一次是 1994 年去的，见了张涛、李会燕夫妇，但当时的日程排得很满，抽不出时间一起玩玩。这一次，他们同我们夫妇在波士顿见面后，一定要开车带我们到普利茅斯海边参观。他们说：不去看看“五月花”号的登陆地点，怎么能了解当初的移民社会呢？

这话说得有道理。“五月花”，是北美最早移民艰难旅途的象征，是一种同舟共济、互助友爱精神的体现。

在普利茅斯，仿制的“五月花”号停泊在岸边，船不大，是一艘普普通通的当年载客横渡大西洋的帆船。小镇里到处是饭馆、旅店、酒吧和出售“五月花”纪念品的商店。到这里来参观游览的，有像我们这样的外国客人，处处感到新鲜、好奇；也有美国人，有的可能已经不止来过一次了，他们是在怀旧。还有一些画家，他们在写生，在寻找灵感。更有一些波士顿或附近城乡的中学生、小学生，他们到这里来，是为了学习，因为北美殖民地的历史，就从这里开始。

在中世纪，罗马教廷一直干预英国内政。英国早就想摆脱罗马教廷的控制，但条件还不成熟，国王只得忍受。英国同罗马教廷的决裂是从都铎王朝第一代国王亨利七世（1485—1509）开始的，但当时比较隐蔽。到了亨利八世（1509—1547）临朝时，他已不能再容忍罗马教廷对英国政治的干预，便于1533年同罗马教廷决裂，禁止英国教会向教廷缴纳岁贡。1534年，英国国会秉承国王的旨意，通过了“至尊法案”，宣布英国国王是英国教会的最高领袖，拥有任命教职和决定教义的权力。改革以后的宗教称英国国教，英国国教也是宗教改革后新教的一支，与路德派、加尔文派并称。路德派传入英国后受到打击，因为信奉路德派教义的，不少是住在伦敦的德国商人，他们同英国商人在利益上有冲突。英国教会则更多地考虑到路德派教义的传播会动摇自己的统治，所以对信奉路德派教义的英国人进行迫害。亨利八世同罗马教廷决裂后，他急需新教教派的支持，以对抗罗马教廷，于是对路德派转而采取笼络的手段。女王伊丽莎白一世于1558年即位后，通过国会否认罗马教皇对教会的至高无上的地位，规定了英国国教的教义，以《圣经》为信仰的唯一准则。路德派在英国不是新教的代表，但可继续传教。在英国代表新派的，只是英国国教。

这时，加尔文派在英国的影响已日益增大。加尔文派比路德派激进。加尔文派中有一部分教徒对伊丽莎白女王的宗教政策公开表示不满，他们认为英国国教是妥协的产物，主张用加尔文派教义来纯洁教会，使新教摆脱国王的控制。他们还主张清除英国国教中保留的天主教旧制，提倡过简俭朴素的生活。这些人被称为清教徒。清教徒的言行触怒了伊丽莎白一世。女王除了继续迫害追随罗马教廷的天主教徒外，也迫害不信国教的清教徒。清教徒为了逃避英同政府的迫害，开始逃亡到北美。

英国在北美最初有十三个殖民地，最早的是 1607 年建立的弗吉尼亚。1606 年，英王授权给伦敦公司（又名弗吉尼亚公司），开发北美殖民地。1607 年 5 月，伦敦公司把第一批移民送到了弗吉尼亚，这些移民中，有破落绅士，有穷人，有投机家或冒险家，也有罪犯。还有一些所谓的契约奴，就是以自己丧失几年自由、替主人干活作为代价，换得到北美的旅费，契约期满恢复人身自由的劳动者。“五月花”号运送移民则在十三年之后。1620 年 9 月，大约一百零二名清教徒，其中多数是农民、工匠、城市贫民，乘坐“五月花”号，用了两个多月时间，抵达普利茅斯。这批人起初并不想来到北美，他们只是要离开英国，以免受到迫害。他们首先到了荷兰。他们看到荷兰人口稠密，谋生不易，又不愿让自己的孩子学习和使用荷兰语，于是转而驶向北美。由于风向的原因，他们没有在弗吉尼亚上岸，而是随风飘到了普利茅斯。那时，普利茅斯连个地名都没有，一片荒土，附近还有印第安人出没。但他们决定在这里住下。在船上，这些清教徒商议好“五月花公约”，要在新土地上建立清教徒的自治团体，发扬互助精神，实现平等社会的理想。现在，既然决定留在普利茅斯，就按照船上的协议去做吧。普利茅斯最初的清教徒移民社区就这样诞生了。上岸后，这些清教徒，在艰苦的环境中度过了寒冬。缺少食物，缺少药品，年老体弱的人和孩子死了一些，但其余的人终于熬过了几年。以后，英国的清教徒又陆续从英国移居到这块由“五月花”号移民新开辟的北美殖民地。

“五月花”号所带来的清教徒的理念，为北美殖民地的开发增添了新的动力。这是因为，任何人，一旦行为目标理性化了，精神动力就会产生，经济发展的奇迹就会出现。但某种理念，如果要成为创造业绩的动力，不能离开客观环境。为什么这些清教徒在英国境内受尽迫害而发挥不了作用呢？而当他们一踏上了北美的土地，业绩就被创造出来了呢？站在普利茅斯岸边，望着浩瀚的大海，不禁会产生这样的看法：制度环境，也只有制度环境，才能使理念发挥作用。

但另一个想法又出现了。尽管十七世纪初英国的制度环境不利于清教徒的发展，甚至连清教徒的生存都成为问题，北美殖民地的制度环境要比英国国内好得多。可是，如果这批乘“五月花”号漂洋过海来到普利茅斯的清教徒们，缺乏一种理念，缺乏一种精神动力，他们会离开故土，冒生命危险到北美来吗？理念是可以改变制度环境的，理念也是可以创造制度环境的。

我们在岸边散步、摄影，在小商店买纪念品。普利茅斯上空的阴云渐渐多起来了，我们刚到时，天是阴沉沉的；渐渐地，从阴天变成小雨，小雨又转成中雨，远处已经看不清楚了。我们只好离开岸边，回到汽车上，掉转方向，驶往波士顿。

“五月花”号给我留下的印象是难忘的。不可否认，一个由没有信仰的成员所组成的社会，是一个没有希望的社会。社会的成员如果没有信仰，不管是宗教信仰还是非宗教性的信仰，社会将变得无序。信仰是对一种既定理想、原则、伦理观念的效忠，对信仰者本人是约束，对其他人是监督，对社会是制衡。来自英国的清教徒们历尽艰辛在北美殖民地建立的，就是这样一种社会。清教徒的团体要求教徒加强自律，不做违背本教道德规范的事情，抵制有损于道德规范的行为。即使组织中有人违背了道德规范，也不应宽恕，因为这将使理想的实现遭到损害，使团体的形象遭到破坏。这体现了精神力量的作用。

普利茅斯清教徒社区建立七十年后，到 1691 年，社区并入了马萨诸塞殖民地。清教徒继续在马萨诸塞或整个新英格兰起着重要作用，并从这里再迁居到其他地方。清教徒彼此之间构成了一种新型的人际关系，这个群体依靠成员对群体本身的信任与认同，以及成员之间的协调而维持存在；这个群体的存在与活动在信仰一致的前提下进行，群体与成员之间的关系建立在有序状态之中。应该说，早期北美殖民地，特别是新英格兰移民社会的情况，就是如此。

社会的有序性建立在成员和由成员组成的群体的行为有序性之上。成员行为的有序性依靠信仰和自律，群体行为的有序性依靠互信和互律，而社会活动的有序性则依靠成员和群体的自觉，依靠社会的制衡。“五月花”精神就体现了这一点。

2001 年 8 月

（选自《山景总须横侧看：厉以宁散文集》，北京大学出版社，2003 年版）

心疑重到天池路

——加拿大路易丝湖之游

法国人来到加拿大要早于英国人。法国波旁王朝创立者亨利四世（1589—1610）临朝期间，法国人就到达圣劳伦斯河入海处，1608年建立了魁北克城。后来，移民逐步内移，1642年又建立了蒙特利尔城。十七世纪后半期到十八世纪初期，移民加拿大的法国人越来越多。十八世纪，法国和英国之间爆发了两次大规模的争夺海外殖民地的战争。一次是西班牙王位继承战争（1701—1713），法国失利，英国获得加拿大境内的纽芬兰和哈德逊湾沿岸等地区；另一次是七年战争（1756—1763），法国失败得更惨，加拿大被划为英国殖民地。但法国人在魁北克一带仍占人口的多数，法国在加拿大东部的文化影响从未消失。

我们应麦吉尔大学的邀请，从美国底特律飞抵加拿大的蒙特利尔。在蒙特利尔住了三天，然后乘汽车到达魁北克。在魁北克，处处可以看到法国文化传统。法国殖民者当年所建造的城墙、炮台也保存得很好。这里现有的居民有的已经是最早移民的第若干代了。据说他们讲的还是波旁王朝时代或拿破仑时代的法语，连目前从法国本土来的人都不易听懂。接着，我们又应卡尔加里大学的邀请，飞到了位于加拿大中西部的卡尔加里。

卡尔加里是一座新兴的工业城市，是石油天然气工业的中心。我国的中石化公司（中国石油化工集团有限公司）同卡尔加里的石油天然气部门有密切的合作关系，我们在卡尔加里市内遇到一些中石化公司派到这里来学习和接受技术培训的技术人员。在卡尔加里大学国际合作部任职的张加恩、王培伦夫妇，陪我们参观了市容，登上了电视塔，也逛了唐人街。在卡尔加里大学英国文学系任教的谢少波、袁丽娅夫妇和在工学院任教的顾佩华、冷韵秋夫妇，则陪我们游览了加拿大著名风景区路易丝湖。至今我仍同别人提起，路易丝湖之游是一次令人难忘的旅行。

路易丝湖距卡尔加里有一段路程，汽车大约要开三个小时才到。离开卡尔加里市区后，在高速公路上行驶，先是穿过田野、牧场，接着就进入山区，遍地是树木和山花。这里属于落基山脉，原来是印第安人打猎的地方。但这一带的印第安人很少，地广人稀，冬季积雪太厚，山路全封了，外面的人根本进不来。现在，这里已成为加拿大的自然保护区。汽车有时傍山沿溪而行，溪水清澄，是从雪山流下来的。快到路易丝湖时，经过一个小镇，名叫班夫。小镇十分整洁，人口不多。看来，镇上的住户有些是经营家庭旅馆的，旅游季节生意兴隆。也有人在卡尔加里或加拿大其他城市另有寓所，把这里当作第二套住房，平时作为周末休假之地，特别是到了滑雪季节，全家到这里长住一段时间。我们下了汽车，走进景区，来到湖边。在沿湖边闲步时，雪山、清水、遍地的鲜花，给我的初步印象是，这里有些像四川阿坝自治州的九寨沟。我在湖边即兴填了一首《调笑令》，送给陪同前来的谢少波、袁丽娅夫妇。

调笑令

加拿大路易丝湖

2001 年

遥望，
遥望，
林地野花竞放。
雪峰难挡雁群，
湖面飘升雾云。
云雾，
云雾，
隐约来时行路。

然而，当我们转到离湖岸不远的树林中的一排餐馆时，再回头看看覆盖着皑皑白雪的高峰，看看湖水和草地，我感到这里更像是新疆的天池。九寨沟有湖，但湖面远没有路易丝湖这么大。九寨沟有雪山，但身在九寨沟内，雪山离我们所站立的位置太近了，抬头只见雪峰，不见山脉，而路易丝湖由于面积大，站在湖的南岸，首先映入眼帘的是北岸一层又一层绵延起伏的山峦，气势雄伟，再远望座座雪峰，高耸入云。这不更像是新疆天池吗？于是我又即兴赋了一首《七绝》，送给同行的顾佩华、冷韵秋夫妇。

七　绝

再咏加拿大路易丝湖

2001 年

蓝水雪山黄白花，
轻烟湖上薄如纱。
心疑重到天池路，
烤肉香飘是酒家。

在从路易丝湖返回卡尔加里的途中，只见火车在峡谷中行驶。这条铁路向西通往温哥华，向东通往温尼伯、多伦多、蒙特利尔。铁路横贯加拿大全境。从温哥华到卡尔加里这段铁路，穿越落基山脉，工程异常艰巨。正如美国西部的铁路建设一样，加拿大西部的铁路也是清朝末年来自中国的工人修筑的。那些头上还留着辫子、破衣褴衫、语言不通，整年在峡谷中开山修路筑桥的华工，不仅受尽雇主的剥削，而且还受到当地社会的歧视。加拿大当局需要华工替他们干活，因为华工吃苦耐劳，报酬又低，但却不承认他们应有的权利，不保护他们。从清朝末年到民国初年，由于中国贫弱、政府腐败、官员无能，也没有尽到保护华工、为他们争取到合法权益的责任。直到二十世纪三十年代，加拿大执行的仍是歧视华侨和华工的政策。这种情况到抗日战争后期才开始发生变化。记得上一次我们来加拿大时，先到温哥华，再去多伦多，由西往东走。在温哥华，我们瞻仰了纪念中国筑路工人当年事迹的塑像。塑像的建立，表明加拿大恢复了对华工的正确评价。在加拿大西部坐火车的人都该想一想，当年为了修筑这条铁路，有多少华工牺牲在这里，有多少华工遭受了极不公平的待遇！

世道变了。记得我们上次从北京乘飞机到达温哥华时，由于我们先不去温哥华市区，而是要转机去维多利亚，所以在温哥华飞机场候机楼里等待。我们在候机楼里遇到的，差不多全是中国人，包括从中国内地和中国香港来的，也有从中国台湾来的，还有从东南亚来的。说来也巧，我和我的大学同学，比我低一届的范中民，就在温哥华机场里相遇了。他来温哥华已经多年。他出国后，我们再也没有联系过，一见面，真是他乡遇故知。他说：“你们从维多利亚回温哥华后，我一定带你们在温哥华多玩些地方。”几天后，他作为向导，带我们去了温哥华许多地方。在唐人街，我们简直感到这里有点像九龙。稍后，我们到了多伦多，又是华人聚居的城市，唐人街就有好几处。这次我们看到，连卡尔加里这样一个新兴的城市，也有唐人街和中华会馆。华人在加拿大经济中已经占据不可忽视的地位，华人在加拿大经济和社会发展中的作用是谁也无法否认的。

从路易丝湖回来，在车上，我记起了宋朝刘辰翁词《西江月》中的两句：“梦从海底跨枯桑，阅尽银河风浪。”刘辰翁的词是凄凉的、悲切的。其实，沧海桑田不一定令人感慨哀伤，也可以反映人们在回忆往事时精神的振奋和心情的开朗。比如说，我在1951年填的《南乡子·湖南益阳渡口》中，就有“祖辈风光流水去，沧桑，前代空为后代忙”之句。在1980年填的《清平乐·应赵迺抟老师、骆涵素师母之邀，同游陶然亭》一词中，回忆起二十五年前（1955）同游香山一事，就写了“先生须发苍苍，门人永记慈祥，忆昔香山野宴，人间阅尽沧桑”。而在1990年填的《秋波媚·代北京大学经济学院贺陈岱孙先生九十寿辰》中，我写道：“忧国少年越重洋，回首几沧桑。人间早换，武夷更秀，闽水流长。”因此在本篇的结尾，我想用这样八个字来收笔：沧桑世道，回味无穷。

2001年8月

（选自《山景总须横侧看：厉以宁散文集》，北京大学出版社，2003年版）

“上帝之城”的理念

——日内瓦的加尔文遗址

北京大学光华管理学院代表团一行到达日内瓦的第二天，11月22日，正是我的生日。那天上午和晚上都有公务活动，下午，中国驻世界卫生组织代表宋允孚的夫人吴甘美同志（我国著名经济学家吴大琨教授的女儿）建议我们一起到日内瓦老城参观，说是轻松轻松，因为以后几天我们还有好几场会谈，我个人还要做学术报告，那时可能抽不出时间了。初冬季节，日内瓦总是阴雨连绵，但当天下午天气是晴朗的，沿着莱蒙湖边的林荫道走去，远处高高的勃朗峰清晰可见，白雪覆盖，景色迷人。日内瓦老城保存着过去的砖石铺砌的街道、小楼、教堂，游客不是很多。

在日内瓦老城，游人注意到不少与加尔文有关的遗迹，包括他当初布道的教堂。在日内瓦大学校园内，有加尔文生平事迹的展览和加尔文雕像。中世纪晚期日内瓦留给世界的文化遗产中，最珍贵的可能就是加尔文的宗教改革思想了。

加尔文比马丁·路德小二十多岁，出生于法国。马丁·路德贴出《九十五条论纲》的那一年，即1517年，加尔文才八岁，当然谈不上受路德思想的影响。加尔文受路德思想的影响是在巴黎大学学习期间，他很快成了一个比路德激进得多的宗教改革论者。1533 年，他被法国教会指责为异端分子，不得不流亡于瑞士。1536 年加尔文来到日内瓦。当时，宗教界人士在日内瓦分成两派：一派是旧教，仍皈依传统教义，专奉教皇的训谕；一派是新教，赞同路德的宗教改革主张。两派斗争激烈。加尔文在日内瓦一开始并不得志，以至于 1538 年被当时掌握了市政大权的旧教人士驱逐出境，流亡于斯特拉斯堡。隔了三年，即 1541 年，新教人士重新在日内瓦得势了，他们把加尔文请回日内瓦，从此加尔文成为日内瓦的宗教领袖。直到 1564 年去世，他一直主宰着日内瓦的大局。

加尔文教派比路德教派激进之处主要是：路德教派认为，世俗世界是世俗人的世界，教会不仅不要干预世俗世界的事务，教会人士也应当遵从世俗世界的规章制度，这样社会就有序了。至于宗教信仰，则是个人的事情，个人可以做出选择。加尔文教派认为，世俗世界也应当服从上帝关于人人平等和互助友爱的旨意；无论是教士还是世俗的人，都要严于律己，都要信仰上帝，各人在自己的岗位上按上帝的意志行事，社会才能有序。加尔文教派既突出了纪律，又强调了平等和互助。

在加尔文看来，要根据上帝的旨意，在人间建立一个“上帝之城”。这样的“上帝之城”要靠奉行新教的教徒们集体的力量来建设。加尔文把日内瓦视为“上帝之城”的试验区，市政当局要照顾市民的生活，关心穷人，发展工商业，以使人人有工作做。只要不是欺诈勒索，放债可以收息，经商可以致富。赌博被禁止，娱乐被禁止，乞丐也被禁止。有劳动能力的人都应当工作。人人平时工作，是克尽天职，星期日奉献给上帝，上教堂、做祈祷，也是克尽天职。教会的神职人员一律由教徒选举，市政当局的管理者也由选举产生，被选上的都是信奉新教的市民。在加尔文教派主持下，日内瓦成了政教合一的城市共和国。

新教中出现了加尔文教派，一下子就在西欧扩大了影响。法国的一些工商业者、技师、工匠成了加尔文教信徒，他们被称作胡格诺派。荷兰的新教徒在加尔文教义的指导下发展经济，使荷兰成为第一个资本主义国家。加尔文教义推动人们去勤奋工作，积累财富，严于律己，乐施好善。虽然不能把荷兰的资本主义发展归因于一种教义的作用，而应当从荷兰的政治经济环境来考察，但加尔文教义的影响仍是不应忽略的。

我们从世界上不同国家的经济发展的史实中可以了解到，在经济发展的背后往往存在着一种精神力量，它引导人们去努力争取经济的果实，鼓励人们孜孜不倦地去开拓、经营。这种精神力量可以是某种宗教伦理，也可以是某种非宗教伦理，而是一种信念、一种理性化的行为目标。毅力和奋发上进的心理，全都来自某种信念。如果国民在经济发展过程中有一种理性化的行为目标，经济发展的加速是没有问题的。

从日内瓦老城回到繁荣市区时，仿佛一下子就分清了两个世界：中世纪晚期的世界和现代化的世界。一个是宁静的，另一个是喧闹的；一个是理想的，另一个是现实的。实际上，加尔文教派自身同样充满了矛盾。当时的日内瓦也是两个世界：理想的世界和现实的世界。宁静的是加尔文布道时的说教，他心平气和，把《圣经》上的道理原原本本地讲解给信徒听。喧闹的是当时浸沉于新教狂热中的信徒们，在街头殴打、凌辱所谓的异端，也就是不相信加尔文说教的人，把他们抓进监狱，抄他们的家，砸烂他们的家具、门窗、房屋。理想的是加尔文一心想建立的人人平等和互助友爱的社会。现实的是加尔文掌权下的血淋淋的日内瓦监狱和刑场，那些被加尔文教派视为异端的人在这里遭难、受罪，等着被处死。这正如房龙在《宽容》一书中所说："今天的异教徒到了明天就成为所有持异见者的大敌。"[①]加尔文教义主张宽容，但这只是理论上的宽容。在现实生活中，加尔文对待持不同观点的人，绝不宽容，绝不手软。

加尔文为了实现上帝之城的理念，把大部分岁月献给了日内瓦。他无疑是一个心灵高尚的人，有理想、有抱负、有毅力。经济学家哈耶克曾经说过，世界上的坏事不一定都是坏人干的，而往往是一些高尚的理想主义者干的，这是因为，坏人心虚，只能干些小坏事，而干出大坏事的人，往往自认为有崇高的理想，一心想把人间变成天堂，所以自认问心无愧，他没有道德上的顾忌：既然目的是崇高的，什么样的手段不能使用？

加尔文教义从日内瓦传开了，加尔文在日内瓦去世了。理想的世界依然存在于虔诚的教徒的心中，至今变化不大。而现实的世界，却一变再变，同加尔文时代已大不一样。创建于加尔文时代，只研究神学的日内瓦大学，早就摆脱了教会的控制，成为自由的、开放的综合性大学。日内瓦早已加入瑞士联邦，不再是一个政教合一的城市共和国了。只要多少了解十六世纪西欧历史的

---

①[美]亨德里克·房龙著，迮卫、靳翠微译：《宽容》，生活·读书·新知三联书店，1985年版，第184页。

游人，今天来日内瓦凭吊加尔文的遗迹，怎会不感叹世事的无常？怎能不领悟历史潮流的前进是谁也阻挡不了的？

2002 年 11 月

（选自《山景总须横侧看：厉以宁散文集》，北京大学出版社，2003 年版）

岁月如歌

共同的心愿

——纪念北京大学成立九十周年

在一些学术会议上，经常遇到北大的毕业生。他们毕业的年份不同，离开北大有早有晚，但在交谈中，可以发现他们都有一种对母校的深切的留恋。如果问他们："回忆北大，你最留恋的是什么？"答案是一致的：最留恋的，或者说，最值得留恋的，是不断探索的精神，是培育了这种探索精神的学术环境。

我从1951年考进北大经济系以来，从学生到教员，到1988年，也就是北大成立九十周年之际，在这里学习和工作了三十七年。这三十七年内，我没有离开过北大。尽管如此，这种留恋的心情在我身上是同样存在的。早在我做学生的时候，当我走进图书馆，别人告诉我，北大图书馆的藏书多么多么丰富，我想，假定北大缺少不断探索的精神，藏书再多，又有什么意义？当我走进教学楼，别人告诉我，北大拥有多少位全国知名的学者、教授，我想，假定北大不存在培育探索精神的学术环境，教师的学术造诣再深，难道就一定能培养出具有创新能力的学生？在北大生活和工作的时间越久，我对这一点的体会就越深。而有这种体会的，肯定不止我一个人。

事实正是如此。正因为在北大，上上下下，从教授到助教，从研究生到刚入学的大学一年级学生，都存在着一种不断探索的精神，所以图书馆的藏书变活了，教授们的渊博的知识变成了共同的财富。一本好书，在读者手中多次流传；一篇引起争论的文章，争相转告；一场精彩的学术报告，听者回味无穷。宿舍里，教室内外，时常可以听到不同的观点在交锋。这就是北大。哪怕是在五十年代初，当本本主义的教学模式开始统治北大讲坛的时候，我作为一个学生，在图书馆内仍然能接触到来自世界上各个角落的学术讨论的最新信息；在同教授们私下的交谈中，仍然能学习到课堂上所学不到的东西。哪怕是六十年代初，当盲从已经变成了一种灾难，思想的禁锢已经越来越变为现实的时候，我作为一名青年教师，仍然能从同辈人那里听到对权威的观点的评论，仍然能从学生中间了解到他们最关心的是什么问题：不是个人的得失，而是社会的前途。也许六十年代末到七十年代中期是一段最艰难的日子。“经典中没有谈过的问题，不容许讨论；经典中已经谈过的问题，不必再讨论。”但这场文化界、思想界、教育界的风暴，并没有把北大所固有的探索精神毁灭掉。讨论可以被扼杀，思考却无法制止。何况被扼杀的也只是公开场合的议论，每一个北大人总有那么几个知心的伙伴，小范围内的探讨，岂是禁止得了的？于是出现了两个北大，一个是外界看得见、听得到的北大，那是浮在水面上的北大；另一个是只有生活在北大，同北大的命运始终拴在一起，继承并发扬了探索精神的北大人才能察觉到的北大，这是深藏在北大人心中的北大。不了解从六十年代末到七十年代中期实际上存在着两个北大的人，是不了解北大的。结果呢？愚弄者被愚弄了，欺骗者被欺骗了，想铲除北大探索精神的人的打算落空了。北大依旧是北大。

为什么“不断地探索”会成为北大的传统，我想，谁也不容易三言两语就回答这个问题。蔡元培校长的功绩、五四运动、一二·九运动、民主广场……在北大的历史上，这些都是不可磨灭的纪事碑。但我朦朦胧胧地感觉到，使北大的探索精神得以代代相传并且紧紧随着时代前进的步伐的主要原因，是北大人的高度的社会责任感。北大人是永远不会满足现状的。假定现实社会中一切都已经尽善尽美了，假定现实生活的一切存在的都是合理的，那么我们又何必学习、探索呢？那么我们在学习中又能追求到什么呢？是高度的社会责任感，导致当年的北大人，冲出校门，同旧秩序展开斗争，发扬了“五四”精神、“一二·九”精神；是高度的社会责任感，导致现在的北大人，冷静地思考世界经济技术发展的大趋势，分析中国经济技术落后的根源，寻觅民族振兴的可行的方案。探索是为了革命，既包括当初的第一次革命，也包括今天的第二次革命。正是这种高度的社会责任感，使探索精神成为北大的传统、北大的生命力、北大的永远的骄傲。

每当我同刚踏进北大校门的十七八岁的一年级新生交谈的时候，我总爱询问他们：你们为什么选择北大？你们来到北大，希望学习到什么？他们才离开中学，其中许多人还来自边远的省份，他们的回答多半是：北大有一个好的学习环境，在这里能够学习到有用的知识。他们知道北大的学习环境好，并且知道在这里所学到的知识是有用的，这就很不错了。能对这些十七八岁的孩子有更多的要求吗？仅仅过了一年，当他们读二年级的时候，我又用同样的问题询问他们。我发现，他们的思想已经发生了很大的变化。他们对于北大这个好的学习环境，不再是空泛的了解，而是具体的认识。这一年啊，除了课堂上的那些课程的学习而外，他们还听了多少次课外的讲座，他们在图书馆里度过了多少个小时，他们接触了高年级同学，他们为北大这一年所发生的事情讨论过多少个夜晚。他们被北大的环境感染了，他们被高年级的学术气氛感染了，他们的视野大大开阔了。他们会说："在北大，最重要的不是学到知识，而是学到了钻研问题的精神、观察事物的方法和对待知识的态度。"他们投进了北大这个大熔炉之中，探索精神和社会责任感从他们的内心中成长起来。他们仍然同刚考进北大时那样，带着几分骄傲或自豪感。但那时，他们只是因为自己的入学考试成绩高出别人一个档次而骄傲；而今天，他们却因自己身上有了初步的探索精神而自豪。实际上，他们变得谦虚多了。他们越来越察觉到社会对自己的要求与自己已经达到的水平的差距，他们发现自己所肩负的社会责任的重大、个人能力的不足和知识的有限。他们懂得，只有加倍努力学习，虚心向别人求教，才不辜负北大这个难得的学习环境。从大学二年级起，直到毕业，他们将一直在不断探索的精神的引导下钻研和讨论，他们还用这种精神来影响刚进校的学生。北大的探索精神正是这样传递下去的，探索精神的传递不会有止境。这正是北大的生命力的体现。

有了不断探索的精神，有了高度的社会责任感，北大人才不相信教条、不盲从权威、不随风摇摆。我记得我的一个学生在接受某一项研究任务时曾经说过："我们接受课题，但不接受指定的观点，也就是不接受指定的结论。"这句话充分反映了北大的教师、研究人员和学生们对待研究工作的负责态度。课题，可以接受，也应该接受。至于观点，那是在实际研究中逐渐形成的；而结论，则是全部研究工作结束时才归纳出来的成果。我们是独立思考者，不会随声附和，也不懂得如何为指定的结论去收集“证据”。

正如我在前面已经说过的，离开了北大的校友，留恋北大的学术环境；至今仍在北大学习和工作的人，同样留恋北大的学术环境。我走过学生宿舍区，看到一张张关于学术讲座的海报，特别是其中有不少是由北大的中青年教师主讲的，我总有一种说不出来的欣慰心情，因为这意味着北大的探索精神在继续，北大的学术环境被完好地维护着。我作为近若干届北大中青年教师、研究生、大学生科学研究优秀成果评奖组织的负责人之一，细心审阅送来的著作、论文、研究报告，我也总有一种难以抑制的兴奋情绪，我预言，在这些作者当中，肯定有一批在未来的学术界将显露头角的人物，他们是在北大探索精神培育下成长起来的一代新人。单凭这些，我就可以满怀信心地告诉那些离开了北大、但依然留恋北大学术环境的广大校友：北大有希望，希望在于北大的年轻人。

北大的中青年教师日益成为北大的生力军。我教过他们中的某些人，他们听过我的讲演。我问过他们：你们愿意留在北大工作，为什么？北大的住房条件很差。“这算不了什么。”北大对留校的讲师、助教们压的教学担子很重。“这能锻炼人。”北大的提职称条件比较严格，高级职称的名额有限。“严要求是件好事嘛！”你们准备坐冷板凳？“你们不也是这样过来的吗？”好吧，那就留下来吧，纯粹是出于自愿。从每届毕业的研究生中，我留下了一些“志愿兵”，他们加入到北大的教师队伍中来，为的是把北大办得更好，使北大的探索精神永远永远地保持下去……的确，北大的教学战线上需要这样一批愿意献身于学术的“志愿兵”，需要这样一批有高度社会责任感的“志愿兵”。单凭这一点，我又可以乐观地告诉校友们：北大充满了希望，未来的北大校史将由这批中青年教师和他们教育出来的学生去撰写。

难道一年之中只是某一天才是教师节？难道只有这一天教师才受到尊重与关心？不。在北大的校园里，在师生共同追求真理的讲坛上下，在不断探索的精神对北大每一个成员发挥着巨大感染力的学术气氛中，我们不需要把某一天定为教师节，或者说，我们这里每天都是教师的节日。作为一名北大的教师，难道还有比一批又一批年轻人的迅速成长更能使自己感到高兴的吗？作为一名北大人，难道还有比看到“探索”与“北大”这两个词更紧密地联系在一起时更能使自己感到欣慰的吗？

祝不断探索的精神在北大永存——这是广大的校友和我们这些留校工作、学习的人的共同心愿。

1988 年 5 月

（选自厉以宁著《经济、文化与发展》，生活·读书·新知三联书店，1996 年版）

难忘的岁月

在连续劳动了六年之后，能有一段较长的时间坐在图书馆里安安静静地阅读、收集资料、写作，那是再幸运不过的了。尽管从那时到现在已经将近二十年，但我始终忘不掉这一段经历。

其实，在“文化大革命”开始前两年，也就是1964年秋季一开学，我就不得不同我所喜爱的书本暂告别离。先是南下湖北江陵农村，后是到北京近郊高碑店，从事两届“社会主义教育”工作。1966年6月初，在高碑店突然接到“立即返校”的命令，一回校就被列入“横扫”的对象，挨批、挨斗、劳动。从那时起，到1972年年初为止，“转战”的场地一再更换。六年的连续劳动终于在1972年年初告一段落，回校以后，并没有安排具体的工作，只是在经济系资料室打杂。在当时的条件下，这是完全可以理解的。

正在这个时候，学校突然接到了外交部的通知，说美国著名经济学家加尔布雷思、托宾、里昂惕夫即将访问中国，并将到北京大学经济系做学术讲演。为了准备接待这三位美国经济学家，工宣队、军宣队的负责人便布置了任务：整理他们的学术观点，编译资料，供领导参考。胡代光同志受委托，主持这项工作，我有幸成为经济系资料编译小组的成员之一。记得1972年在这个小组内从事编译工作的，还有陈振汉、范家骧同志，但一年以后，他们都另有任务，小组实际上只留下我一个人了。

要知道，从二十世纪五十年代初开始，当代西方经济学在我国就很少被学术界注意。六十年代初，北京大学罗志如、胡代光、范家骧同志开设“当代资产阶级经济学说”一课，等于从头开始。但“文化大革命”一来，不仅该课程被取消了，而且担任这门课程的教师也受到了冲击。等到 1972 年，由于外事活动的需要而重新注意当代西方经济学的动态时，一切等于再度从头做起。换句话说，从 1952 年院系调整到 1972 年，整整二十年的西方经济学的发展状况对于国内学术界说来，是一大段空白。这二十年内，西方国家有哪些经济学流派？每一个流派的主要代表人物是谁？他们的基本观点是什么？他们的代表作有哪些？这些基本观点对西方国家的经济政策有什么影响？如何评价这些基本观点？当代西方经济学界的热点课题有哪些？今后的研究动向如何？……这一系列问题对于我们这个资料编译小组而言，都是心中无数的。怎么办？唯有依靠北大图书馆。

北大图书馆毕竟是北大图书馆。不管二十世纪五十年代内外界如何忽视当代西方经济学说，也不管二十世纪六十年代后期当代西方经济学说的教学科研活动如何受批判，北大图书馆继续订阅西方经济学主要刊物，继续采购当代西方经济学名著，也继续保持较为完整的西方经济学工具书。这也许正是北大图书馆的传统与特色。因此，当 1972 年我和资料编译小组的其他同志着手编译加尔布雷思、托宾、里昂惕夫三位美国经济学家的学术资料时，北大图书馆的图书、期刊和工具书便成为可贵的知识来源。

1972年和这以后的几年，在工宣队、军宣队的管理之下，北大经济系的教员实行的是坐班制。在那种情况下，能有一个正式的任务，到图书馆里去阅读外文书和杂志、抄卡片、做笔记、翻译资料、编写文稿，那是求之不得的。

当时，文科教员的外文书刊阅览室是在东南校门内北侧的平房内。教员可以自由进入书库，自己找书，找到所需要的书以后，或者就在书库里阅读，或者带到阅览室里抄录，或者借回家去翻译。一连忙了好几个月，有关加尔布雷思、托宾、里昂惕夫三位美国经济学家的资料编译好了，也就算交差了。下一步怎么办呢？这时，胡代光同志主管国外经济学方面的研究和资料编译工作，我同他商量后，他认为研究当前西方经济学界的动向是有必要的，要储备一些资料，做到心中有数，否则上面又交下来什么任务，岂不仍要临时抱佛脚吗？于是，尽管资料编译小组只剩下我一个人了，但工作不能停顿。这正好与我的愿望一致，我也就一个人继续把西方经济学的资料编译任务承担下来。北大图书馆的教员阅览室就成为我每天早入晚出的工作场所。真是数年如一日，没有寒假，没有暑假，有时阅览室内只有我一个人在伏案抄写、翻译。

资料积累多了，文稿一篇又一篇写出来，都先送给胡代光同志过目。他也抽空编写了一些当代西方经济学的资料，交给我看。我们商量一下，不如油印出来吧。给这个不定期的油印刊物起了个名字，叫作《国外经济学动态》，大体上一年编辑八九期，每期少则二万字，多则三万字。我的同班同学金碧华同志在经济系资料室工作，她负责收集稿件，送到印刷厂去打印，并将打印出来的一本本《国外经济学动态》寄给其他单位，作为交换刊物。有时印刷厂的稿件太挤，不能准时打印出来，金碧华同志就从印刷厂取回自己打印（不知她什么时候学会中文打字的）。《国外经济学动态》这个在“文化大革命”年代里出生的不定期内部刊物，就这样传流于学术界，许多单位来函索取，刊物最初印二三百份，后来增加了两倍多。

在何荔同志撰写的《厉以宁传略》中有这样一段话：“在从事资料编译期间，厉以宁曾经得到胡代光教授不少照顾。胡代光负责经济系和研究室的行政工作，在力所能及的范围内，胡代光的帮助使厉以宁得以专心从事资料编译工作。北京大学经济系有一段时期内有一个油印的刊物，刊名为《国外经济学动态》，出了三十多期，每期约三万字，90%的稿件是厉以宁一人编写的。厉以宁后来对别人说：‘那时，多亏了胡代光先生，我才没有浪费太多的时间。’”①

其实，该感谢的不止是胡代光同志一人，该感谢的还有金碧华同志，还有北大图书馆的同志，特别是教员阅览室的几位同志。当然，也应当感谢当时驻在北大经济系的工宣队、军宣队，因为他们对这件事不闻不问，睁一只眼，闭一只眼，在当时的环境中这就是莫大的“支持”！

即使用今天的标准来衡量，《国外经济学动态》各期的质量也是相当不错的。1979年，上海人民出版社魏允和同志专程来北大，从中挑选了若干期编入公开出版的《国外经济学评介》第一辑（1980

①《经济日报》主编：《中国当代经济学家传略》第五册，辽宁人民出版社，1990年版，第575页。

年出版）和第二辑（1982 年出版）。但更重要的是，《国外经济学动态》的确在一定程度上填补了国内学术界在西方经济学研究中的空白。不妨举一些例子：

制度创新理论是二十世纪七十年代初才在西方国家出现的，而《国外经济学动态》立即予以系统地介绍并加以评论。

交易成本理论从二十世纪六十年代以后在西方经济学界日益流行，影响越来越大，而最早把它介绍给国内学术界的是《国外经济学动态》。

人力投资理论或教育经济学，在西方出现于二十世纪六年代初，并在二十世纪七十年代初有较大的发展，《国外经济学动态》首次介绍了二十世纪六十年代末七十年代初的人力投资理论或教育经济学的研究进展状况。

新经济史学或经济计量史学，也是二十世纪六十年代内新兴的一门边缘学科。在《国外经济学动态》介绍之前，它在国内学术界是鲜为人知的。

技术创新理论主要是二十世纪六十年代后期发展起来的，《国外经济学动态》着重介绍了二十世纪七十年代初的研究动向。

此外，《国外经济学动态》还系统地评介了国外经济学界关于“起飞”与“持续成长”的争论、关于生活质量的讨论、关于两种不同国民收入核算的换算问题、关于现代凯恩斯主义的两大分支的异同、关于“剩余社会化”和“新工业国”理论、关于消费经济学的最新研究成果、关于激进政治经济学派的产生与发展、关于货币学派与新制度学派从“左”“右”两个侧面对凯恩斯学派的批评、关于新福利经济学的发展趋势等等。《国外经济学动态》每期以一个专题作为内容，强调系统性，着重于新论点的介绍，同时予以恰当的评论。因此，它既不同于翻译，也不同于作者撰写的论文。

数年如一日地“泡”在北大图书馆这个知识海洋里，使我受益匪浅。1991 年《大学生》杂志记者余梅同志在《厉以宁教授谈经济学学习方法》这篇专访中，记下了这样两段答问：

> 记者：听说您在讲课时总是强调阅读原著，包括马克思主义经典作家的原著和其他西方经济学家的原著，您是怎么考虑的呢？
>
> 厉：阅读原著是必要的。我发现，有些学生在学习经济学时老想“走捷径”“找窍门”，从来不认真看原著，而是想通过第二手、第三手的资料“速成”。这样，对原著的精神的理解往往是片面的，有时甚至是扭曲的。……
>
> 记者：您认为现在的大学生在学习技能上缺少什么样的训练？应当怎样补救？
>
> 厉：我只能就经济专业的情况谈点看法。我认为，一个带有普遍性的问题是学生不会利用工具书，甚至不认识这是一个十分严重的缺陷。……学生要真正学会利用工具书，光靠听讲座是不够的，要亲自动手，去查工具书，慢慢积累经验，熟能生巧。(《大学生》，1991．5)

我之所以挑出这样两段答问，正是同我在编辑《国外经济学动态》过程中的亲身体验分不开的。如果不是认真地阅读当代西方经济学家们的原著，怎么可能掌握有关西方经济学发展动向的第一手资料，又怎么可能编写出一期又一期《国外经济学动态》呢？如果不是在大学生时代就学会了利用经济学工具书（各种经济学辞典、年鉴、百科全书、名人录、索引），在遇到交代下来的收集、整理、编译西方经济学有关资料的任务时，即使进了图书馆，进了书库，那么从何入手呢？如何从浩如烟海的无数册外文图书、期刊中找到有用的资料呢？我想，如果说学习经济学时应掌握什么基本技能的话，无论如何，学会利用工具书无疑是必须掌握的基本技能之一。写到这里，我应当在《国外经济学动态》的感谢名单上再加上一位，那就是北大图书馆的梁思庄同志。当我还是大学生的时候，由于常到图书馆去借书，就认识了她。正是她指点我如何利用工具书的。她常说："多可惜啊，北大图书馆里有这么多工具书，没多少人来利用，许多人还不会利用。"虽然学会利用工具书主要靠自己的摸索、实践，但有人指点与无人指点相比，还是不一样的。

《国外经济学动态》的最后一期大约是 1975 年末脱稿的。紧接着，风云变幻，周总理逝世、天安门"四五"事件、清查"谣言"、批邓、唐山大地震、毛主席逝世，等等，等等，谁也没有心思去图书馆了。好在不久就粉碎了"四人帮"，高等学校恢复招考新生。1977 级学生入学后，我因教学任务繁重，也没有余力再编辑《国外经济学动态》。但 1972—1975 年这四年编辑《国外经济学动态》的经历，却给我留下了深刻的印象。这的确是一段难忘的日子。我爱北大图书馆，尽管我并不喜欢当时北京大学的大环境、大气候。

（原载庄守经、赵学文编《文明的沃土》，北京大学出版社，1992 年 12 月版）

一代新潮接旧潮

——纪念北京大学成立一百周年

当我们这些教师每年9月初出席迎新大会，欢迎刚进校的学生时，心中究竟有哪些感受？当我们这些教师每年7月中旬同应届毕业生，冒着烈日，在校园内参加毕业照相时，心中会有哪些感受？还有，当我们这些教师每年校庆日接待已毕业的学生，看到他们在各条不同的战线、各种不同的工作岗位做出成绩时，心中又有什么样的感受？我想，不容任何人辩说，这时首先想到的是：人才的成长就像滚滚东去的大江一样，后浪推着前浪，谁也不可能阻挡时代前进的步伐。

从北京大学的历史来看，不正是这样吗？从1898年建校，到1998年，一百年过去了，北京大学迎来了多少勤奋好学的年轻人，又送走了多少社会有用之才。一代新潮接旧潮，做教师的，没有比这更值得欣慰的事了。假定有人问我，如果时光可以倒转，一切从头开始，让你重新选择职业的话，你会选择什么？毫无疑问，我热爱教师这一行，我仍会选择教师这一行。正如我在为闵庆全老师任教五十年而填的《虞美人》一词中所写的：

人生何物堪珍贵，
岁月应为最。
流光所剩虽无多，
挥笔犹勤依旧谱新歌。
他年诸事终将改，
清誉千秋在。
化身红烛守书斋，
照见窗前桃李已成材。

词中的最后两句，既是我赠送给我的老师闵庆全教授的，也是我经常用以自律自勉的两句话。

我从 1955 年毕业留校工作至今（1998），也已四十三年了。我常想，办好一所大学，主要依靠的是什么？一所名牌大学，之所以成为“名牌”，究竟有哪些不同于其他大学？图书馆的藏书数量，当然是条件之一；仪器设备的先进，同样是一个重要条件；教室的宽畅、明亮，校园的清洁、美丽，生活服务设备的齐备和管理有序，都有其不可忽略的作用。但更为重要的，或者说，具有关键意义的，则是教师的整体素质。一代新潮之所以能够接上旧潮，替代旧潮，超越旧潮，同优秀的教师队伍直接有关。因为学生毕竟是教师教出来的、带出来的，没有好教师，就不会有好学生。

我也曾想过，在统一高考的前提下，能够达到录取分数线而进入北京大学的，无疑是青年学子中的佼佼者。但能不能让这些学生在苦读几年之后走出北京大学校门时，也成为同龄人中的佼佼者呢？能不能在毕业十年、二十年、三十年之后，使他们真正成为对社会做出较多贡献的人呢？这一方面取决于学生本身的努力，另一方面则取决于教师的辛勤劳动。而学生本身的努力程度和受益的多少，又依赖教师的教学质量，以及教师在各方面对学生的指导和关心。由此可见，在名牌大学的形成和发展过程中，教师的整体素质应是最重要的因素、关键性的因素。

我在这里强调的是教师的整体素质。为什么？要知道，学生进校后，所接触到的并不只是某一位教师或少数几位教师，所选修的也不只是某一门课程或少数几门课程。师傅带徒弟那种传艺方式，早就不适应时代了。哪怕是硕士研究生、博士研究生，也都不再采用这种方式了。每一个学生从入校到毕业，要学习许多门课，有必修课，也有选修课，还有不计学分的旁听课。他要接触到众多的教师，而每一位教师也都面对着众多的学生。教师影响学生，教师之间、学生之间相互影响。教师整体素质的作用在这里就充分体现出来了。没有一支优秀的教师队伍，怎能教好一批又一批高考中显出才华的学生？二流、三流的教师队伍，岂不愧对一流、超一流的学生们？

人们经常议论，办好一所大学，靠的是拥有少数名教授，或极少数学术大师级的专家学者。这句话有一定的道理。但我根据自己在北京大学四十多年的经历和体会，总感到这句话还不够全面。名教授是名牌大学的台柱，大师级的专家学者是名牌大学某一院系的旗帜，他们本身就是一种吸引力、一种号召力。他们学识渊博，治学严谨，有独到见解，甚至开创一代学风。我衷心希望北京大学能有更多的名教授，更多的大师级专家学者。这过去是，现在是，将来仍然是北京大学的骄傲。然而，不少名教授、大师级的专家学者，一年究竟开多少学时的课，教多少名学生？他们更多的精力放在指导青年教师和博士生方面，他们在科研工作中起着学术带头人的作用，他们是教师的教师。可以这么说，目前在教学第一线给大学生授课的，往往是他们的第二代、第三代传人或第四代传人。一个大学本科生，甚至硕士研究生，在北京大学期间究竟能同本院系的名教授、大师级专家学者见过几次面，很难说。他们通常没有机会在讲坛下面听名教授授课，更没有机会面对面地同大师们交流观点。因此，一所大学，不设法提高教师的整体素质，仅仅依靠少数名教授，那是远远不够的。

教师整体素质的提高，无疑离不开这些名教授、大师们对一代又一代教师的培养。但青出于蓝而胜于蓝，也无疑是规律。这里既包括学术上的传授，也包括在知识进步过程中的互教互学。由于科学本身的进展，上一代和下一代在知识结构方面是不一样的。这样，新一代的教师完全有可能发现老一代教师研究中较薄弱的环节，并且终于超过老一代教师。如果新一代教师不超过老一代教师，如果新一代教师在学术研究中没有做出新的成绩，又怎能教出符合科学进步要求的学生？又怎能把学术事业不断推向前方？教师是一个群体，是老教师、中年教师、青年教师的总和。教师整体素质的提高，意味着所有的教师都在学术研究的道路上前进，而不能把这片面地理解为只有少数教师出类拔萃。北京大学一百年来的成就，首先应当归功于所有在北京大学任教的教师们的共同努力，归功于教师整体素质的不断提高，当然，这里也包括了少数名教授和大师在学术上的精湛造诣。教师整体素质的提高同涌现并拥有一些名教授，对于像北京大学这样的百年学府来说，应当是同样重要的。

优良学风的形成不体现于只有少数人在学校里勤勤恳恳、踏踏实实地做学问；优良学风的形成绝对不是少数人的事情，也不是三五年，甚至一二十年的事情。优良学风的形成需要有一个良好的学术环境，每一个教师都是这个学术环境中的一员，学校的管理者同样是这个学术环境的组成部分。独立思考与自由探讨二者是分不开的。书读得再多而缺乏独立思考，有什么用处？遇到这样或那样的问题而不去独立思考，能解决什么问题？优良学风的形成依靠教师们、研究工作者们、学生们各自的独立思考；同样的道理，自由探讨有助于优良学风的形成。不妨设想一下，如果不容许在学术问题上自由探讨，只准某些自封为“权威”的人写文章或发表讲话去教训别人，甚至摆出一副“真理只在自己手中”的架势，气势汹汹，强词夺理，以势压人，不许别人反驳或陈述，那还谈得上什么学术研究？自然科学是这样，人文科学也是这样。有自由探讨，才有科学的进步，也才有一代代新人的成长。然而，谁也不应该忘记，在一座大学里，优良学风的形成固然有赖于少数名教授和大师的言传身教和以身作则，更有赖于教师整体素质的提高，包括全体教师对自己的严格要求。

回顾北京大学的历史，优良学风的形成经历了多少曲折？就从我进入北京大学学习的那一年（1951）算起，北京大学这些年内，师生中有多少人因为发表了不合潮流的文章或言论而遭到批判，甚至被开除、革职。但曲折只不过是曲折，北京大学传统的优良学风依然保存了下来。这正像清清溪水流出深山那样，劈开峻岭，穿越峡谷，历经险滩，始终向前流去，千弯百折也不回头。在广大教师和研究工作者的不懈努力下，终于形成了独立思考、自由探讨的北大学风。这一学风的形成，同教师的整体素质有着密切的关系。因发表不合潮流的文章或言论而遭到批判的教师只是少数人，北大的教师队伍并未因此而瓦解。暗中鼓励支持他们的，要多得多，理解他们的人更多。不仅如此，一些人挨批了，总有另一些人继续在独立思考、自由探讨的道路上前进，即使这些遭到批判的教师，也不会因此而放弃探索，他们会坦然处之。或者，暂时搁置起来，换个题目再研究，依然是北大学子本色。这就是北大精神。北大学风之所以能够代代相传，关键正在于此。

离开北京大学的毕业生，哪怕经过了好些年，一谈到当初在校时的情况，总会留恋过去。他们留恋的是什么？红楼、民主广场、未名湖、博雅塔？孑民堂、三院、图书馆、大讲堂？……不错，这些都值得留恋。也许更令他们难以忘却的是北大校园内独立思考和自由探讨的风气，是师生之间、同事之间、同学之间那种平等的学术讨论。这对每一个曾经在北大工作过和学习过的人来说，都是终身难忘的，也许可以说是受益终身的。这不正说明北大教师的整体素质所养成的学风对后来者的深刻影响吗？

一代新潮总会超越旧潮，科学总在不断地进步。名教授也好，大师级的专家学者也好，始终不要忘记，既然自己已经成为北京大学教师队伍中的一员，那就应当自觉把自己置身于这个队伍之中，而不是这个队伍之外，更不是这个队伍之上。假定已经知名了，那也只能说明过去或现在，而不能说明未来。正常的学术讨论，在任何时期都不会停止，谁都应当正常对待，这又是教师整体素质的体现。一个教师，哪怕已经在学术界享有盛誉了，当自己的作品受到别人的批评，包括来自学生一辈的批评、没有名气的人的批评的时候，当他们指出这些作品中有哪些不足、哪些漏洞、哪些错误，指出其中某个论点已经经不起时代的、实践的检验，早已陈旧过时的时候，究竟有没有勇气承认，有没有勇气修正自己的观点，直到完全摒弃它们，这就是是否对科学负责、对社会负责、对历史负责的表现。这也同样反映了北大的优良学风。北京大学教师整体素质的提高，正是同每一个教师的责任心的加强密切联系在一起的。

我曾经对北京大学光华管理学院每届新入学的学生们说过：我同你们一样，当我们考取北大的时候，都为自己能成为北京大学学生中的一员而自豪。北京大学光华管理学院是兼容并包的地方，重教师的素质和潜力，而不问他毕业于哪所大学。我们不搞“近亲繁殖”。他们来到北大，就是北大人。他们进了北大光华管理学院，就是光华学院的一分子。我曾对北京大学光华管理学院的年轻教师们说过：“尽管我在北京大学任教好多年了，但直到现在，我仍然以自己能作为北大教师中的一员而自豪。我希望你们也这样。”

在庆祝北京大学一百周年校庆的今天，作为一名教师，或者说，作为一名长期在北大学习和工作的北大人，我衷心希望北大教师的整体素质不断提高，以迎接一百周岁以后的每一年校庆。

1998 年 5 月

（选自《山景总须横侧看：厉以宁散文集》，北京大学出版社，2003 年版）

决不辜负社会对我们的信任

——为北京大学光华管理学院建院而作

北京大学光华管理学院的前身，是一年前（1993）建立的北京大学工商管理学院，而北京大学工商管理学院的前身则是1985年建立的北京大学经济管理系和北京大学管理科学中心。因此，北京大学光华管理学院的院史应当从1985年算起。

无论是当初的北京大学经济管理系、北京大学管理科学中心，还是现在的北京大学光华管理学院，都是教学和科学研究并重的。没有突出的科学研究成果，不可能涌现优秀的教师队伍；而没有一支优秀的教师队伍，不可能取得明显的教学成绩。北京大学光华管理学院的教师们都应当明白这个道理。

单就教学工作而言，全体教师都应当懂得：能力的培养比知识的传授更加重要。这里所提出的能力的培养，是指让学生具有提出新问题、解决新问题，直到开辟某一方面的学术研究的新途径的本领。长期以来，我在同学生谈话时，喜欢用“拓荒能力”四个字来概括这种本领。我感到，当我们采用“拓荒能力”这四个字的时候，我们将会对我们工作的性质有比较深入的理解，因为这样就把研究本身看成是一件“拓荒的”工作，许多资料由我们去收集，许多问题靠我们去发现，新领域将由我们去开辟，新道路将由我们去探索，新的解答也将由我们提出。躺在前人的书本上，或者迷信前人的经验，那是寸步难行的。

要培养学生的“拓荒能力”。对任何一个人来说，他的“拓荒能力”都不是天生的，更不是家族遗传的，而是在个人学习、研究、实践以及相互交流的过程中逐步养成的。人们常说，天才出自勤奋。这句话并不错，但关键在于独立思考。书读得再多而不独立思考，实际经验再丰富而不独立思考，遇到这种或那种社会经济现象而不独立思考，那就提不出新问题，也解决不了新问题，更谈不到开辟某一方面的学术研究的新途径了。所以说，不勤于独立思考，不善于独立思考的大学生、研究生，肯定缺乏“拓荒能力”。

我还对学生们讲过，你在收集了资料并进行统计方面的整理、加工和分析后，如果发现这些资料所能说明的与书本上已有的结论或前人的论断相吻合，那么这只是为已有的结论提供了新的论据和例证，并不等于提出了新问题和回答了新问题。但是，如果你发现这些资料所能够说明的与书本上已有的结论或前人的论断不一致，而这些资料又是确凿无误的、经得起检验的，研究方法也是无懈可击的，那么，这里就包括了在研究的某个方面有新的进展或突破的可能性，因为你首先要回答这样的问题：为什么这些资料所能够说明的与书本已有的结论或前人的论断不一致？对这种不一致怎样进行解释？

独立思考、假设、检验、创新，这些都是联系在一起的。通过独立思考，就会提出假设；一切新论点，在刚开始被提出时，都可以被看成是一种假设；但研究中的任何假设在提出后，都需要验证。研究将在不断地假设与验证中前进。在这里，一个提出假设的或对假设进行检验的研究者，自己应当成为自己的最不容情的质疑人。提出假设需要知识和勇气，进行验证需要科学方法和毅力。根据我多年来的教学经验，我感到，年轻人在这方面要克服急于求成的情绪。要使自己的新论点经得起检验，就一定不要急于求成；急于求成，是能力的缺陷，也是缺少毅力的表现。要反复告诉学生们，不要害怕挫折，不要总想一蹴而就。天底下如果有那么容易取得成功的“突破”，那还叫什么“突破”？

早在二十年前，我在《关于经济问题的通信》一书中就曾写道：在研究起步时，宁肯步子稳一点，慢一些，踏踏实实地前进，这样更有利于将来的成长。“我相信，如果循着这样一种方式前进，以后出成果时，将会涌现一批成果，而不只是一项成果；是连续性的成果，而不只是孤立的、一次性的成果。”①至今我依旧认为，这样的说法大概是比较恰当的，因为，华而不实不符合研究的学风和个人成长的规律。

以上我所谈到的能力培养问题，值得北京大学光华管理学院的全体教师认真思考。我曾听到过这样一种说法：反正能考进北京大学光华管理学院的大学生，都是尖子学生，他们的基础本来就比较好，从这些人中间培养出一批有作为的人才，有什么困难呢？这种说法其实不一定正确。

我们可以做这样的假定：每一个高中毕业生都有一定的知识存量，一个高中毕业生主要是凭借自己的知识存量而进入大学的。考取北京大学光华管理学院的高中毕业生同考取另一所大学的高

---

①厉以宁：《关于经济问题的通信》，上海人民出版社，1984年版，第208页。

中毕业生相比，从知识存量方面来比较，很可能是前者的知识存量大于后者的知识存量。问题在于：高中毕业生进入北京大学光华管理学院后，在这里学习了四年，到他们毕业时，他们的知识增量有多少？他们考取大学前，知识存量的获得并不是北京大学光华管理学院教师的功劳，因为我们没有教过他们。而在这四年期间，他们的知识增量的获得却同我们的努力有关。比如说，有两个高中毕业生，一个考取了北京大学光华管理学院，另一个考取了其他大学，两人都在大学中学习了四年，但前一个学生的知识增量却小于后一个学生，那只能表明我们的教学工作没有做好。即使前一个学生的知识增量等于后一个学生的知识增量，那同样等于我们的教学工作不如别的大学。为什么？因为在考取大学时，前一个学生的知识存量大于后一个学生的知识存量，所以使前一个学生有更大的知识增量是理所当然的。这就是说，由于我们招进来的是高考成绩名列前茅的高中毕业生，我们完全应该使他们在北京大学光华管理学院学习期间学习得更好，知识增量更大。只要我们的教师们常常想到这些，就会感到自己肩上的担子更重，更不能松懈。

问题还不限于此。既然能力的培养比知识的传播更加重要，知识增量的增加只能说明教学成绩的一部分。根据近年来国内高等学校所反映的情况，所谓“高分低能”现象，应当引起我们的注意。什么叫作“高分低能”现象？这是指有一些大学生，尽管入学考试分数很高，进校后的学习成绩也很好，但发现问题、解决问题的能力却较差，他们毕业后走上新的工作岗位后，不能适应工作岗位的要求，或者要经历较长的时间才能适应工作岗位的要求。特别需要指出，我们培养的大学生和研究生中，有一大批将走进企业，担任经理人员或高级主管，或者自行创业。仅有“高分”，不符合实际工作的要求。我们要求学生们有“拓荒能力”，这里就包括了在企业界的开拓能力、创新能力。

“高分低能”现象的出现，一方面反映了这些大学生在认识上存在一定的问题，也就是说，他们只知道应付考试，所以考试成绩很好，但不重视独立思考，不会应付实际工作中出现的新情况，他们的能力是不足的。另一方面，这种现象的出现也反映了某些教师依旧把知识的传授看得比什么都重要，而忽视对学生能力的培养。前几年，在北京大学光华管理学院建院以前的经济管理系时期，我们就已经注意到这类问题了，并采取了一些措施，例如增加实务课程，增加案例分析，采用讨论班式的教学，让学生有机会参加各种实践活动等等。现在，建院了，我们更要加强这方面的工作，使我们的毕业生不仅掌握丰富的知识，有一个较完善的知识结构，而且在能力上有较大的长进。

学生的家长是信任我们的，他们把孩子送到我们学院来；中学的教师们也是信任我们的，他们鼓励优秀毕业生报考北京大学光华管理学院。假定我们不把能力的培养放在最重要的位置上，岂不是辜负了这些家长和中学教师对我们的信任？岂不是耽误了这些学生的前程？

1994 年 9 月

（选自《山景总须横侧看：厉以宁散文集》，北京大学出版社，2003 年版）

岂是闲吟风与月，解悟人生已晚年

——厉以宁散文集序与跋

序

我是一名经济学的教师、经济学的研究者，我不是诗人，也从来不曾想做一个诗人。但从小我就喜爱诗词，在读小学时，我背诵过苏轼的《七绝·题西林壁》：“横看成岭侧成峰，远近高低各不同。不识庐山真面目，只缘生在此山中。”但那时对诗的含义根本没有什么体会。甚至进了大学，对苏轼的这首诗依然一知半解。经历了多年风风雨雨，到1978年，那年我已经四十八岁，对苏轼这首诗的理解加深了。当时我曾写了一首《七绝》。

七　绝

无　题

1978年

日升日落孰为先，
月缺并非月不圆。
山景总须横侧看。
晚晴也是艳阳天。

现在，我把最近二十年来所写的国外见闻和观感一共四十二

篇，收入这本《山景总须横侧看》。作为本集的附录，还收入了我为纪念北京大学成立九十周年而写的《共同的心愿》，为纪念北京大学成立一百周年而写的《一代新潮接旧潮》，以及我为北京大学光华管理学院建院而写的《决不辜负社会对我们的信任》三篇文章。书名就用我诗中的一句“山景总须横侧看”，读者也许能了解为什么我选用这样一个书名。

在北大学习和工作时，我多次到过圆明园，因为圆明园就在北京大学朗润园墙外，仅一条马路之隔。1960 年 11 月，正值我三十岁生日，那时我屡遭批判，备受冷落，加上两地分居，妻子远在东北，生日那天，只好独自一人骑车游圆明园。为了排遣心中的愁闷并勉励自己，曾填了一首《鹊桥仙》。

鹊桥仙

三十岁生日，独自骑车游圆明园遗址

1960 年

半池衰草，
几经风雨，
只剩几株野菊。
西风过后又初霜，
照旧是花黄叶绿。
茫茫人世，

漫长苦旅，
一生如同弈局。
荣枯顺逆俱寻常，
总难免弯弯曲曲。

总之，对什么样的挫折都应想得开，什么样的打击都置之度外，艰难的日子不就度过了吗？相隔二十五年，到了 1985 年 11 月，我五十五岁了，生日那天，偕妻子何玉春一起骑车同游圆明园，心情自然不同于往昔，我又填了一首《减字木兰花》。

减字木兰花

55 岁生日，下午偕何玉春骑车再游圆明园

1985 年

菊花已谢，
静待梅枝花信夜。
莫患无家，
新树新杈宿旧鸦。

诗情不绝，
岂是闲吟风与月？
好景斜阳，
片片飞云一色黄。

词里的“诗情不绝，岂是闲吟风与月”两句，很能代表我的写作观。收在这本集子中的文章，岂是闲吟风与月？知我者，定能从字里行间了解我的思想、我的爱憎、我的感受、我的期望。

跋

当我把 1983 年以来所写的海外见闻、观感一共四十二篇收集在这本《山景总须横侧看》时，我似乎在重温这二十年走过的路，它们使我回忆起当年的经历、感受和思索。岁月如梭，我第一次

出国是在 1983 年，访问澳大利亚和新西兰。那一年我五十三岁，一晃，二十年过去了。姑且把这四十二篇文章连同本书附录中的三篇一起，当作人生的一段记录看待吧。

尽管我平时在文章和诗词中，总以乐观和豁达的态度来勉励自己，但伤感有时也流露出来。现在还有什么可以伤感的？多半是叹息岁月流逝得太快。我只是在 1979 年以后才有较多的时间静下心来致力写作，并把以往的读书心得和所积累的资料整理成书。而在 1979 年，我已年近半百。

1984 年 10 月，我出差途经南京，曾回到母校金陵中学看看，因为我是 1948 年冬季在这里高中毕业的，距此时已经三十六年。在母校，我写了一首《七绝》。

七　绝

访母校金陵中学，追忆中学时代有感

1984 年

春意临窗破晓天，
无忧无虑绿茵前。
不知世事如迷雾，
解悟人生已晚年。

的确，像迷雾一样的世事，岂是当初一个十几岁的中学生所能了解的。我个人思想的开始转变是在“文革”期间，尤其是在下放江西农村之后。1971 年 9 月，我从江西农村返回北京，经过南京时曾赋一首《七律》。

七　律

江西归来，途经南京，车中默诵萨都剌词有感

1971 年

都城空负好山川，
六代豪华只偏安。
辇路东风无远志，
樽前歌舞失边关。
深宫那见春潮急，
玉树从来血泪斑。
吴楚天低应自省，
居高能不一身寒？

这首诗反映了我那时的感触。由于环境的关系，我只能写得相当含蓄。试想，深宫之内，会察觉到春潮正在蓄势待发吗？居高之人，会有身寒的感觉吗？局外人是无法知道的。

我原籍江苏仪征，出生在南京，而湖南则是我的第二故乡，因为抗日战争期间全家逃难到湘西。1951 年夏天我在长沙参加高考，考取了北京大学经济系。1988 年夏天，我回到湖南，在长沙湘江桥头，回想起离别长沙三十多年来的人生道路，感慨万千，写下一首《七古》。

七　古

长沙湘江桥头

1988 年

重过湘江人渐老，
难忘去日方年少。
少年气盛未知愁，

坎坷几经盛气收。
而今再到湘江渡，
桥头仍有当时树。
新株老树竞飞花，
江边不见旧人家。

回想当年参加高考时，我住在岳麓山下，考场设在河东。我从河西要乘两次渡船，才能到达城里，因为在橘子洲要登一次岸，走一段路，换船再过江。如今江的两边都是高楼了，湘江大桥从橘子洲上跨过，但昔日的情景依然留在记忆之中。而我的心情也非往年可比，二十世纪五十年代初是“少年气盛未知愁”，而到了八十年代末，历经风雨，对人生已经有所解悟。时光纵已流逝，但岁月留下的痕迹却是再也抹不掉的。收在这本集子中的各篇文章，就是岁月留下的痕迹的一部分。

对时光流逝太快的伤感，有时也在所难免，但这种伤感在更多的场合会被前进路上所遇到的新问题所冲淡。这二十年来，我们在深化改革和扩大开放的过程中遇到了多少新问题。新问题的出现催人思考，催人寻找解决的方案。哪里顾得上为流逝的岁月而伤感呢？

解悟人生，重在一个“悟”字。悟了，就心静了；悟透了，就心安了。2002 年 3 月底，我从广东阳江去肇庆途中，路过新兴。新兴有一座国恩寺，是唐代名刹，六祖惠能出生在新兴，国恩寺又是他的圆寂之地。国恩寺内有一六祖堂。方丈请我题词，我即兴赋了一首《七绝》。

七　绝

广东新兴国恩寺

2002 年

六祖堂前悟性生，
菩提明镜意中成。
此心长似清泉水，
处处无声即有声。

无声并非胜有声，无声就是有声。只要对人生有所解悟，任何回忆都不会引起伤感，即使是伤感时光流逝得太快。只要解悟了人生，就会更加理解大自然的规律。日出日落，潮升潮退，花开花谢，谁能违背这一自然规律？山景总须横侧看，尽管同一个地点，日出的同时不可能有日落，潮升的同时不可能有潮退，但世界这么大，海洋这样广阔，此处日出，彼处不正日落吗？此处涨潮，彼处不正退潮吗？至于花开花谢，那就更有意思了。花的种类繁多，这种花已在凋谢，那种花正在绽放，这是常见的。同一种花在同一个地方，也有边开边谢的。记得 1989 年冬天，我和妻子何玉春一起骑车去青龙桥，路旁梅树成行，既开花，又落花，花开和花飞并在。当时我特地填了一首《蝶恋花》：

蝶恋花

偕何玉春骑车游青龙桥观梅

1989 年

久在瑶池台上住，
散落人间，
不怕尘缘误。

一片清香霜后树，
为消寂寞应留步。

郊外寻春郊外雾，
春尚无踪，
塞下风如故。
疑是堆堆残雪处，
飞花沾满多情路。

花开也是花飞日，月亏且作月盈时。这就是人生，这就是对人生的解悟。

（选自《山景总须横侧看：厉以宁散文集》，北京大学出版社，2003 年版）

文化评说

同窗才子厉以宁[1]

何持方

我是1951年考入北京大学俄语系的，以宁于同年考入北京大学经济系。我来自湖南郴州，以宁原籍江苏仪征，抗战期间与解放初期两度在湖南沅陵学习与工作，也可以算是半个老乡吧。我们同年进校、同年毕业，相交至今已近五十年了。在我们这些同学中，以宁与马雍是被公认的两位才子，都擅长诗词。马雍诗作多于词作，以宁则是词作多于诗作。可惜马雍已于1985年去世，享年才五十四岁。其他的老同学，不是谢世而去（如张盛健、沈家杰），就是已退休（如赵辉杰、姚子范、张广学、彭平阶和我）。而以宁直到现在仍活跃于讲坛上，还担负着学院的领导职务。北京大学出版社为这本由以宁的学生们编纂成的书请我写序，我想，赵辉杰是最有资格为之写序的人，但他远在兰州。这样，当年的北大同窗好友中，写序的任务自然而然地落在我的肩上，我是义不容辞的写序者。

以宁与马雍不同。马雍是书香门第，家学渊源。父亲马宗霍先生是章太炎的弟子、国学专家，曾任金陵大学文学院教授、湖

①摘自彭松建、朱善利编：《厉以宁诗词解读》，北京大学出版社，2000年版。

南大学文学院教授。马雍的母亲也有深厚的国学造诣。他从小在这样的环境中受熏陶，才华横溢，自己又用功，所以很快便在文史界成了名。以宁的家庭没有什么学术背景。父亲只是小学毕业，早年当过学徒、店员，后来经商，解放后在工厂里当职员。母亲连小学都没有毕业，一辈子从事家务。同以宁长期生活在一起、照顾他的除母亲外，还有外祖母，她是个文盲。以宁的专业是经济学。那么以宁的诗词功底是怎样奠定的呢？以宁常说这得力于中小学时代的国文老师。老师在众多的学生中发现了以宁，认为是可教之才，时时点拨。诗词格律是老师教的，诗韵词韵是以宁下功夫熟记的，以宁的天赋很高，记忆力又好，他能默写出好几十种词牌的正谱。这是我们这些老同学自叹弗如的。

我们在一起时，也曾品评宋词各家的作品。以宁觉得，晏几道的词很好，但格调不高，他更欣赏苏、辛词，而不喜欢南宋末年某些著名词家的词。这里引几首以宁的诗，可以由此了解他对词作的想法。

七　绝

重读晏几道词

1956 年

六朝宫体韵流长，
婉约词情足断肠。
老尽红尘怜倦客，
几人悟出实凄凉。

以宁认为晏几道的词虽然清婉，如有“舞低杨柳楼心月，歌尽桃花扇底风”这样的名句，但仍没有摆脱六朝宫体诗的影响。

用字工丽，却掩盖不住仕途失意的伤感。

以宁诗中的最后两句“老尽红尘怜倦客，几人悟出实凄凉”，来自晏几道《采桑子》中的“倦客红尘，长记楼中粉泪人”，以及《阮郎归》中的“欲将沉醉换悲凉，清歌莫断肠”。

七　绝

重读苏轼词

1956 年

鬓霜泪尽江城子，
芳草情深蝶恋花。
歌罢大江东去急，
乘风追月到天涯。

以宁对苏轼词是非常赞赏的。他最爱读的是以下四首：《江城子·十年生死两茫茫》《蝶恋花·花褪残红青杏小》《念奴娇·大江东去》《水调歌头·明月几时有》。

他根据这四首词而写下的这首《七绝·重读苏轼词》，概述了自己对苏词的高度评价。

对于辛词，以宁同样是赞不绝口，有诗为证。

七　绝

重读辛弃疾词

1956 年

铁马金戈岁月流，
君心难测志难酬。
白头岂止因离恨，
北望长安愁上愁。

以宁不喜欢南宋末年某些词家的词，认为有相当一部分的词只是典故堆砌，晦涩难懂，缺乏自然、清新之美。1991 年，以宁写过一首《七律》。

七 律

从图书馆借得王沂孙《碧山乐府》，读后有感

1991 年

动天豪气荡无存，
人世真情剩几分？
纵有心声应暗蓄，
何须晦涩不留痕。
铺陈仿佛南朝赋，
堆砌绝非两宋魂。
恕我才疏难领悟，
一声长叹又黄昏。

以宁不写新诗。但他常说，古体诗词与新诗各有优点，都有前途，不要贬新诗而只推崇古体诗词，也不要只推崇新诗而贬低古体诗词。我和以宁、李文雄曾在同一个宿舍住过。李文雄是福建人，北大物理系学生，1951 年进校，1955 年毕业，与我们同届。李文雄就是新诗爱好者，常写新诗，还朗诵给我和以宁听。以宁为此送了一首词给他。

减字木兰花

李文雄同学喜爱新诗，亦擅创作，与我同寝室将近一年，以词赠之

1956 年

星空云淡，

点点流萤明或暗。
万籁无声，
长夜窗前一盏灯。

试寻新韵，
新谱新人新意境。
缓缓清风，
相伴沉思月色中。

可惜的是，李文雄分配到北京电子管厂工作后不久，1957 年被打成“右派”“文革”中被北京某中学的红卫兵活活打死，当时才三十二岁。

以宁写诗填词都是有感而作。他以下面这首《七绝》，表明自己的意愿。

七　绝

答友人

1996 年

诗是沉思词是情，
心泉涌出自然清。
从来奉命无佳作，
莫给后人留笑名。

这种态度是难能可贵的。奉命写作，从无好诗，这已被千百年来的历史所证实。以宁不落俗套，我真为他高兴。

求学、磨难、追求①

陆　昊

第一章　求学

小学和中学时代

厉以宁原籍江苏仪征，1930 年 11 月 22 日出生于南京。“以”是排行，“宁”表明生在南京。

厉以宁并非出身于官宦之家，也不是什么书香门第。他的祖父厉存初，生于 1883 年，卒于 1924 年，在家乡教过私塾，一生潦倒，身体孱弱，四十一岁时就去世了。厉以宁的父亲厉佩之，原名厉鼎宣，生于 1906 年，卒于 1989 年，小学毕业后，到南京一家粮店当学徒，满师后做了店员。厉以宁的母亲袁是琳，湖北武昌人，住在南京，连小学都没有念完，因厉以宁的外祖父去世早，家境清寒，所以十七岁那年就出嫁了。厉以宁是家中的长子。

但自从厉以宁的二弟厉以京（1932 年生于南京）出生后不久，家庭的经济状况很快就发生了变化。厉以宁的父亲同一些朋友合伙经商，逐渐富裕起来。厉以宁四岁那年，全家从南京迁到了上海，

---

①摘自陆昊著:《当代中国经济学家学术评传：厉以宁》，陕西师范大学出版社，2002 年版。

住在租界里，先住在威海卫路沧州坊，后来搬到建国西路。厉以宁六岁上小学，在距家不远的上海中西女中第二附小（现永嘉路小学）读书。他从小就是一位勤奋好学的学生。1983 年，厉以宁五十三岁，已是北京大学的名教授了，他出差到上海，特地到永嘉路小学看看，深有感慨地填了一首词：

卜算子①

访母校上海永嘉路小学，原中西女中第二附小

1983 年

离去已多年，
偶忆儿时境，
往事悠悠似彗星，
一闪无踪影。

转眼老将临，
反觉心平静，
回味当初似白云，
散合都成景。

小学毕业，他考进了上海南洋模范中学。太平洋战争爆发后，日军占领了上海租界，全家逃难到湖南沅陵，这是抗战期间日本兵从未到过的地方。厉以宁转入了由长沙迁到沅陵办学的雅礼中学。抗战胜利后不久，厉以宁回到南京，在南京金陵大学附中一直读到高中毕业。

厉以宁的故乡仪征是长江北岸的县城，小时候偶尔随父母来

①厉以宁:《厉以宁诗词又一百首》,北京大学光华管理学院,1999 年,第 19 页。

过两三次，他并没有在这里长时间居住过。1947年，在南京金陵大学附中读书时，他在春假期间返回仪征，暂住在姑母家。热爱诗词的他，当时曾填过几首词，从这些早期的词作里，既可以看出他对故乡的爱，也反映出他很早就有古典文学的造诣。

捣练子[①]

仪征天宁寺

1947年

山远远，
水清清，
星月从来故土明。
寺内桃花开又谢，
多情春雨似无情。

渔歌子[②]

仪征朴树湾

1947年

几处农家柳絮飞，
游人雨后渡船归。
塘水溢，
路迂回，
篱边秀色在蔷薇。

厉以宁在南京金陵大学附中上学期间，深受化学老师的影响，

---

①厉以宁：《厉以宁诗词稿》，何玉春手抄本。

②同①。

认为工业的落后是中国贫穷的根本原因，只有发展现代化大工业才能使中国富强起来。在一次到南京对岸的大型化工厂参观之后，他立下了实业救国的志向。有的同学劝他学习文学，他摇摇头，说文学只是自己的爱好。正是在这一朦胧理想的激励下，1948 年底，在烽火连天的战争中，厉以宁以优异成绩从南京金陵大学附中毕业，并被保送进入金陵大学。一心想以实业报国的厉以宁选择了化学工程系。

人民解放战争的胜利改变了厉以宁一生的命运。国民党政府的垮台和新中国的成立使厉以宁对中国的前途与命运改变了看法，他对中国繁荣富强的希望之火重新被点燃。厉以宁决定投身于新中国建设事业，在湖南参加了工作，在新建的湖南沅陵教育用品消费合作社担任会计。

厉以宁在工作中发现自己的知识是相当贫乏的。因此，1951 年，他毅然决定离职参加高考。在紧张而有序的应试准备中，厉以宁委托自己中学时代的好友、当时在北京大学历史系学习的赵辉杰代他报名。赵辉杰认为，厉以宁具有扎实深厚的社会科学与自然科学基础，尽管其理科成绩优异，并曾被保送进入金陵大学化学工程系，但他也有扎实的文学底子，知识广博，文笔优美，思路开阔，分析与讨论问题往往有着自己独到的见解，即使是在北京大学这块藏龙卧虎之地，其条件无疑也是优秀的。兼之他又当了一年多会计，学习经济学有优势。于是，赵辉杰替厉以宁选择了北京大学经济系作为第一志愿。1951 年 7 月，厉以宁在长沙应试，8 月底接到了北京大学的录取通知书，成为北京大学的一名学生。

无论是当时的赵辉杰还是厉以宁都没有想到，前者的果断抉择造就了中国新一代改革派经济学家的领先人物。厉以宁这块未经雕琢的璞玉，来到北京大学这片绿洲之后，在名师的指点下，尽管经历了不少的磨难与痛苦，最终仍得以在中国经济领域大放异彩，成为中国经济体制改革的理论先锋，也因此成为众多北大学生仰慕的导师。

进入北大刻苦学习

厉以宁是1951年初夏离开湖南沅陵赴长沙参加高考，再从长沙来北京的。厉以宁曾说过："虽然我不是湖南人，但我的一生却有着浓郁的湖南情结。湖南，可以说是我的第二故乡……最让我怀念的，是少年时生活、学习过的地方和最初参加工作的地方——湘西。"[①]在他早年的诗词中有一些是描述湘西的风土人情的。如下面这首：

南歌子[②]

湖南沅陵白杨坪

1951年

江上烟波静，
塘萍一色青，
几行燕子最多情，
薄雾晨风伴我水乡行。

渡口轻舟送，

①厉以宁：《我的湘西情》，何重义著《湘西览胜》一书代序言。

②厉以宁：《厉以宁诗词稿》，何玉春手抄本。

村边绿树迎，
溪南溪北晓鸡鸣，
到此茫然何处白杨坪。

厉以宁只身来到北大红楼，难忘的大学生活从此开始。

二十世纪五十年代初期的北京大学经济系与当时中国经济学界一样，传统的苏联社会主义政治经济学的基本观点占据着主导地位。苏联经济学专家应聘来北京大学讲课，教授的当然是传统的马克思列宁主义经济学。即使是中国教员的讲授，也是他们刚刚从中国人民大学或中央党校的苏联专家那里听来的正统社会主义政治经济学。当时的中国大地上，充溢着建设新中国、建设社会主义事业的崇高热情，苏联作为国际社会主义运动的先驱，在经济学界、乃至整个中国学术界享有无上的权威地位。从理论界到政府官员，从学富五车的老教授到充满朝气的年轻人，都多多少少地将苏联学术界与理论界的主导观点视作正确无误的教义，如饥似渴地学习、理解，俄语理所当然地成为当时大学生的外语必修课。

在知识的海洋里，厉以宁忘我地学习着，他十分珍惜这四年的学习时光。大学四年的八个寒暑假，他将全部时间都留在了北大图书馆，从未回过家。平时的正常学习时间里，他比其他同学更加勤奋。在别人刚刚起床、准备投入新一天的学习时，他往往已在晨曦里完成了大量而充实的阅读工作。课堂上的厉以宁，敏锐的目光一直紧紧地追随着授课老师，他往往能比别人更早、更透彻地理解老师的讲授，往往提出一些颇有见地的问题。四年里的一千多个日日夜夜，厉以宁从未放松过学习。

1952 年 8 月，院系调整后，北京大学由城内迁至西郊燕园。

经济系学生住在未名湖北岸的全斋。这时厉以宁已是二年级学生了，距毕业只有三年。他深感时光流逝之快，在绕过未名湖到教室上课的途中，他填了一首《相见欢》：

相见欢①

北大全斋

1952 年

忽然触景生情，
路难行，
瞬息三年即逝似流星。

湖水碧，
风雨急，
打浮萍，
若是无根来日任飘零。

在勤奋学习的过程中，厉以宁与几乎所有的理想主义者一样，都怀有美好的理想。他不仅想今后能出版几部学术著作，更希望参加历史发展的进程，成为新中国经济建设事业队伍中的一员，改变中国贫穷落后的经济面貌。他在自己的笔记本上记下了俄罗斯思想家赫尔岑的名言："历史迟缓地发展着，衰朽的东西顽固地自卫着，稳定的东西缓慢地、模糊地产生着，但历史怀胎的过程本身和戏剧本身却充满了诗意。每一代都有它自己要做的事，我们不必埋怨我们这一代：我们不但应该活到东方黎明的时候，而且还要活到让我们的敌人看见了我们的黎明。生命中还有什么更

---

①厉以宁：《厉以宁诗词又一百首》，北京大学光华管理学院，1999 年，第 2 页。

多的东西要等待吗？特别是当一个人可以拍拍胸脯，问心无愧地说：我也曾参加了这一伟大的斗争，我也曾把微末的贡献给予了它。”①

勤奋好学、笔耕不倦的高材生

博闻强记与发奋努力结出了丰硕的成果，年轻的厉以宁很快就在北大脱颖而出，成为众所瞩目的尖子学生。当时的北大经济系代理系主任陈振汉教授对他的评语是："成绩优异，名列前茅。"确实，当时的厉以宁不仅各科成绩优秀，而且已开始展现出很强的研究与写作能力，尤其是他深厚的历史与文学功底，与其经济学方面的良好修养相得益彰，迅速在同一批学生中脱颖而出。1952 年 7 月，刚刚完成一年学业的厉以宁就在当时的《经济导报》上发表了题为《波兰经济的新面貌》的长达一万多字的文章。文章全文是歌颂传统社会主义制度的，如今饱经风霜的厉以宁在回忆当年时，坦率地承认自己"那时太年轻了"。厉以宁后来的学术观点同他写那篇文章时相比，已完全不同。下面将会提到，这一变化是在二十世纪六十年代以后发生的，但处女作的发表却是多少北大学生梦寐以求的事情。

在大学学习阶段，厉以宁还对"农民社会主义"或"村社社会主义"理论进行了研究。他与好友赵辉杰合作，翻译了《赫尔岑和奥加略夫的经济观点》一书，并翻译了车尔尼雪夫斯基的几

①厉以宁和好友赵辉杰（当时是北京大学历史系学生）共同翻译的《赫尔岑和奥加略夫的经济观点》一书（三联书店，1956 年版，第 103 页）。译者署名季谦。季谦是赵辉杰和厉以宁共用的笔名。该书的作者是 E.M. 费拉托娃，苏联国家政治书籍出版局，1953 年出版。

篇经济学论文[①]。厉以宁认为，农民社会主义或村社社会主义是行不通的，这种平均主义分配，土地归村社，农民集体劳动，着重发展小生产的社会主义只不过是一些理想主义者的善良愿望，它不仅无法实现工业化的要求，甚至也不会给农民带来幸福。但厉以宁对这一理论的倡导者赫尔岑、车尔尼雪夫斯基的献身精神是十分佩服的。

大学阶段，厉以宁还写过一些文稿。他所写的关于社会主义扩大再生产的几个问题和对农民社会主义的评述，曾作为学生代表在北京大学经济系教师学术讨论会上做了发言。毕业前不久，厉以宁撰写了长篇论文，论述社会主义手工业的改造问题。他在该文中提出：社会主义工业中的三种形式，即大工厂、工场手工业和手工业不是循序渐进的，而是长期并存的，它们各自在经济生活中发挥着一定的作用。文章认为，由于劳动的特点和消费的不同要求，社会主义工场手工业和手工业中的经营方式和计酬方式应当灵活，不应求其一致。遗憾的是，这些文稿在几经动荡之后都遗失了，至今保留下来的，只是厉以宁在大学时代出版的几十万字的经济学译作。

厉以宁大学时期的一首词反映了他当时忙于译书的心情：

---

①《车尔尼雪夫斯基选集》下卷，三联书店 1959 年版，译者署名季谦。

相见欢[1]

译书，记大学生生活

1954 年

满园桃李争芳，
亦寻常，
那似案前淡墨散清香。

花间里，
舞影起，
映南窗，
依旧学生本色译书忙。

独立思考、不迷信教条的探索者

大学时代的厉以宁时刻不忘参与中国经济建设事业的美好理想。在进行翻译与论文写作的同时，他对社会主义政治经济学的兴趣与日俱增。在学习罗志如教授讲授的“国民经济计划”一课的过程中，厉以宁对波兰经济学家奥斯卡·兰格的理论产生了浓厚的兴趣。他不仅担任了“国民经济计划”一课的课代表，还是学生计划经济研究小组组长。他对兰格的研究始于对二十世纪三十年代国外经济学界关于计划与市场经济的论战和兰格关于计划与市场之间关系学说的探讨。

在大学三年级时，厉以宁广泛阅读了有关二十世纪三十年代这场经济学论战的文献，这使得他在经济理论的学习研究中深入了一大步。厉以宁从西方学者与兰格的论战中朦朦胧胧地感觉到，

①厉以宁:《厉以宁诗词又一百首》，北京大学光华管理学院，1999 年，第 3 页。

在正统的苏联社会主义政治经济学所论述的那些教义之外，似乎还存在另一种研究社会主义经济问题的道路，即以兰格为代表的社会主义经济学说。厉以宁认为双方的论点对中国具有现实意义，但对中国经济更具参考价值的不会是哈耶克的学说，而更可能是兰格的学说。可以这样说，大学时代的厉以宁认为兰格是一位有创见的经济理论家，对他十分佩服。

阅读经济学名著成为厉以宁当时的一种爱好，他从中得到收益，得到启发。下面这首《鹧鸪天》，是厉以宁大学毕业的自勉，反映他的心境开阔多了，认识也深化了。

鹧鸪天[①]

大学毕业自勉

1955 年

溪水清清下石沟，
千弯百折不回头，
兼容并蓄终宽阔，
若谷虚怀鱼自游。

心寂寂，念休休，
沉沙无意却成洲，
一生治学当如此，
只计耕耘莫问收。

①厉以宁：《厉以宁诗词又一百首》，北京大学光华管理学院，1999 年，第 3 页。

名师出高徒

从本质上来说，与许多北大学者一样，厉以宁不是一个能安于现状的人。在他谦逊温和的外表下是一颗时时向往着有所建树、有所突破的雄心。尽管当时的北大向学生们全盘灌输苏联的社会主义政治经济学，他也与其他学生一样，如饥似渴地接受了这种所谓的正统教育，但这些仍然无法满足他那颗渴求知识、渴求创新的雄心。

厉以宁是幸运的，因为他在那个充斥着教条主义的时代，踏进了以兼容并包作为教学指导方针的北京大学。在这片美丽校园的土地上，一个小小的纯经济学理论的自由王国在当时十分活跃。在这个王国里，聚居着一批经过中国新文化运动和当代西方经济学熏陶的智者学人，如著名经济学家马寅初，接受过现代西方经济学严格训练后归国执掌教鞭的陈岱孙，院系调整后从清华大学调入北大的徐毓枬，早年留美、练就一副深厚功底的原经济系代主任陈振汉，对英美经济学理论造诣颇深的罗志如，早年美国制度经济学的研究者赵迺抟，研究西欧经济史的周炳琳等教授。这些杰出的经济学人早年也同厉以宁一样，胸怀报国志，熟读天下书，一心想在经济学领域有所贡献。但无情的现实辗碎了他们辉煌的梦想，他们几经漫长、痛苦的折磨与等待，岁月已磨平了他们的梦境，因而在新中国成立之初，他们转而把梦想成真的希望寄托在年轻人身上，引导着厉以宁这样的大学生一步一步地走向成熟。

最早引导厉以宁钻研西方经济理论的是罗志如教授。他在二十世纪五十年代为北京大学经济系学生开设了“国民经济计划”课程，实质上具有某些现代宏观经济学的内容。罗志如先生不仅在课堂上认真授课，而且在课下把英文书刊上的某些文章借给厉以宁阅读，使他眼界大开。在1982年北京大学经济系纪念罗志如教授从事学术活动五十周年的座谈会上，厉以宁深情地回忆起这段往事，感激之情溢于言表。他说："正是罗志如老师使我最早模模糊糊地感觉到，在苏联式的计划经济与西方传统的市场经济之间，还存在着第三条道路，似乎兰格就是这条道路的代表。"

这样，依靠自己的勤奋努力与各位导师的精心栽培，厉以宁这株年轻的幼苗在北大四载的岁月里拼命吸吮着知识的雨露。由于学习成绩优异，1955年毕业后，厉以宁留校工作，得以在这片心爱的绿洲上继续探索。

二十世纪八十年代，厉以宁以倡导所有制改革而著名，他对产权、所有制等制度变迁问题的理论兴趣应追溯至五十年代北大的两位制度经济学研究者对他的培养与影响。一位是陈岱孙教授。这位出生于中国书香门第的学者，以二十岁的稚龄考上了当年的公费留美生，远渡重洋，用短短六年的时间就先后获得美国威斯康辛大学文学学士、哈佛大学哲学博士学位。陈岱孙教授回国后，先后在清华、北大教书育人，几乎长达七十载。作为二十世纪二十年代美国制度学派中心的威斯康辛大学的学生，他对制度变迁问题十分谙熟。在二十世纪五十年代初的北大，他担任经济学说史课程的教学，其渊博的知识、深入浅出的讲解使得这门课成为当时最受北大学生欢迎的课程。作为经济学说史的长期研究者，他在潜移默化之中影响着厉以宁，后者成为继他之后在经济学说史方面造诣很深的又一名北大学者。厉以宁于1997年所著《宏观经济学的产生和发展》一书，充分表明了他在这个领域中的成就。在陈岱孙先生九十寿辰时,厉以宁以一首《秋波媚》表达了对老师的尊敬。

秋波媚①

代北京大学经济学院贺陈岱孙先生九十寿辰

1990 年

忧国少年越重洋,
回首几沧桑。
人间早换,
武夷更秀,
闽水流长。

弦歌不绝风骚在,
道德并文章。
最堪欣慰,
三春桃李,
辉映门墙。

另一位制度经济学的研究者是赵迺抟教授，他早年研究美国制度学派代表人物琼斯的经济思想。在厉以宁的书架上，至今还珍藏着赵迺抟先生赠送的关于琼斯经济思想的博士论文。在论文的扉页上，赵先生题着“以宁仁弟存念”。赵迺抟先生是美国哥伦比亚大学的博士，回国后一直执教于北大，他学贯中西，一生追求知识与光明，对经济发展所需要的法律、伦理规范、文化、心理与政治条件有深邃的见地。在厉以宁渊博的知识中，在他对经济学、社会学、心理学、法学、教育学与历史学的综合研究的浓厚兴趣中，可以看

①厉以宁：《厉以宁词一百首》，民主与建设出版社，1998 年版，第 79 页。

出赵迺抟先生的精心培植。赵迺抟夫妇为了祝贺厉以宁即将大学毕业，特地邀他同游香山。厉以宁当时填了一首《减字木兰花》：

减字木兰花[①]

陪赵迺抟老师、骆涵素师母游香山

1955 年

繁花浅草，
蜂蝶随人香径小。
云淡风清，
春色依然岭上明。

山高几许，
手插柳条逢喜雨。
幼树新姿，
共盼迎来飞絮时。

然而，不久后政治气候的变化，完全出乎师生的预料。相隔二十五年，赵迺抟夫妇再度邀请这位心爱的弟子同游陶然亭。厉以宁感慨之余，填了一首《清平乐》：

清平乐[②]

应赵迺抟老师、骆涵素师母之邀，同游陶然亭

1980 年

翠湖春晓，
黄雀枝头叫，

---

①厉以宁：《厉以宁诗词稿》，何玉春手抄本。

②厉以宁：《厉以宁诗词又一百首》，北京大学光华管理学院，1999 年，第 16—17 页。

月季丛中双蝶绕，
诗意增添多少？

先生须发苍苍，
门人永记慈祥，
忆昔香山野宴，
人间又一沧桑。

陈振汉当年曾是厉以宁所在系的代理系主任，很早就发现厉以宁是一个有前途的学术接班人。陈振汉在美国哈佛大学获得博士学位，对经济史比较研究有着深厚的功底。1957 年那场“反右”的劫难，迫使陈先生丢弃了经济史的研究工作，但这位当时才四十多岁的学者无时不在注视着祖国大地上所发生的危机、萧条、复苏、膨胀、停滞等现象。厉以宁不仅从他那里学来了进行经济史比较研究的方法、理论，更从这位学者身上获得了“闹中取静”的学习习惯。厉以宁至今仍然牢记着陈振汉先生的教导：要想在经济学研究中取得成就，必须在经济理论、统计、经济史三个方面打好基础，然后才能有重要的突破。在陈振汉教授的影响下，厉以宁一直致力于这些方面的钻研。他在北京大学除了讲授西方经济学、社会主义政治经济学、国民经济管理学等理论课程以外，还讲授过国民收入统计、外国经济史、经济史比较研究、经济史名著选读等课程。

厉以宁还十分怀念周炳琳教授。在当时的政治气氛下，厉以宁被视为“有问题的人”，而周炳琳教授不顾别人的议论，十分器重厉以宁。1963 年周炳琳教授因病逝世。在追悼会上，周夫人魏璧师母紧握着厉以宁的手，哭泣不止。这一情景使厉以宁终身难忘。1993 年，在周炳琳先生逝世三十周年之际，厉以宁写了一首《七绝》以悼念这位尊敬的老师：

七　绝[①]

纪念周炳琳老师逝世三十周年

1993 年

旧事模糊淡淡痕，
只知冬冷未知春。
先生不顾潮流议，
夜半邀谈深闭门。

这样，早在二十世纪五十年代初期，厉以宁不仅通过苏联专家与中国教授研读了马克思，而且通过罗志如读到了哈耶克、兰格，通过陈岱孙、赵迺抟读到了马歇尔、凡勃仑、康芒斯，通过陈振汉读到了马克斯·韦伯和熊彼特，通过徐毓枏读到了凯恩斯。这种相对自由的学术气氛曾恩泽了多少年轻人，厉以宁不过是在北大这所博采各家众长的学术宝库中取宝较多的青年人之一而已。正是上述那种并非“罢黜百家”的局面，使厉以宁逐渐感受到思想之树是繁枝从根的，文化之源是多元的。

厉以宁对培养自己成才的老师们，永远怀着深深的敬意与感激，并以老师们作为鞭策自己的动力。他曾在 1985 年写道：“随着自己年龄的增长，我越来越感觉到，如果说我今天多多少少在经济学方面有所收获的话，那么这一切都离不开在北京大学学习

①彭松建、朱善利编：《厉以宁诗词解读》，北京大学出版社，2000 年版，第 42 页。

期间老师们的教诲。正是在1951年至1955年那段难忘的日子里，老师们使我为此后的进一步学习奠定了理论、知识和技能的基础。他们是我在经济学领域内从事探索的最初的引路人。三十年过去了，直接教过我的老师中，周炳琳、徐毓枬、齐思和、商鸿逵、江诗永五位先生已经谢世，但大多数老师今天仍在孜孜不倦地为培养新一代的青年而贡献自己的力量。同他们在一起任教，我没有任何理由可以懈怠。他们永远是我学习的榜样。”①

这段话是1985年写的，从1985年到现在已经十六年了，罗志如、赵迺抟、陈岱孙三位教授也都不在人间了，但厉以宁一直怀念他们。

厉以宁如今特有的学术风格是在陈岱孙、罗志如、赵迺抟和陈振汉等先生的传授下，经过他本人的自由选择而形成的。他偏重于宏观经济分析而非微观经济分析（这与罗志如的国民经济分析，与陈岱孙的财政金融思想有关），他注重制度经济学理论的创新而非计量经济学方面的研究（这与陈岱孙、赵迺抟的影响有关），他擅长于比较的、历史的经济分析而非纯粹的数学的分析（这与陈振汉的治学风格有关）。此外，中国传统的优秀文化熏陶与良好的中学教育使他具有优美的文笔，他的经济学著作有的整篇就是可以朗诵的散文，这使他的文章与著作拥有广泛的读者。而他的诗词又是那么自然、清新、朴实，没有刻意雕琢，也没有典故堆砌。这些都应当说来自于生活，来自于平静的校园，来自于师长的教导和指引。

在1957年的“反右”运动中，陈振汉、罗志如、徐毓枬等人起草的关于经济科学繁荣的意见书遭到严厉批判。其实，那篇意

---

①厉以宁:《厉以宁经济论文选（西方经济部分）》序，河北人民出版社，1986年版。

见书所提出的主张，在四十多年后的今天看来仍是有道理的[①]。可就是因为这一点，他们的学生厉以宁也因等同右派的观点挨整，并且被罚坐冷板凳，在经济系资料室工作长达二十年。

在厉以宁写于1957年初春和夏季的两首词中，不难看出他当时的心情。

鹧鸪天[②]

未名湖畔
1957年
塔影钟声柳岸西，
校园四月乱穿衣，
青春少女绸衫薄，
年长教师棉袄披。

晴或雨，信将疑，
桃花未放草仍稀，
早春天气谁能料，
燕子高飞又转低。

破阵子[③]

北大镜春园
1957年
日落行云朵朵，
风停暮雨潇潇。

---

①参看厉以宁为陈振汉所写的传略，载《中国当代经济学家传略》（五），辽宁人民出版社，1990年版，第85—102页。作者署名“金寄时”。

②厉以宁：《厉以宁诗词稿》，何玉春手抄本。

③同②。

昨夜枝头犹茂盛，
今夕园中何寂寥，
残红沟内漂。

世上无情处处，
文坛新律条条。
早见笑容晚见怒，
不怕饥寒怕折腰，
静心观落潮。

也许连厉以宁自己也不曾想到过，“反右”所批判过的老师们那份发展我国经济科学的意见书中所列主张，在二十年之后会由厉以宁这一代人来付诸实施。今天，厉以宁的思想源泉中所奔腾不息的正是老一辈经济学者未酬的壮志，在厉以宁身上，我们可以看到受马克思主义经济学与当代欧美经济学交汇影响的综合作用，看到北大一百年来的历史文明所具有的特异功能，看到经济学教育事业的不尽的恩惠。

然而，厉以宁毕竟已经是青出于蓝而胜于蓝了。他的学术成就应该说主要归因于本人长期勤奋、刻苦的学习，尤其是在那长达二十年的令人沉闷的资料室工作与凄风苦雨的农村“锻炼”中所经历的思想探索与知识沉淀。

第二章　磨难

在资料室里工作和继续学习

在经历了1957年那场憾人心魄的“反右”斗争之后，中国学术界进入了一个新的阶段。此一年前那种“百家争鸣，百花齐放”

的喧嚷已归于沉寂，知识分子们对国家、对理想原有的感性热情开始转向冷静思考，经济学界对中国现实经济问题的关注开始让位于对纯理论抽象问题的探讨或转入经济史、经济学说史的研究。一时间，中国大地上的经济学陷入沉寂的状态。

同样的现象在燕园也发生了。北大经济系的一些教授把自己的研究重点从现实退回到历史，似乎这样才安全，能够明哲保身。他们从大量经济史与经济思想史文献中几乎获得了“反右”斗争中曾被夺走的安稳与一种近乎幻想的幸福。此时，厉以宁从事社会主义经济理论和中国现实经济研究的幻想破灭了，他本来希望为刚刚起步的新中国经济建设，也为当时广受人们关注的社会主义经济理论添砖加瓦。但从这时起，他只好安心在系资料室中工作。他利用近水楼台先得月的有利条件，广泛、深入、系统地阅读了当时经济系珍存的西方经济学著作与几十种国外经济学期刊，制作了大量的文献卡片，为自己日后进行研究和教学工作打下了坚实的基础。在这里，他不仅接触到苏联、东欧的社会主义经济理论，而且系统地学习和研究了当代西方经济学理论，为此他付出了常人难以想象的辛勤与汗水。

在进行广泛阅读与深入研究的同时，厉以宁干起了资料编译工作，并得到了当时负责经济系行政工作的系副主任胡代光教授的指导与照顾。胡代光教授主要从事统计学与西方经济学的教学与研究，他对厉以宁的工作是支持和帮助的。二十世纪五十年代末至六十年代初，厉以宁翻译了共约二百多万字的经济史著作，有些译作后来得以出版，如波梁斯基的《外国经济史（封建主义时代）》（三联书店 1958 年出版）、惠勒的《美国自动化经济问题》（世界知识出版社 1964 年出版）、琼图洛夫的《外国经济史》（上海人民出版社 1962 年出版）、罗斯托夫采夫的《罗马帝国社会经济史》（与马雍合译，1964 年译完，直到 1985 年才由商务印书馆出版）等。在翻译过程中，厉以宁感到受益匪浅，因为翻译比起单纯的阅读，要求具有相当的文字、专业与历史知识背景，否则难以对书中所讲述内容有着透彻的理解，因而难以做到准确翻译。

北大经济系曾经办过一个内部的油印刊物，刊名为《国外经济学动态》，总共出过三十多期，每期约三万字，基本内容是介绍与评介国外经济学理论的新发展、新动向，很受人们欢迎。在这三十多期约一百万字的刊物中，近 90% 的稿件是由厉以宁一人编写的。为此，他十分感谢胡代光教授，因为正是胡代光教授在其力所能及的范围内对厉以宁的照顾才使得他得以专心从事资料编译工作。厉以宁后来曾感慨地说："那时，多亏了胡代光先生，我才没有浪费太多的时间。"

在翻译工作中，厉以宁感到对自己益处最大的是两本书：一是波梁斯基的《外国经济史（封建主义时代）》，一是罗斯托夫采夫的《罗马帝国社会经济史》。为了翻译好前者，他参阅了大量有关西欧经济史的著作与论文，特别是《剑桥欧洲经济史》前几卷。该书是当代西方经济史学家对欧洲经济发展史研究的成果荟萃，前几卷不光对封建社会后期的行会、国家垄断、特许公司、走私与官倒、劳动力流动、价格长期上升、贸易保护与关税、殖民地开辟、移民、股份公司与证券市场、市场组织发育、技术创新、政府技术政策、财政平衡与财政危机等实际经济问题进行了精辟的论述，而且蕴含着当代西方经济增长理论、货币理论、财政与国际贸易理论的最新观点。通过阅读该书，一方面，厉以宁大大充实了大学阶段所学到的经济史知识，扩大了知识面；另一方面，他由此对资本主义的起源问题产生了兴趣，并认为书中对封建主义后期各种经济现象的研究对于研究社会主义经济问题也很重要。对该书的阅读大大开阔了他的视野，使他对中国经济问题的观察更加透彻和深远。在阅读时，厉以宁抄录了大量卡片，他想，如果将来有一天能够转入对社会主义经济学的研究，他将不再像过去那样仅仅就事论事，从社会主义本身来论述社会主义，而应当从封建主义、资本主义、社会主义的比较中来论述社会主义。

罗斯托夫采夫的《罗马帝国社会经济史》一书由于引用了大量考古资料，翻译难度很大。厉以宁与好友马雍合作，为翻译此书付出了大量辛勤劳作与汗水。对于厉以宁来说，翻译此书的最大收获是在边翻译、边阅读其他西方作家的罗马史著作的过程中，通过对罗马经济史的研究，尤其是对罗马帝国由兴旺走向灭亡的过程的研究，他和马雍共同感到，单纯经济学的研究有时范围太窄，必须将经济学研究、社会学研究、政治学研究同历史学研究结合起来。在与马雍为此多次进行了彻夜讨论后，他们感到，只有在比较分析整个东西方文明的基础上，分析研究西方文明的兴衰史，才有助于搞清中国的政治经济问题，有助于分析发现中国经济中存在的顽疾，并据此提出对症下药的良方。

厉以宁在经济系资料室的这一段时期，正是他潜心阅读、思考、学习世界名著的时期。广泛的阅读使他紧紧地掌握了当代经济学的发展脉络，对许多经济学前沿问题独具慧眼。二十世纪六十年代至七十年代，他在阅读了不少西方经济学专著之后，在众多的西方经济学者中，对凯恩斯、哈耶克、熊彼特和希克斯的思想最为熟悉。早在二十世纪六十年代末七十年代初，厉以宁就注意到新凯恩斯主义在西方学术界的悄然兴起，他也是国内研究西方经济学非均衡理论的第一人。在如此深厚的理论基础的支撑下，厉以宁能够厚积而薄发，于二十世纪七十年代末八十年代初一跃而成为中国学术界引人注目的中年学者就不足为奇了。

这个时期，厉以宁在生活上也是困难的。他于 1958 年结婚，夫人何玉春远在辽宁鞍山，牛郎织女，一年相会一次。1958 年底女儿厉放出生，1963 年底儿子厉伟出生，儿女都留在北京，住在海淀镇内仅三十平方米的三间简陋民房内，由厉以宁的外祖母和母亲照顾。在不少有关家庭生活的诗词中，反映了厉以宁当时心情的苦闷。

诉衷情[①]

厉放一个月即断奶，何玉春匆忙返回鞍山上班

1959 年

甜甜午睡脸儿红，
吻别泪流中。
时光白驹过隙，
转眼到今冬。

摇小手，
兴浓浓，
笑临风。

①厉以宁：《厉以宁诗词稿》，何玉春手抄本。

倚墙张望，
试叫妈妈，
可展愁容？

捣练子[①]

无题

1960 年

除夜近，
问归期，
万绪千头怎好提？
只道今年冬雪早，
小儿重试旧棉衣。

忆秦娥[②]

建国门桥头，送何玉春回鞍山

1965 年

梅开后，
河桥景色还依旧，
还依旧，
漫天飞雪，
寒衣凉透。

当时谁料分离久，
怎知别梦年年有。
年年有，

---

①厉以宁：《厉以宁词一百首》，民主与建设出版社，1998 年版，第 25 页。

②同①，第 37 页。

那边瞭望，
华灯如昼。

1962年初至1964年中，在经历了几年沉静之后，北京大学的学术气氛曾经一度有所改善。此时刚过三十岁的厉以宁已不仅仅满足于编译和介绍外国名著。他在广泛积累的基础上，写了几篇论文。他在《北京大学学报》上连续发表了三篇文章，即《1933年以前美国政府反农业危机政策的演变》(《北京大学学报》1962年第3期)、《美国罗斯福新政时期的反农业危机措施》(《北京大学学报》1963年第5期)，以及《美国边疆学派安全活塞理论批判》(《北京大学学报》1964年第3期)。这三篇论文的发表显示了他扎实的研究工作与深厚的理论功底。他原计划在研究安全活塞理论之外，再就美国边疆学派的区域化与美国制度渊源论各写一篇论文，系统深入地研究边疆学派，并已动笔。遗憾的是，在接踵而至的“文化大革命”中，在被抄家时，这些手稿全部被抄走并丢失了，厉以宁只好放弃了经济学研究工作。

经济思想的逐渐转变

尽管这一时期的厉以宁主要埋头于学习与阅读古今中外的经济学名著，但他也并非孤守在象牙塔里。这一时期的中国政治运动正如火如荼地进行着，安静而古老的北京大学也未能例外。在1957年的“反右”斗争中，他的几位导师几乎全都受到了冲击，他自己也在忐忑不安中渡过了有生以来的第一场政治风暴。

1958年，在“大跃进”的浪潮中，厉以宁随北大教师队伍来到了京西山区，在门头沟区斋堂乡整整劳动了一年，春耕夏耘、开山修渠、深翻土地。在这里，他第一次体会到劳动的艰辛与中国农村生产方式的落后。他在这里写了一些诗词，其中有：

菩萨蛮[①]

雨中抢播玉米

1958 年

飞沙三月连干旱，
瘦羊畏缩河滩畔。
夜半小窗开，
东风送雨来。

黎明齐下地，
播种须留意。
往日盼春晴，
今朝怕雨停。

鹧鸪天[②]

斋堂，摘杏

1958 年

七月斋堂摘杏忙，
一行背篓上山岗，
晨星指引崖边路，
薄雾送来拂晓凉。

迎日出，辨花香，
坡南沟北杏儿黄，
俯看村内炊烟起，
道是他乡似故乡。

---

①厉以宁:《厉以宁诗词又一百首》，北京大学光华管理学院，1999 年，第 4 页。

②厉以宁：《厉以宁词一百首》，民主与建设出版社，1998 年版，第 19 页。

南歌子[①]

斋堂，秋收

1958 年

冬垒拦河坝，
春填碎石沟，
清溪改道入云流，
两岸梯田夏日绿油油。

风转核桃熟，
枣红山色秋，
金黄玉米又丰收，
驾起骡车吆喝出村头。

从 1959 年开始，随着“大跃进”的失败和中国经济状况陷入困境，厉以宁在心里默默地产生了对“大跃进”的怀疑，初次感受到狂热信仰和盲目信任可能给国民经济和社会生活带来的危害。他也真切地感受到什么是饥饿，什么是营养不良。当时，在路人脸上经常发现浮肿与简单渴求温饱的欲望掺杂在一起，使他在痛心的同时再次深深地感受到贫穷的可怕。这段时间内，他在一些诗词中表达了他的困惑。

七　绝[②]

河北农村所见

1959 年

高炉余火映红霞，
农舍停炊社即家。

---

①厉以宁：《厉以宁词一百首》，民主与建设出版社，1998 年版，第 20 页。

②厉以宁：《厉以宁诗词又一百首》，北京大学光华管理学院，1999 年，第 5 页。

岂止城中遭苦雨，
溪头荠菜不开花。

踏莎行①

惊闻河南信阳地区灾情严重有感

1960年

雀跃千家，
欢腾万户，
前年此日敲锣鼓。
牛羊鸡鸭尽归公，
三餐粥菜同锅煮。

税赋依然，
向谁诉苦，
榆槐皮剥皆枯树。
人间行路已艰难，
天堂分外难行路。

他开始对传统的社会主义政治经济学产生了怀疑，他对经济的认识也从单纯的学术与理论认识开始上升至政治的、伦理的、国家利益的高度。他开始认识到，经济学研究不可能是纯粹的学术研究，将经济学理论与政治学、伦理学结合起来，才能得出有益于创新与发展的理论。在此，他关于“人”的研究是经济学研究的最高境界的观点开始萌芽。

1964年，厉以宁再次被迫放下书本，到农村参加“四清”运动：1964年秋到1965年夏，在湖北江陵农村；1965年秋到1966年6

①厉以宁：《厉以宁诗词稿》，何玉春手抄本。

月初，即“文化大革命”开始，到北京朝阳区高碑店。厉以宁越来越感觉到大学时代自己所学到的知识同现实生活的距离竟是这样大，他看到了农村的贫穷，也看到了那种说假话成风、不说假话当不了官的恶习。在赴江陵途中，他填了一首《南歌子》。

南歌子①

荆江大堤，据传最早为明朝张居正督修

1964 年

功过应评说，
是非史实中，
终将治绩论英雄，
留下长堤千里锁蛟龙。

位显招人忌，
恩衰万事空，
斜阳默默对秋风，
暮落朝升照得满江红。

张居正（1525—1582），湖北江陵人，明万历初出任首辅，厉行改革，整顿吏治。万历十年（1582），张居正病故后，遭人诬陷，被抄家，改革尽废，从此明朝衰亡大势再难更改了。厉以宁以张居正为题所填的这首词，反映了他的经济思想这时已逐渐发生了变化。

在江陵古城的城楼上，厉以宁又以一首《七绝》道出了自己的感慨：新中国成立已经十五年了，为什么到处还这样贫困落后？甚至连素有鱼米之乡之称的荆州也这样萧条、衰败？

①厉以宁：《厉以宁词一百首》，民主与建设出版社，1998 年版，第 32 页。

七　绝[①]

登江陵南门城楼

1964 年

芳草无情才碍马，
从来云好不遮楼，
楚天极目堪思索，
何故名城四季秋？

1965 年夏，北京大学师生参加湖北江陵“四清”运动结束后，返回武汉做思想总结，住在武昌。这时，厉以宁的思想情绪变化很大，他认真思考自己南下一年左右的所见所闻，并写下了这首《七律》：

七　律[②]

武昌。路过一内部高级招待所有感

1965 年

碧波荡漾水连天，
座座小楼柳影间。
贵客匆忙来又去，
执勤终岁不能闲。
悠扬舞曲春常驻，
脂粉香飘院外边。
路上忽闻私下语，
此园建在大灾年。

①厉以宁：《厉以宁诗词稿》，何玉春手抄本。

②同①。

厉以宁开始对自己的困惑寻求答案。他隐隐约约地感觉到这是一个与体制有关的问题，而传统的社会主义政治经济学理论却是为不合理的体制论证和辩解的。那该怎么办呢？厉以宁又陷进了新的疑惑之中。

磨难中趋于成熟

更大的磨难在等待着厉以宁。

厉以宁从湖北回到北京，已经是 1965 年 7 月下旬。北京的政治气候变得异常紧张，各种传闻很多，北京大学不少教师有“山雨欲来风满楼”的感觉，“要搞大的政治运动了”“上面斗争很激烈”。厉以宁也感到新的、更大的政治风暴即将来临，但也只好泰然处之。在这个不平凡的暑假中，他写了几首诗词：

柳梢青[①]

带厉放、厉伟散步到海淀六郎庄

1965 年

稻叶青青，
莲花几朵，
浅沼浮萍。
一湾流水，
小桥杨柳，
斜挂稀星。

暮云变幻无形，
纵凉意难卜雨晴。

①厉以宁：《厉以宁词一百首》，民主与建设出版社，1998 年版，第 35 页。

变幻由他，
且看儿女，
捕捉蜻蜓。

长相思[①]

赵辉杰自兰州来京，同游八大处

1965 年

南来风，
北来风，
古寺巍然不动容，
惯看落叶红。

冬敲钟，
夏敲钟，
唤醒世人名利空，
枯荣一梦中。

接着，厉以宁又随北京大学师生到北京朝阳区高碑店参加“四清运动”。果然不出人们所料，当年 11 月 10 日，上海《文汇报》发表了姚文元的《评新编历史剧〈海瑞罢官〉》一文，各报相继转载，引发了全国范围大批判的高潮。报纸上天天都登载批判文章：批吴晗，批邓拓，批廖沫沙，批《三家村夜话》，批《燕山夜话》，批“文艺黑线”，批《二月提纲》……一场空前规模的政治运动实际上已经开始了。1966 年 5 月 1 日国际劳动节那天，厉以宁从朝

①厉以宁：《厉以宁诗词又一百首》，北京大学光华管理学院，1999 年，第 7—8 页。

阳区高碑店骑自行车回海淀家中，途经日坛公园，看到不少游客，照样游玩，仿佛外界的一切统统与他们无关。厉以宁就此填了一首《相见欢》：

相见欢[①]

五一节途经日坛公园

1966 年

满庭翠柳丝丝，
踏青时，
断线风筝挂在白杨枝。

文如海，
人费解，
发深思，
山雨欲来游客有谁知？

到了 1966 年 6 月 2 日，北大师生奉命连夜从乡下撤回学校，参加“文化大革命”。厉以宁在这种背景下写了下面这首《七绝》：

七　绝[②]

无题

1966 年

春来冬去总姗姗，
桃李偏逢六月寒。
急雨打窗残梦醒，
落花容易再开难。

---

①厉以宁：《厉以宁诗词又一百首》，北京大学光华管理学院，1999 年，第 8 页。

②厉以宁：《厉以宁诗词稿》，何玉春手抄本。

在急风暴雨似的“文化大革命”中，厉以宁从运动一开始就被打入牛鬼蛇神行列，三次被抄家，剪成阴阳头，弯腰挨斗，编入劳改队，天天劳动，后来又被关进监改大院，不准回家，直到1969年年初。当时，北大的监改大院共分两处，一处在昌平北太平庄，一处在校内红湖西侧。厉以宁在两处都待过。在这里，他留下了几首诗词。

鹧鸪天①

昌平夜思

1968年

一阵清风雨渐停，
夜空云破闪流星，
虽然身在荒村里，
犹恋暮春月色明。

花吐艳，草争青，
几回惹起故乡情，
怎知魂梦同遭禁，
难越雷池半步行。

踏莎行②

北大监改大院纪实

1968年

浓雾沉沉，
亲思切切，

---

①厉以宁:《厉以宁诗词又一百首》，北京大学光华管理学院，1999年，第8页。

②厉以宁：《厉以宁诗词解读》，北京大学出版社，2000年版，第262页。

朦胧春日如秋月。
高墙无穴也来风，
柳绵铺地堆堆雪。

庭院阴森，
黄梅季节，
隔离莫道尘缘绝。
夜间又是用刑声，
惊闻惨叫心魂裂。

在北大红湖的监改大院里，大家都睡在地上，“牛鬼蛇神”加在一起有一二百人之多，分若干组。二十多个人一组，关在一个房间内。白天劳动，晚上背诵毛主席语录。快到冬天了，冷水洗脸、洗脚，苦不堪言。厉以宁当时写下这样一首《七绝》：

七　绝[①]

十月将尽，仍被拘禁在监改大院，躺在水泥地上，墙角蟋蟀鸣叫，夜不能寐

1968 年

寒气满园落叶飞，
伤心夜色雨霏霏。
秋虫不解人间事，
细语问君何日归。

1968 年底，监改大院解散，各人回到所在的单位、系、所，继续受群众监督。1969 年大半年就是这样度过的。到了 1969 年

①厉以宁：《厉以宁诗词稿》，何玉春手抄本。

10 月份，厉以宁又跟随北京大学大批教师到江西南昌鲤鱼洲农场去劳动。

江西南昌鲤鱼洲是鄱阳湖边一个荒洲、血吸虫病的疫区，据说曾经是劳改犯劳动的地方，但连劳改犯都不愿意在这里待下去，不断逃跑，所以荒废不堪。洲上也没有农户，农民也都外迁了。厉以宁下船后一踏上这块土地，首先得到的印象是荒凉。

踏上鲤鱼洲后，厉以宁另一个突出的感觉是孤独。妻子何玉春仍远在辽宁鞍山，女儿厉放（十一岁）、儿子厉伟（六岁）由他们的奶奶带着，住在北京海淀。那一年，厉以宁已经三十九岁了，落到这样的境地，心中真有说不出的滋味。他在一首《生查子》中写道：

生查子[①]

到鲤鱼洲

1969 年

梦回辽水边，
谈笑花丛里，
惊醒一身寒，
芦荡秋风起。

雁儿飞向南，
怎把家书递？
今夜又难眠，
残月留天际。

---

①厉以宁：《厉以宁词一百首》，民主与建设出版社，1998 年版，第 50 页。

在鲤鱼洲上，劳动强度极大，住在茅棚里，一天三餐，靠咸萝卜片和菜叶汤下饭。冬天奇冷，夏天奇热，蚊子既多又狠，隔着衣裤就能叮人。白天劳动，晚上还要开各种批判会、斗私批修会。但渐渐地，厉以宁也习惯了。住在北京的好友何持方、马雍有时来函相问，厉以宁曾以诗词答谢。

七　绝[①]

复何持方函，于鲤鱼洲

1970 年

千里传书问短长，
三更未睡夏收忙。
感君关注从何说，
只道湖边雨后凉。

生查子[②]

致马雍

1970 年

孤洲耕地人，
多谢勤相问。
千里赐嘉音，
路远心声近。

忽闻奔大堤，
八月长江汛。
草草复君函，
纸短言难尽。

---

①厉以宁：《厉以宁诗词稿》，何玉春手抄本。

②厉以宁：《厉以宁词一百首》，民主与建设出版社，1998 年版，第 58 页。

再艰难的日子，厉以宁总算挺过来了。在鲤鱼洲上，他度过了四十岁生日，填了一首《相见欢》。

相见欢[①]

四十自述

1970年

几经风雨悲欢，
志未残，
试探人间行路有何难。

时如箭，
心不变，
道犹宽，
莫待他年空叹鬓毛斑。

在鲤鱼洲劳动一周年的日子里，他填了一首《鹧鸪天》：

鹧鸪天[②]

来鲤鱼洲一周年有感

1970年

稻色金黄又是秋，
文思未绝复何求，
闷雷有意常惊梦，
破帽无情也恋头。

①厉以宁：《厉以宁词一百首》，民主与建设出版社，1998年版，第59页。
②同①，第58页。

诗易写，信难投，
赣江北去却东流，
潮声仿佛春蚕曲，
吐尽愁丝再不愁。

这首词中的“闷雷有意常惊梦，破帽无情也恋头”两句，曾在鲤鱼洲劳动的一些北大教师中流传。但不管怎样，正因为厉以宁下放到农村了，远在辽宁鞍山工作的妻子何玉春坚决请求也调往鲤鱼洲。这一愿望终于实现。1970年12月29日，在凛冽的寒风中，何玉春带着孩子来了，从此夫妇在结婚十三年之后才得以团聚。尽管住在草棚里，何玉春同样每天在田间劳动，总强似两地分居。厉以宁在欣慰之中写了几首感人的诗词。

鹧鸪天①

迎何玉春来鲤鱼洲
1971年

往事难留一笑中，
离愁十载去无踪。
银锄共筑田边路，
茅屋同遮雨后风。

朝露冷，晚霞红，
门前夜夜稻香浓。
纵然汗渍斑斑在，
胜似关山隔万重。

---

①厉以宁：《厉以宁词一百首》，民主与建设出版社，1998年版，第60页。

忆江南[①]

为何玉春转入农场户口而作

1971 年

清明过，
春满翠堤边。
芳草有情留客住，
何愁落户在农田，
植树盼来年。

菩萨蛮[②]

鲤鱼洲上新居

1971 年

春风吹遍沙洲路，
江村处处留春住。
堤下好安家，
半坡油菜花。

花开河岸外，
花落香还在。
新籽出新苗，
明年分外娇。

1971 年 9 月，突然接到北京方面的命令，北大、清华两校下放在江西的教职工全部火速返回北京，田里刚长起来的晚稻禾苗统统毁掉，用脚踏、用手拔、用铁锹铲都行，据说是不要留给邻

①厉以宁：《厉以宁词一百首》，民主与建设出版社，1998 年版，第 62 页。

②同①，第 63 页。

村的农民，以免他们滋生“不劳而获”的思想。突然回京的原因何在，谁也弄不清楚。回到北京后过了一阵子才知道，原来发生了“林彪事件”。

回京后，大部分教师都回到校园里，厉以宁夫妇则继续到北京市大兴县劳动，直到1972年2月才回到学校。但此后四年左右的时间里，厉以宁仍一再被派往乡下，如北京通县徐辛庄公社、北京顺义天竺公社、北京昌平城关镇、北京大学大兴分校等地，边劳动，边接受再教育，直到1976年11月初，也就是“四人帮”被粉碎后一个月，才在学校里安定下来。

从1957年“反右”算起，到1976年粉碎“四人帮”为止，整整二十年，厉以宁终于度过了心灵和肉体双受折磨的年代。他成熟了，是在不停的磨难中趋于成熟的。他上山下乡，亲历了国民经济遭受的严重破坏，目睹了广大农民的贫苦，他那颗充满理想主义信念的心受到了深深的震撼，他对传统社会主义模式的信念一次又一次地遭到现实的无情打击，他不仅对这一传统模式产生怀疑，进而从根本上予以否定。

一次，他途经南昌县滁槎，填了一首《蝶恋花》。

蝶恋花[①]

鲤鱼洲至滁槎途中

1970年

薄雾滩前湖岸浅，
不见渔舟，
只见南飞雁。

①厉以宁：《厉以宁诗词稿》，何玉春手抄本。

漫漫荻花遮住眼，
云低更觉青山远。

小路那边枯叶遍，
乱草危墙，
破落农家院。
政策如风时刻变，
向谁细诉村民怨？

而在1975年的一首《南乡子》中，他认为这一切实际上是体制问题。

南乡子[①]

无题

1975年

禾叶已枯黄，
未见谁家抗旱忙，
公社匆匆传指示，
荒唐，
明日全村批宋江。

无处可逃荒，
每日两餐稀粥汤，
有客告知川北事，
凄凉，
少女卖身一担粮。

---

①厉以宁：《厉以宁诗词稿》，何玉春手抄本。

正是在这段时间里，厉以宁的经济学观点发生了剧烈的变化，他不再满足于兰格理论，因为兰格模式至多只是对传统模式有所改良，他决心自己去探寻一条研究社会主义经济的新路。他意识到哈耶克的著作中也有不少可供参考的内容。二十世纪八十年代中期，他在给北大学生讲课时提到，兰格学说存在三大缺陷：首先，兰格对于社会主义社会中计划与市场之间关系的论述是不完善的，兰格本质上依然留恋传统模式，对它依然进行美化；此时的厉以宁却对传统模式持否定态度，他认为改良的计划模式并不是中国经济摆脱贫困的出路。其次，兰格模式并未涉及所有制问题，对传统公有制持默认态度；厉以宁认为这是错误的，所有制改革对于社会主义经济发展具有关键的意义，只有以新型公有制取代传统公有制形式，才能真正发挥社会主义制度的优越性。第三，兰格理论主要就经济谈经济，没有涉及“人在社会主义社会中的地位”等问题；而此时的厉以宁已经坚定地认为对“人”的研究是经济学研究的最高层次，主张“人不是为了生产，生产是为了人”“对人的关心和培养是社会主义的生产目的”。至此，厉以宁的经济思想发生了一个质的飞跃，他从根本上摒弃了大学时代所接受的传统社会主义经济学说，决心探索一条研究社会主义经济学的新路。十年后，他的这一理想实现了。

磨难也锻炼了厉以宁的意志。在被关押在北京昌平北太平庄监改大院时，在鲤鱼洲上艰苦劳动时，在北京大学大兴分校“反击右倾翻案风”时，他都对中国的前景充满信心，不随风倒，不做违背良心的事情。这些都反映于他当时所写的诗词中。

破阵子[①]

昌平北太平庄

1968 年

乱石堆前野草，
雄关影里荒滩。
千嶂沉云昏白日，
百里狂沙隐碧山，
此心依旧丹。

隔世浑然容易，
忘情我却为难。
既是三江春汛到，
不信孤村独自寒，
花开转瞬间。

临江仙[②]

答马雍同学

1969 年

自比故乡三月柳，
一生到处安家。
春风伴我走天涯，
漫江微雨过，
含笑吐新芽。

十里沙洲帆影下，
静看湖上朝霞。

①厉以宁：《厉以宁词一百首》，民主与建设出版社，1998 年版，第 42 页。

②同①，第 53 页。

惯听渡口浪淘沙，
桨声迎早雪，
清曲唱梅花。

南歌子[①]

无题

1975 年

难觅山前路，
偏逢雪后霜，
隆冬干冷月昏黄，
寂寞穷村愁绝盼春光。

莫道春光远，
炉边话短长，
挡车何易笑螳螂，
得意忘形能有几天狂？

1976 年粉碎“四人帮”以后，厉以宁与中国广大知识分子一道，结束了痛苦的改造生涯。党的十一届三中全会确立了改革开放的基本路线与方针政策，持续了十年的“文化大革命”也宣告结束。与中国广大知识分子一样，厉以宁备感欢欣鼓舞，殷切期待着学术界春天的来临。经过近二十年的阅读与思考，厉以宁厚积而薄发，其经济学研究结出了累累硕果。从 1979 年起，他陆续向读者展示了自己对西方经济学二十年来的研究成果，包括《论加尔布雷思的制度经济学说》(商务印书馆，1979 年)、《宏观经济学和微观经济学》

①厉以宁：《厉以宁诗词稿》，何玉春手抄本。

（与张培刚合著，人民出版社，1980年）、《当代资产阶级经济学主要流派》（与胡代光合著，商务印书馆，1982年）、《工业区位理论》（与陈振汉合著，人民出版社，1982年）、《现代西方经济学概论》（与秦宛顺合著，北京大学出版社，1983年）、《西方福利经济学评述》（与吴易风、李懿合著，商务印书馆，1984年）、《消费经济学》（人民出版社，1984年）、《二十世纪的英国经济——"英国病"研究》（与罗志如合著，人民出版社，1982年）等。在1979年至1984年间出版的这些经济学著作中，《二十世纪的英国经济——"英国病"研究》一书是厉以宁与恩师罗志如教授花费四年多时间完成的（1978—1981）。从写作立意到初步成稿，两位经济学研究者投入了大量精力，悉心研究，反复推敲，最后由厉以宁独自执笔，一气呵成，终于在1982年出版了这部被人们誉作对当时的中国经济改革具有重大借鉴意义的著作。厉以宁认为，该书是他早年经济学学习与研究的成果，也是他学术生涯上的一个界碑。研究厉以宁的经济思想首先应该认真研究这部极其重要的著作。

第三章　心宽意静，不懈追求[①]

既是经济学家，又是诗人

厉以宁既是一位经济学家，也是一位诗人。他从1947年读高中时开始填词，至今五十多年，从没有间断过诗词写作。即使在

---

①本章是在陆昊、何志毅合写的《从来意静周边静，知否心宽道也宽——厉以宁先生诗词中体现的人生哲理》（载于《厉以宁诗词解读》，彭松建、朱善利编，北京大学出版社，2000年版，第66—79页）的基础上扩展而成的。

"文化大革命"期间，只要有感触，就会情不自禁地用诗词写下自己的所思所想。1996 年，他在一篇《七绝·答友人》中这样写道：

七　绝[①]

答友人

1996 年

诗是沉思词是情，
心泉涌出自然清。
从来奉命无佳作，
莫给后人留笑名。

一位真正的诗人，应当有这样的纯朴想法、这样的写作态度。

我们有幸能成为厉老师的学生，不仅可以从他那里求得经济学、管理学之真，同时还可以求得中国古典诗词之美。细读厉以宁的诗词，感到字里行间闪烁着智慧的光芒。内容的充实、语言的精炼、格律的工整、声韵的和谐、思想的闪烁，合在一起，给人以一种特殊的美感。

请看 1950 年厉先生上大学前在湖南沅陵写的一首以山溪为题的《南歌子》。那一年厉先生刚好二十岁，刚参加工作不久，在湖南沅陵教育用品消费合作社任会计。

①彭松建、朱善利编：《厉以宁诗词解读》，北京大学出版社，2000 年版，第 347 页。

南歌子[①]

山溪

1950 年

飞沫银花屑，
寒光白刃锋，
劈开峻岭几多重，
万里云天尽在碧波中。

岁月无穷日，
清流自向东，
春来借得一帆风，
四海三江何处不相通？

“春来借得一帆风，四海三江何处不相通？”这两句告诉我们，一个人要在事业上有所成就，虽然要靠个人的努力，但机遇同样重要。机遇时时出现，关键是能否抓住机遇。这里用了一个“借”字，表明了不失时机地抓住机遇的道理。

厉以宁 1951 年路过原来住所旁边的小池塘时写了一首《七绝》，并且做了注释：“1943 年至 1945 年家住湖南沅陵太常村，附近有一小塘，清澈见底。1951 年春路过此地，塘水已浑，却见两三个儿童正在捕捞鱼虾。”

---

①厉以宁：《厉以宁词一百首》，民主与建设出版社，1998 年版，第 2 页。

七　绝[①]

小塘

1951 年

喜见野花岸上开，
塘边碎石满青苔。
稍浑似比纯清好，
摆尾鱼儿出水来。

厉老师从中悟出了“水至清则无鱼”的道理。在“稍浑似比纯清好，摆尾鱼儿出水来”两句中，“稍浑”的“稍”字，非常得当，太浑了，可能又没有鱼了。把握尺度，是非常重要的，也是非常微妙的。

1951 年，厉以宁乘船自沅陵去常德，再转车去长沙参加高考，途经青浪滩，见到一列逆流而上的木船，由纤夫拉船。他填了一首《如梦令》。

如梦令[②]

过沅水青浪滩

1951 年

绝壁悬崖千丈，
峡谷涛声回荡，
逆水偏行舟，
奋战急流飞浪。
冲上，

①厉以宁:《厉以宁诗词又一百首》，北京大学光华管理学院，1999 年，第 1 页。

②厉以宁：《厉以宁词一百首》，民主与建设出版社，1998 年版，第 5 页。

冲上，
滩下纤歌嘹亮。

沉江上，悬崖险，波涛急，船工们逆水行舟，嘹亮的纤歌号子同涛声交织在一起，这体现了战胜困难的信心和勇气。人生不也如此吗？谁的人生路上没有困难与逆境？这时，自信和勇气的作用便成了第一位的。任何人，只有依靠自信和勇气，才能冲破艰难险阻。

厉以宁同一年所填的《钗头凤》，以山行为题，也具有同样的深意。遇到困难，是“返，返，返”，还是“赶，赶，赶”，对每一个人来说都是一种选择。厉以宁自己十分喜爱早年填的这首词，曾手书赠给他的一些学生。

钗头凤[①]

湘西，山行

1951 年

林间绕，泥泞道，
深山雨后斜阳照。
溪流满，竹桥短，
岭横雾隔，
岁寒春晚，
返？返？返？

青青草，樱桃小，
渐行渐觉风光好。

①厉以宁：《厉以宁词一百首》，民主与建设出版社，1998 年版，第 3 页。

云烟散，峰回转，
菜花十里，
一川平坦，
赶！赶！赶！

2001年厉以宁游山西介休绵山时所填的一首《南歌子》，表达了诗人的坦荡胸怀和对仁人志士的尊敬。

南歌子[①]

山西介休绵山，晋国介之推遇难处

2001年

岭下呼声急，
山间火焰红，
谦谦君子不言功，
含笑长眠日夜对青峰。

魂梦归何处，
仁心社稷中，
当年枯树早无踪，
芳草如前岁岁伴春风。

诗词中体现的人生哲理

1960年厉以宁三十岁，在生日那天，他独自一人骑自行车游圆明园遗址，看到满目萧索荒废的景象，想到自己被打入另册，整日在资料室内编译资料，又想到国家经过“反右”“大跃进”“反

①厉以宁：《厉以宁诗词稿》，何玉春手抄本。

右倾”历次运动之后的情况，再思念妻子远在东北辽宁，一年只有十二天的探亲假，百感交集，填了一首《鹊桥仙》：

鹊桥仙[①]

三十岁生日，独自骑车游圆明园遗址

1960 年

半池衰草，
几经秋雨，
只剩几株野菊。
西风过后又初霜，
照旧是花黄叶绿。

茫茫人世，
漫长苦旅，
一生如同弈局。
荣枯顺逆俱寻常，
总难免弯弯曲曲。

这首词里包含了深刻的人生哲理。世界上哪有处处称心如意的事情呢？不要过于计较，要像园中的野菊那样，虽然已经秋雨、西风、初霜，却“照旧是花黄叶绿”。只有在困难时才格外需要坚强，需要韧性。

其实，早在六年前，即 1954 年，厉以宁就用类似的道理劝慰过他中学时代的老同学沈家杰。那时，沈家杰在清华大学土木工程系学习，情场失意，有些消沉。厉以宁送给他这样一首词：

---

①厉以宁：《厉以宁诗词稿》，何玉春手抄本。

采桑子[①]

赠沈家杰同学

1954 年

藕塘春水平如镜，
无数鱼群，
谁不相亲，
何必巫山始是云？

从今莫学狂人醉，
酒止三巡，
妙在微醺，
兴到吟来意更新。

“何必巫山始是云”，这一句不是耐人回味吗？“无数鱼群，谁不相亲”，为什么不能想开些，再想开些呢？三年之后，沈家杰先生不幸被划为“右派”，1958 年到北大荒劳改。厉以宁在他临行前送给他一首《七绝》。

七　绝[②]

送沈家杰同学去北大荒

1958 年

今朝且尽平生醉，
明日荒原梦里回。
草海苍茫君自重，
晴空仍记避惊雷。

①厉以宁：《厉以宁词一百首》，民主与建设出版社，1998 年版，第 9 页。

②厉以宁：《厉以宁诗词又一百首》，北京大学光华管理学院，1999 年，第 4 页。

即使是晴空也要记住，惊雷可能突然而来。在人生的道路上，应当明白这个道理。

1963 年，厉以宁游京西潭柘寺时写的《七绝》，可说是一首禅意浓厚的诗。

七　绝[①]

游京西潭柘寺

1963 年

从来意静周边静，
知否心宽道也宽？
墨绿龙潭千尺水，
常年谁见起波澜？

在现实中，我们对于客观的把握常常无能为力，但我们可以通过自身修养来提高适应客观环境的能力。风动不动我把握不了，但我可以心不动；天热不热我无可奈何，但我可以心静自然凉。厉以宁看见那墨绿色的龙潭水，仿佛就是自己心中的一泓秋水，寂静深沉，尽量使它不起波澜。

1969 年秋，厉以宁被下放到江西南昌鲤鱼洲劳动，最初集体住在仓库内，后来盖了茅草棚，大家又搬到了集体大草棚里，厉以宁当时写了一首《五绝》。

①厉以宁：《厉以宁诗词稿》，何玉春手抄本。

五　绝[①]

迁入茅屋有感

1970 年

秋晴防屋漏，
春旱怕洪灾。
莫谓荒洲静，
无风雨自来。

为什么在晴朗的秋天里要预防茅屋漏雨呢？为什么春天已经干旱了，还要担心洪水的袭击呢？厉以宁正是根据自然规律而有这种体会的。

厉以衡是厉以宁的弟弟，生于 1949 年。在“文革”中，到江西高安农村插队。从 1969 年到 1978 年，已经九年，一直在农村中。厉以宁写了这样一首《浣溪沙》：

浣溪沙[②]

闻以衡弟初中毕业后去赣西农村插队，至今已九年

1978 年

连日春耕湿汗巾，
夏锄七月更艰辛，
秋冬依旧一身贫。

熟走田边风雨路，
惯看岭上带雷云，
他年何事能难君？

---

①厉以宁：《厉以宁诗词稿》，何玉春手抄本。

②厉以宁：《厉以宁诗词又一百首》，北京大学光华管理学院，1999 年，第 15—16 页。

词的下阕，虽然只有三句，却道出了人生的哲理：早年多一些磨炼，将来就多一份应付困难的力量。厉以宁的一生所走的就是这样一条路。后来，厉以衡插队归来后，通过自己的不懈努力，成为一名高级工程师。

1978 年，由于“四人帮”被粉碎了，全国政治形势发生了巨大变化，厉以宁的处境比过去好多了。他回顾近二十年的经历，深有感慨地写了一首诗：

七　绝①

无题

1978 年

日升日落孰为先，
月缺并非月不圆。
山景总须横侧看，
晚晴也是艳阳天。

只要我们仔细思索，这首诗的四句中，每一句都有耐人寻味之处。

1981 年，改革开放之初，厉以宁到成都参加外国经济学说史研究会首届学术年会，并到青城山一游。青城山是道教名山，洞穴甚多，都是历朝道士炼丹之处。厉以宁在这里填了一首《鹧鸪天》。

---

①厉以宁：《厉以宁诗词稿》，何玉春手抄本。

鹧鸪天[①]

游四川青城山有感

1981 年

洞穴深深好炼丹，
迢迢千里献高官。
贵人几个通灵性？
道在是非一念间。

登小阁，望前川，
缓流总比急流宽。
从来黄老无为治，
疏导顺情国自安。

悟道、得道不在于什么仙丹神药，而往往在于是非一念之间。从山上向下俯看，“缓流总比急流宽”，这是全词的警句。由此引申到治国的理念。改革需要渐进，处理社会问题，重在疏导。在当时的形势下，厉以宁用文学语言表达了自己的想法：要用“看不见的手”来调节经济，进行社会资源的配置。市场活跃了，人民生活水平提高了，社会自然就安定了。

1984 年，厉以宁应安徽省马鞍山市政府的邀请，到马鞍山讲学，并到采石矶游览。采石矶有一座太白楼，是纪念李白的，传说李白酒醉后到江边捞月，不慎落水而亡。

---

①厉以宁:《厉以宁诗词又一百首》，北京大学光华管理学院，1999 年，第 17 页。

七　绝[①]

采石矶

1984 年

碧树丛中太白楼，
楚天寥阔皖峰秋。
百篇斗酒无人学，
捞月江心从未休。

厉以宁这首诗的后两句寓有深意。向李白学些什么？为什么“斗酒诗百篇”没有人学，也学不像，而“江心捞月”这种蠢事，却不断有人学，偏要做违背自然规律的事？

1992 年，厉以宁到了陕西耀州唐代名医、药学大师孙思邈的家乡。下面这首《五绝》，反映了厉以宁的思想，最重要的是开头两句：“道自心中起，爱从济世来。”

五　绝[①]

陕西耀州孙思邈纪念馆

1992 年

道自心中起，
爱从济世来。
大仁含大智，
千古药王台。

1993 年，厉以宁在乘船往普陀山的途中，听邻座几位民营企业家谈到为什么去进香的问题，有感而填了一首《鹧鸪天》。

①厉以宁：《厉以宁诗词稿》，何玉春手抄本。

②同①。

鹧鸪天[①]

游浙江定海普陀山，船中闻邻座几位民营企业家闲谈有感

1993 年

大道尽头小道弯，
游人许愿到仙山，
乐善好施修功德，
自律从严心始安。

生命短，海天宽，
隔厢妙语可通禅，
若无信仰为支柱，
名利场中行路难。

正如本书前面已谈到的，厉以宁对十九世纪末、二十世纪初德国著名历史学家、社会学家、经济学家马克斯·韦伯所论述的经济发展的精神动力问题做了评述。他认为，韦伯理论给人们的启示是，经济的发展必须有一定的精神动力。在上述这首词中，“若无信仰为支柱，名利场中行路难”这两句，不仅适用于民营企业家，而且适用于一切从事企业经营管理的人。

往日悲歌非梦，平生执着追寻

2000 年 11 月 22 日是厉以宁七十岁生日。这一天，在厉以宁担任院长的北京大学光华管理学院，举行了一次别有情趣的厉以宁七十寿辰庆祝活动。上午，在光华管理学院的 101 阶梯教室内，厉以宁做了题为“唐宋诗词欣赏”的学术报告。教室挤满了人，连地上、

①厉以宁：《厉以宁诗词稿》，何玉春手抄本。

窗台上都坐得满满的，后面还站着不少人。他们第一次听厉老师讲解唐宋诗词名篇。下午，在光华管理学院的多功能厅，院内的教师和已毕业的学生一百多人，举行了“厉以宁诗词研讨会”和学生们撰写的《厉以宁诗词解读》（北京大学出版社）首发式。厉以宁在会上谦虚地说：“我是一个经济学研究者，一个经济学教师。诗词是我的爱好，也是我业余兴趣的一种寄托。我从高中起就写诗填词，都是有感而发，从来没有想过要出版诗词集。现在出版了诗词选，这也算是‘沉沙无意却成洲’吧。”晚上，举行了“厉以宁诗词朗诵会”，光华管理学院的学生们或登台朗诵，或吟唱厉以宁诗词谱成的歌曲。

这些年来，厉以宁培育了多少学生！每一个省市，都有他的学生。海外的学生遍布于几十个国家。他每到一处，只要消息传开了，就会有不少学生前来探望老师，有些学生头发已经花白，有些学生在地方上担任领导职务，但一见到老师，都是那么恭恭敬敬。青出于蓝而胜于蓝，看到自己教出来的学生成才了，老师有说不出的高兴。1996年，在当年教过自己两门课（会计学、工业成本核算）的闵庆全教授任教五十周年时，厉以宁填了一首《虞美人》：

虞美人①

为闵庆全老师任教五十周年作

1996年

人生何物堪珍贵，
岁月应为最。
流光所剩虽无多，
挥笔犹勤依旧谱新歌。

①厉以宁：《厉以宁词一百首》，民主与建设出版社，1998年版，第97页。

他年诸事终将改，
清誉千秋在。
化身红烛守书斋，
照见窗前桃李已成材。

这首词也可以看成是厉以宁的自勉。厉以宁始终牢记着自己是一个教师，每学期他都给学生们讲课，有本科生的课，研究生的课，还有企业家培训班的课。他是北京大学讲坛上最受欢迎的教师之一。

厉以宁不时回想起当年的落魄、受歧视、遭打击以及夫妻长期两地分居的情况，但都一笑置之。

1988 年是厉以宁、何玉春结婚三十周年，儿女一双均已长成。当时，女儿正在国外留学，儿子则在北京大学攻读硕士学位。厉以宁对这三十年来的变化感慨不已，特地填了一首《踏莎行》：

踏莎行①

结婚三十周年

（结婚三十周年前夕，偕何玉春路过清华南门西侧，
见当年约会之绿茵地带早已新楼林立）

1988 年

闲步庭园，
月笼烟树，
夜深衣薄须离去。
明晨相约在何方，

①彭松建、朱善利编:《厉以宁诗词解读》，北京大学出版社，2000 年版，第 309 页。

那边流水弯弯处。

不觉多年，
世情变故，
当初苦难从头数。
喜看儿女已长成，
会心一笑皆无语。

1992年7月初，厉以宁夫妇到沈阳讲学，此时离何玉春华中工学院毕业后分配到辽宁工作已经三十多年。厉以宁为了纪念过去那种两地分居的艰辛生活，写了一首《七绝》：

七　绝[①]

沈阳，代何玉春作
1992年
当年晓镜结双鬟，
今日重来鬓已斑。
飞絮落花关外路，
推窗一笑望千山。

同年7月下旬，厉以宁夫妇又到湖南进行调杳。湖南是何玉春的故乡，也是厉以宁少年读书和最初参加工作的地方。他看到湖南农村的变化，非常高兴，途中填了一首《南乡子》：

---

①厉以宁：《厉以宁诗词稿》，何玉春手抄本。

南乡子[①]

湖南涟源至冷水江途中

1992 年

远处雾茫茫，
农户新楼粉色墙，
山影几重溪水碧，
流长，
西去潺潺伴夕阳。

荷叶满池塘，
三两村童捕蝉忙，
大路尽头杨柳岸，
飘香，
叫卖声声玉米黄。

江苏仪征是厉以宁的故乡，仪征归扬州市管辖。1999 年秋冬之交，厉以宁夫妇重返仪征和扬州，也深感时代的变迁和家乡面貌的更换。厉以宁在家乡写下诗词各一首：

七　绝[②]

重游瘦西湖，忆姜夔《扬州慢》

1999 年

重到须惊好赋诗，
湖边灯火映梅枝。

---

①厉以宁：《厉以宁诗词又一百首》，北京大学光华管理学院，1999 年，第 26—27 页。

②厉以宁：《厉以宁诗词稿》，何玉春手抄本。

年年红药花开落，
月色波心胜旧时。

南宋词人姜夔的词《扬州慢》的下半阕写道："杜郎俊赏，算而今、重到须惊。纵豆蔻词工，青楼梦好，难赋深情。二十四桥仍在，波心荡、冷月无声。念桥边红药，年年知为谁生。"厉以宁则用"月色波心胜旧时"七个字，把今日的扬州新貌勾描出来了。

朝中措[1]

再到仪征

1999 年

小河柳岸古城墙，
故土最难忘。
美味鲥鱼笋豆，
凉风月色荷塘。

老街不再，
高楼新建，
商贾繁忙。
莫道旧交渐少，
家乡犹胜他乡。

宋朝陆游曾有一首《南乡子》谈到重返故乡的情况，词中有这样几句："重到故乡交旧少，凄凉，却恐他乡胜故乡。"而厉以宁在重返故乡后却写道："莫道旧交渐少，家乡犹胜他乡。"

---

①厉以宁：《厉以宁诗词稿》，何玉春手抄本。

七十年的经历留给厉以宁多少回忆，多少对比，多少感叹，又是多少憧憬！这些，在他的经济学论文中不一定能反映出来，然而他作为一个诗人，却用诗词这种形式表达了这一切。

含蓄人间美，自然意味长

读厉以宁的诗词常常给人们美的享受。这是一种自然美，因为没有刻意的雕琢。这是一种含蓄美，因为它让人们细细品尝，回味无尽。

厉以宁读高中时所写的一首《相见欢·仪征新城途中》，是经常被人们提到的好词。

相见欢[①]

仪征新城途中

1947 年

桨声篙影波纹，
石桥墩，
蚕豆花开一路水乡春。

长跳板，
小河岸，
洗衣人，
绿裤红衫都道是新婚。

这真是一幅难得的江浙水乡的风景画。而写作这首词的时候，厉以宁才是十七岁的高中二年级学生。

---

①厉以宁：《厉以宁词一百首》，民主与建设出版社，1998 年版，第 1 页。

厉以宁 1982 年第一次到广西，以后又多次到过广西。广西秀丽的风景在厉以宁的诗词中被记录下来了。请看下面这两首不同风格的作品。

南歌子①

游漓江

1982 年

昨夜逢春雨，
今朝雾满江，
奇峰俏丽似新娘，
半隐半明带羞着纱装。

含蓄人间美，
自然意味长，
吟诗作画亦相当，
妙在容君日后慢思量。

采桑子②

广西三江

2000 年

侗乡小寨村边店，
酸菜油浇，
腊肉香飘，
成串绣球把客招。

①厉以宁：《厉以宁诗词又一百首》，北京大学光华管理学院，1999 年，第 17—18 页。

②彭松建、朱善利编:《厉以宁诗词解读》，北京大学出版社，2000 年版，第 360 页。

青山绿水迎明月，
皮鼓轻敲，
枝上花摇，
情侣双双风雨桥。

然而，湖南毕竟是厉夫人何玉春的故乡，也是厉以宁的第二故乡。厉以宁写得最多的，恐怕是关于湖南山山水水的诗词。除了本书前面已经引述过的多首而外，这里再引述几首，以看出湖南景色之美。

采桑子[①]

汨罗江畔

1994 年

农家母女莲塘去，
虾活鱼肥，
菱角累累，
堆满前仓荡桨回。

归途好景知多少，
杨柳低垂，
细雨霏霏，
野鸭成双贴水飞。

这里，“杨柳低垂，细雨霏霏，野鸭成双贴水飞”三句，简直把湖南水乡的景色写活了！

---

①厉以宁：《厉以宁词一百首》，民主与建设出版社，1998 年版，第 86 页。

菩萨蛮[①]

湖南黔城芙蓉楼。楼前有碑，上刻王昌龄诗

1992 年

芙蓉楼外春来早，
芙蓉楼下多芳草。
笑对楚山孤，
长吟醉玉壶。

东流沅水急，
两岸崖如壁。
随处有知音，
念君一片心。

唐朝诗人王昌龄被贬到龙標（湖南黔阳），有一首《七绝·芙蓉楼送辛渐》：“寒雨连江夜入吴，平明送客楚山孤。洛阳亲友如相问，一片冰心在玉壶。”厉以宁在这首词里用了“笑对楚山孤，长吟醉玉壶”“随处有知音，念君一片心”四句，把情与景都写出来了。

而厉以宁在 1999 年初春到湖南资兴东江湖（又称南洞庭）所写的一首《七律》，则又给人们另一番印象。这首《七律》是在游船上写的，当即赠送给湖南郴州市陪同游览的同志们。

①厉以宁：《厉以宁词诗稿》，何玉春手抄本。

七　律[①]

游湖南资兴南洞庭

1999 年

湖中倒影览群山，
细雨频添碧水寒。
小岛轻舟迎客到，
老枝新叶报春还。
坝前犹忆漓江秀，
峰转顿知天地宽。
仙境原来非梦幻，
随风飘落在人间。

厉以宁在国内其他地方也留下了一些朴实、清新、自然的诗词。

调笑令[②]

新疆吐鲁番葡萄节

1991 年

忘返，
忘返，
紫绿葡萄成串。
紫红晶亮润圆，
翠绿清香脆甜。
甜脆，
甜脆，
贵在人生回味。

---

①厉以宁:《厉以宁诗词又一百首》,北京大学光华管理学院,1999 年,第 38 页。

②彭松建、朱善利编:《厉以宁诗词解读》，北京大学出版社，2000 年版，第 319 页。

采桑子[①]

贵阳红枫湖

1994 年

苗家少女新装试，
头饰叮当，
胸饰叮当，
一曲山歌迎客忙。

乡村米酒甜如蜜，
劝饮三觞，
强灌三觞，
不觉归途夜气凉。

诗词中反映的经济思想

厉以宁几十年来所写的数百首诗词，绝大多数是谈个人的生活经历、家庭亲情、师生和同学之谊，以及所到之处的自然风光或人文景观。他的经济思想在专著和论文中有系统的论述。但如果细致地剖析厉以宁的某些诗词，却能够发现其中也反映了他的经济思想；或者说，他的经济思想在这些诗词中有意无意地流露出来。

1980 年 4 月至 5 月，厉以宁参加了中共中央书记处研究室和国家劳动总局联合召开的劳动工资座谈会，讨论经济体制改革问题，在会议期间，他写了一首《七绝》：

①厉以宁:《厉以宁诗词又一百首》,北京大学光华管理学院,1999 年,第 30 页。

七　绝[①]

无题

1980 年

隋代不循秦汉律，
明人不着宋人装。
陈规当变终须变，
留与儿孙评短长。

这首词反映了厉以宁对经济体制改革的看法。这些年来，厉以宁曾提出过若干有关改革的建议，某些建议在开始时不能被人们所理解，遭到了批评，但他坚信“陈规当变终须变”，何必计较个人的得失荣辱呢？不如“留与儿孙评短长”吧！

对农村家庭承包制，厉以宁一开始就全心关注它的进展，并为此而高兴。1979 年春，他在由北京到杭州开会时，乘火车路过安徽凤阳县境，写了一首《七绝》。

七　绝[②]

由北京赴杭州，车过安徽凤阳县境

1979 年

淮上农家换笑颜，
曙光已在晓云边。
山川垅亩还依旧，
却见人人争下田。

①厉以宁:《厉以宁诗词又一百首》，北京大学光华管理学院，1999 年，第 16 页。

②彭松建、朱善利编:《厉以宁诗词解读》，北京大学出版社，2000 年版，第 84 页。

民富，是厉以宁经济思想的核心。1989 年，他在途经江苏扬州回故乡仪征时，想起了唐朝诗人李商隐的《七律·隋宫》，诗中最后两句是：“地下若逢陈后主，岂宜重问后庭花。”厉以宁有感而发填了一首《踏莎行》：

踏莎行[①]

扬州，忆李商隐《七律·隋宫》

1989 年

共识应存，
欲谈还止，
相逢无语惟凝视。
政通全仗富黎民，
兴亡不管嫔妃事。

锦绣江山，
仅传二世，
唐人感叹前朝史。
长堤柳色又鹅黄，
运河水阔商船驶。

一句“政通全仗富黎民”，道出了厉以宁多年思索的结论。

在 1991 年春天的洛阳牡丹花会上，厉以宁以一个经济学家的敏锐眼光，观察到民间种花、卖花、养花所反映的经济和社会的变化。他在两首《七绝》中写道：

---

①厉以宁：《厉以宁诗词稿》，何玉春手抄本。

七绝二首[1]

洛阳牡丹花会

1991 年

其一

十里花乡洛水西，

多年萧索那堪提。

精心培育无人问，

花好难充腹内饥。

其二

一夕春风过翠堤，

千株珍品万家迷。

养花已证民间富，

再证城乡习俗移。

诗中“养花已证民间富，再证城乡习俗移”两句，不正是改革开放以来出现的新现象、新社会风尚的写照吗？

厉以宁 1994 年到浙江温州考察时，专门在苍南县龙港镇住了三天，进行调查。龙港是由农民集资建设的城镇，街道纵横，商业兴旺。接着他又到乐清、瑞安调查。在温州市政府召开的座谈会上，他兴致勃勃地谈到了温州人的艰苦创业精神及其结出的丰硕成果。返回北京后，他写了一首《五律》，称赞温州人。

---

①彭松建、朱善利编：《厉以宁诗词解读》，北京大学出版社，2000 年版，第 109—110 页。

五　律[①]

温州考察归来有感

1994 年

男儿四海家，

徒手闯天涯。

不顾奔波累，

从无节日暇。

乡情千里梦，

信诺一杯茶。

苦雨凄风过，

迎来满院花。

就在同一年，厉以宁夫妇到贵州考察。在贵州山区，厉以宁看到了一些农家尚未摆脱贫困状态。他的两首《七绝》反映了心情的沉重和对贫穷地区经济发展的思考。

七　绝[②]

贵州山区

1994 年

隔宿无粮实可哀，

空余景色逐人来。

但求遍野花齐放，

不信青山不聚财。

①厉以宁：《厉以宁诗词稿》，何玉春手抄本。

②厉以宁:《厉以宁诗词又一百首》,北京大学光华管理学院,1999年,第31页。

七　绝[①]

偕何玉春路过黔北农村，见一小女孩在门前补衣。代何玉春作

1994 年

可怜小手一针针，
破袄虽长可暖身。
不觉心酸频拭泪，
山乡犹有缺衣人。

从贵州考察回北京后，厉以宁决心要探索一条让贫困山区农民迅速脱贫致富的新思路。这一研究成果，后来体现于他主编的《区域发展新思路》一书中，书内提出了“中心城市联网辐射战略优于梯度推进战略”[②]的思想。

在《区域发展新思路》这部著作中，厉以宁对经济和社会的可持续发展以及外出打工（所谓民工潮）问题都做了论证。这都是他在实地调查后，经过分析而得出的结论。厉以宁的一些诗词中也反映了这些想法。

例如，他在山西、内蒙古考察时，曾写下这样几首有关环境保护问题的诗词：

七　律[③]

由山西晋城翻越太行山至河南焦作途中

1992 年

车道蜿蜒岭上行，
登高遥望正秋晴。

---

①厉以宁：《厉以宁诗词稿》，何玉春手抄本。

②厉以宁主编:《区域发展新思路》,经济日报出版社,2000 年版,前言,第 3 页。

③彭松建、朱善利编:《厉以宁诗词解读》,北京大学出版社,2000 年版,第 27 页。

陡坡垦殖风犹在，
野火烧荒未见停。
休怪农家无远虑，
只缘摊派不容情。
我今到此心潮起，
何日漫山草色青。

七绝二首[①]

内蒙古包头至东胜途中
1991 年

其一
荒漠无涯田有涯，
绿洲四面是黄沙。
乡乡沙进农田退，
未卜他年何处家。

其二
新林茂密挡流沙，
渠水绕村映彩霞。
人定胜天春又到，
家家篱上紫红花。

厉以宁在湖南农村调查时，看到民工们的外出给家乡带来了种种好处，真可谓“一人外出打工，全家生活变样；一人外出打工，全家致富有方；一人外出打工，全家思想解放”。他在湖南郴州所填的一首《鹧鸪天》，反映了农村的变化。

①厉以宁：《厉以宁诗词稿》，何玉春手抄本。

鹧鸪天[①]

湘南农村见外出务工女青年返乡探亲

1999 年

小妹相迎小弟随，
村头渐近步如飞。
当年含泪离家去，
今日笑容结伴回。

猪仔壮，土鸡肥，
青砖红瓦屋前堆。
爹娘细问他乡事，
直至四更月已垂。

人们常说“树挪死，人挪活”，打工妹外出，思想改变了，收入增加了，家里也富裕起来了。正如上面这首词里所写的：“当年含泪离家去，今日笑容结伴回。”是男伴呢，还是女伴？“青砖红瓦屋前堆”，准备盖新房了，新房是父母住的，还是留给自己住？这些都让读者去猜测吧！那么，住在山上的贫困农户该怎么办？厉以宁认为必须迁移下山。住在山上，砍树垦荒，破坏植被，而贫穷如故。下山后，异地开发，才能脱贫。厉以宁不久前考察了北京市怀柔县山区，填了一首《谒金门》：

---

①厉以宁:《厉以宁诗词又一百首》,北京大学光华管理学院,1999 年,第 39 页。

谒金门[①]

北京怀柔喇叭沟门，山上居民全部下山迁入新居

2001 年

茅屋小，
檐下满堆柴草，
终岁垦荒难一饱，
百年仍旧貌。

今日愚公心巧，
平地新村新道，
松柏常青山不老，
水边烟袅袅。

厉以宁在苏州枫桥所写的两首《七绝》，也可以被看成是他的经济思想的体现。

七绝二首[②]

苏州枫桥

1996 年

其一

熙熙闹市石桥边，
画意诗情已荡然。
空有寒山名寺在，
钟声再不似当年。

①厉以宁：《厉以宁诗词稿》，何玉春手抄本。

②厉以宁：《厉以宁诗词又一百首》，北京大学光华管理学院，1999 年。

其二

钟声何必似当年，
新事新风闹市前。
若是乡民皆菜色，
诗人能不带愁眠？

唐朝诗人张继的《七绝·枫桥夜泊》："月落乌啼霜满天，江枫渔火对愁眠。姑苏城外寒山寺，夜半钟声到客船。"的确是千古流传的名篇。而厉以宁却在苏州枫桥看到了农民生活的变化，由此产生了另一种想法。农民生活水平提高了，农村一片繁荣兴旺景象，因此，尽管桥边已成为"熙熙闹市"，钟声也已不似当年，但处处是"新事新风"，这有什么不好呢？如果乡民都面有菜色，再美好的自然风光也是枉然，诗人也只好带愁而眠了。[①]

在北京大学光华管理学院庆祝厉以宁七十寿辰的研讨会上，不少人这样说：厉以宁的经济思想已被当代人所接受，正在经济学界产生影响，而他留下的诗词中的精品一定会被更多的人所喜爱，并且会一直流传下去。历史将证实这个评价是恰当的。

①范敬宜、傅旭：《厉以宁：经济学家的诗意人生》，载《中华英才》2001年第20期，第20—21页。

厉以宁的诗意人生[①]

傅　旭

厉以宁，著名经济学家，我国经济学界最早研究当代非均衡理论的人。他所著《非均衡的中国经济》一书，被评为“影响新中国经济建设的10本经济学著作”之一。[②]他从中国经济的非均衡性出发，提出了用股份制重新构造我国经济的微观基础的建议，为国内改革开放以来最早提出股份制的学者之一，人们有时称他为“厉股份”。但在二十世纪八十年代，直到九十年代初，他更多的则是受到批判和误解。厉以宁自1980年以后对中国就业问题的研究，尤其是1994年提出“失业比通货膨胀更令人担心”“就业是中国最重要的社会经济问题”，以及“就业优先”等论点，引起了广泛的注意。他在中国宏观经济政策研究中的卓见已经被实践所证实，但他在这个问题上也一再遭到质疑。风风雨雨一路走来，他始终坚持自己的观点并探索不止。这种精神，赢得了学术界的赞赏和青年学生的崇敬。

厉以宁除了担任北京大学社会科学学部主任、北京大学光华

---

①摘自傅旭著：《厉以宁的诗意人生》，经济科学出版社，2003年版。

②厉以宁：《非均衡的中国经济》，经济日报出版社1990年版，广东经济出版社1998年版。

管理学院院长、教授、博士生导师外，还有一大串头衔和职务，包括连续三届（第七、八、九届，1988—2002年）的全国人大常委会委员、中国民主同盟名誉副主席、中国国际交流协会副会长，中国企业投资协会副会长、中国环境与发展国际合作委员会中方委员、中日关系史学会会长。经济学方面的卓越建树，繁忙的社会活动，令厉以宁声名大振，为公众所瞩目。在北京举行的全国人大会议期间，当代表们来到人民大会堂，踏上台阶步入会场时，厉以宁一出现，马上成为众多记者围追堵截的对象，各家媒体的精兵强将蜂拥而上，在他的周围形成多层包围圈。当前经济形势、国有大中型企业改革、西部大开发、民营经济、中国加入WTO（世界贸易组织）后面临的机遇和挑战……面对连珠炮似的提问，他处之泰然，侃侃而谈。在人们的印象中，他始终是一位治学严谨并且有独立见解的经济学家。

然而，一个偶然的机会，使许多熟悉和不熟悉他的人，对他有了一个全新的认识：伴随他七十年人生历程的不仅仅有经济学思想，更有着充满激情与哲理的诗意，两者相互交融，构成他独具魅力的人生。

那是2000年11月底的一个周末，北京大学光华管理学院多功能厅里人声鼎沸，厉以宁的众多桃李从四面八方赶来聚集到这里，有远自法国、美国、加拿大、澳大利亚来的，有来自江苏、安徽、广西、广东、黑龙江等省市的，历届弟子一共三四百人。一次别开生面的活动开始了：上午，听惯老师讲经济课的学生们，第一次听老师讲解唐宋诗词欣赏；下午，经常与老师探讨经济问题的他们，第一次举办了名为“经济学家的诗情画意”的厉老师诗词研讨会；晚间，熟读各类经济著作的他们，第一次举办了“诗情高歌到碧霄”的厉以宁诗词朗诵会，诗歌、音乐伴随他们度过了一个美好的夜晚。

欣赏着这些诗词，阅读者始而惊，继而喜。眼下名人诗词可谓多矣，但是像厉以宁这样的功底、意蕴，即使在职业诗人中也不多见，何况对厉以宁来说，诗词只是他的“余事”而已。他从不认为自己是一个诗人。

在同天下午举办的《厉以宁诗词解读》一书的首发式上，厉以宁谦虚地说：“我是一个经济学研究者，一个经济学教师。诗词是我的爱好，也是我业余兴趣的一种寄托。我从高中起就写诗填词，都是有感而发，从来没有想过要出版诗集。现在出版了诗选，这也算是‘沉沙无意却成洲’吧！”

清新、自然、含蓄、朴实，学生们如此评价老师的诗词。一句句发自肺腑的话语表达着他们对老师的崇敬和感激之情。国务院发展研究中心主任王梦奎是厉以宁最早的学生之一，在会上，他朗读了自己所填的两首《浣溪沙》以表心意。这里是其中一首：“桃李满枝累百千，等身著作万人传，轻歌漫步上诗坛。道路崎岖多险阻，胸怀远大肯登攀，峰巅回首总开颜。”

北京大学光华管理学院党委书记、副院长王其文教授在会上朗诵了自己新写的一首《七律》，庆祝厉以宁七十岁寿辰：“学贯中西著述丰，古今融汇自从容。诗涵万里山河志，词蕴人间情意浓。纯朴清新新境界，自然回味味无穷。金秋正值收成日，两代门墙沐暖风。”

北京大学光华管理学院管理科学与管理信息系统系主任李东

教授也奉上《七律》一首：“兼容并蓄自成家，绘景融情岂有涯。坎坷难销鸿鹄志，汗珠浇遍满园花。诗篇传世润桃李，风范长存映彩霞。莫谓后生闻道晚，但勤研读积沉沙。”

是的，如今的厉以宁完全可以说已经达到“兼容并蓄自成家”和“峰巅回首总开颜”的境界，不仅是“两代门墙沐暖风”，如果包括2000年刚进校的学生在内，已经是第三代弟子了。但当我们细细品味那些伴随他人生的诗句，展现在我们面前的是他登峰的艰辛、奋斗的乐趣、宽广的胸怀，以及对故乡、对生活、对事业、对亲人、对朋友、对学生的绵绵深情。

诗词朗诵会行将结束时，厉以宁走到台上，接受了大学生、研究生和已经毕业的弟子送上的一束束鲜花。他也即兴朗诵了自己的一首新作，声音苍劲有力。

破阵子

七十感怀

2000年

往日悲歌非梦，
平生执着追寻。
纵说琼楼难有路，
盼到来年又胜今，
好诗莫自吟。

纸上应留墨迹，
书山总有知音。
处世长存宽厚意，
行事唯求无愧心，
笑游桃李林。

乐观、豁达跃然纸上，那份为人师表的自豪与自信，着实让人羡慕。

为人师者，不仅给学生授业、释疑、解惑，还要教学生如何做人。厉以宁坎坷的经历使他深知做学问、做官了解民情的重要。最后，有的学生朗读了1987年，当北京大学经济管理系干部班一批在任的官员即将毕业时，厉以宁为他们填的《南歌子》一首。

南歌子

为北京大学经济管理系干部班毕业而作

1987年

手掌官衙印，
须知百姓情，
犹如晒谷盼秋晴，
最怕连绵细雨下难停。

慎独人人敬，
兼听心内明，
秉公执法似天平，
切莫一头偏重一头轻。

在厉以宁七十寿辰的庆祝会上，已毕业的学生们一谈到这首词，心情都无比激动。他们深切地感到，自律和自勉，严以律己和孜孜不倦的奋斗，正是指引厉老师一生前进的风帆，也是他永不改变的人格魅力。这种人格魅力，也许就是人们常说的“北大精神”的体现，它永远激励着后人。

厉以宁散文解读[1]

姚敏良　洪小源　罗青

一、另一个角度和另一种写法

《山景总须横侧看》，我们非常喜欢这本书，这是厉以宁先生的一本散文集。正如他在该书结尾的一篇《解悟人生已晚年——代后记》中所说："当我把 1983 年以来所写的海外见闻、观感一共四十二篇收集在这本《山景总须横侧看》时，我似乎在重温这二十年走过的路，它们使我回忆起当年的经历、感受和思索。岁月如梭，我第一次出国是 1983 年，访问澳大利亚和新西兰。那一年我五十三岁，一晃，二十年过去了。姑且把这四十二篇文章连同本书附录中的三篇一起，当作人生的一段记录看待吧。"[2]

既然是散文集，是海外的见闻和观感，为什么又列入《厉以宁经济学著作导读》之中呢？这是因为，它们字里行间，处处体现着厉以宁的经济思想，只是观察的角度、思考的角度不一样而

①摘自李庆云、鲍寿柏主编：《厉以宁经济学著作导读》，经济科学出版社，2005 年版。

②厉以宁：《山景总须横侧看：厉以宁散文集》，北京大学出版社，2003 年版，第 242 页。

已。厉以宁在这本书的最后写了这样一段话："日出日落，潮升潮退，花开花谢，谁能违背这一自然规律？山景总须横侧看，尽管同一个地点，日出的同时不可能有日落，潮升的同时不可能有潮退，但世界这么大，海洋这样广阔，此处日出，彼处不正日落吗？此处涨潮，彼处不正退潮吗？至于花开花谢，那就更有意思了。花的种类繁多，这种花已在凋谢，那种花正在绽放，这是常见的。同一种花在同一个地方，也有边开边谢的。记得，1989 年冬天，我和妻子何玉春一起骑车去青龙桥，路旁梅树成行，既开花，又落花，花开和花飞并在。当时我特地填了一首《蝶恋花》：

蝶恋花

偕何玉春骑车游青龙桥观梅

1989 年

久在瑶池台上住，
散落人间，
不怕尘缘误。
一片清香霜后树，
为消寂寞应留步。

郊外寻春郊外雾，
春尚无踪，
塞下风如故。
疑是堆堆残雪处，
飞花沾满多情路。

花开也是花飞日，月亏且作月盈时。这就是人生，这就是对人生的解悟。”[①]

难道经济学著作就一定是经济理论的演绎、经济数学的推算或统计数字的汇总吗？1705 年，荷兰学者曼德维尔出版了《蜜蜂的寓言》一书，书中第一部分全是诗歌，但谁都承认这是一部经济学名著。[②]诗歌可以阐述经济思想，为什么散文集就不能呢？

二、事在人为

《事在人为》是收集在《山景总须横侧看》书中的一篇，是厉以宁 1985 年访问芬兰的观感。

纳粹德国于 1941 年进攻苏联后，芬兰参加德国一方，同苏联作战。第二次世界大战结束时，芬兰是被当作战败国对待的，不仅割让一些土地给苏联，而且还支付赔款，而割让出去的土地上的居民又被遣返芬兰。当时芬兰的经济异常困难。战争消耗了大量资源，战后的割地赔款给芬兰增添了灾难。工厂倒闭，物价飞涨，失业严重，经济萧条。到二十世纪六十年代初，据说赫尔辛基街头、桥下还有穷人夜间露宿而冻死。

然而，当 1985 年春天厉以宁访问芬兰时，芬兰却是一个兴旺发达的国家，人均 GDP 在世界上居于前列，居民富裕，市面繁荣。为什么芬兰近年来发展得这么快？厉以宁思考后，认为这只能用“事在人为”这四个字来概括。

---

①厉以宁：《山景总须横侧看：厉以宁散文集》，北京大学出版社，2003 年版，第 246—248 页。

②[荷]伯纳德·曼德维尔著，肖聿译：《蜜蜂的寓言》，国外经济学名著译丛，中国社会科学出版社，2002 年版。

事在人为，首先要告别幻想，告别等待和依赖。幻想总会破灭，等待只会浪费时间，依赖会把意志消磨殆尽。幻想、等待和依赖，换来的将是失望和失败。“大多数芬兰人是面对现实，讲求实际的，他们抛弃了幻想，不再等待，只靠自己而不依赖别人。事在人为，芬兰人从困难中走出来了。二十世纪六十年代和七十年代芬兰经济成长的历史证明了芬兰人的路径选择是对的。芬兰主要靠自己的努力而上升为世界发达国家之一。”①

谋事成事均在人。既然事在人为，就要走创新之路、改革之路。第二次世界大战结束以前的芬兰基本上还是一个农业国，市场经济并没有真正发展起来。变化主要发生在二十世纪六十年代和七十年代。这是创新的年代，也可以说，这是“试验”的年代。有的“试验”较早推行，已有较大的成就；有的“试验”在二十世纪八十年代初开始，它的长期效果还有待于历史的检验；还有一些措施正准备试行。厉以宁在芬兰考察得出的最大体会是：一个国家的人民不要僵化，也不要有历史包袱。创新就是希望之路。

三、产权啊产权

在《山景总须横侧看》一书中，收入了厉以宁1983年所写的关于产权的散文，题目是《牧场的尽头还是牧场——奔驰于澳大利亚维多利亚州的原野》。厉以宁写过一些关于产权的论文，但从来没有像这篇散文那样吸引人。

厉以宁先生写道：“离开墨尔本，无论是朝西还是朝东开车，

①厉以宁：《山景总须横侧看：厉以宁散文集》，北京大学出版社，2003年版，第186页。

一驶出城区，不多远就是一个接一个连在一起的家庭牧场。牧场周边已用木栅栏或铁丝网围起来，以表明私家的产权。汽车开了一两个小时，除了经过几个小镇而外，上面是蓝天白云，两边是绿茵一片，牛羊散牧在草地上，草长得很旺。这么大的牧场，这么多的牧场，这么美丽的牧场，正是维多利亚州引人入胜之处。”[①] 厉以宁提了一个问题：把大块大块草地留作公共牧场，行不行？历史证明是不行的。为什么？厉以宁从经济学理论着手分析，但分析得十分轻松、自然。他说：“如果一开始，地多、草多，人少、羊少，作为公共牧场还行得通，因为牧草有富裕。但人口是会越来越多的，包括新出生的，外面移来的，人多了就会多养羊，增加收入，否则怎么维持生活？这样一来，羊多了，大家都争着到公共牧场去放羊，谁的羊多，就占便宜，谁的羊放得早，回去得晚，也占便宜。这样，好牧场肯定越来越变坏，所有的牧羊人都受损失。”[②]这样，一下子就点出了产权明确的必要性。

厉以宁的分析并未到此为止。他看到，在维多利亚州的公路边，每家牧场的土地都用木栅栏或铁丝网圈起来。他想，这么大的牧场，既然产权已经明确了，还有必要耗费成本来圈地吗？防止别人的羊跑来吃草？这是多余的顾虑，因为家家都有大牧场，羊群有牧羊犬看着，谁会把羊群乱放？怕野兔破坏草资源吗？这是木栅栏或铁丝网拦也拦不住的，因为它们很疏，有的地方只是在稀疏的柱子之间架上两三根铁丝而已。何况野兔还会打地洞，一钻

①厉以宁：《山景总须横侧看：厉以宁散文集》，北京大学出版社，2003年版，第114—115页。

②同①，第115—116页。

不就进去了吗？那么为什么还要圈起来呢？厉以宁对此不解。陪同他的一位澳大利亚友人对他说，这是产权观念的一种反映。尽管政府已经使产权明确了，并且对私人产权有法律的保护，任何人想非法侵占别人的土地，成本将会大大超过收益，所以这不是圈围牧场的理由。然而对每一个具体的牧场主及其家人来说，用木栅栏或铁丝网把地圈起来，却有另一番含义："这表明，圈了以后，这块土地就是我们家的财产，于是就牢牢记住这一点，珍惜它，爱护它，不让草资源破坏，要把牧草资源连同土地一起传给后代。这种产权观念，通过圈围土地就深入人心了，连小孩子都懂得这一切：'这块草地是我们家的。'"[①]厉以宁体会到，对资产的关切程度，始终同产权问题联系在一起。产权越明确，业主对资产的关切程度就越高。

在这篇文章的最后，厉以宁得出结论：明确产权是经济进一步发展的基石，是投资冲动的动力，也是社会稳定的保证。

四、世道沧桑，令人回味

《心疑重到天池路——加拿大路易丝湖之游》是收集在《山景总须横侧看》书中的一篇游记，大部分是描述雪山、平湖、野花、云雾的美丽景色。即使在这样一篇散文中，厉以宁也没有丢掉他的经济学家本色，夹叙夹议加拿大华人百年以来的遭遇。

厉以宁 2001 年重访加拿大，他是从卡尔加里乘汽车前往路易丝湖的。在从路易丝湖返回卡尔加里途中，他见到火车在峡谷中行

---

①厉以宁：《山景总须横侧看：厉以宁散文集》，北京大学出版社，2003 年版，第 116 页。

驶。这条铁路向西通往温哥华，向东通往温尼伯、多伦多、蒙特利尔，铁路横贯加拿大全境。从温哥华到卡尔加里这段铁路，穿越落基山脉，工程异常艰巨。正如美国西部的铁路建设一样，加拿大西部的铁路也是清朝末年来自中国的工人修筑的。厉以宁心情沉重地回忆到："那些头上还留着长辫子、破衣褴衫、语言不通，整年在峡谷中开山修路筑桥的华工，不仅受尽雇主的剥削，而且还受到当地社会的歧视。加拿大当局需要华工替他们干活，因为华工吃苦耐劳，报酬又低，但却不承认他们应有的权利，不保护他们。从清朝末年到民国初年，由于中国贫弱、政府腐败、官员无能，也没有尽到保护华工、为他们争取到合法权益的责任。直到二十世纪三十年代，加拿大执行的仍是歧视华侨和华工的政策。"①

华人在加拿大的处境是什么时候开始变化的呢？是在中国抗日战争的年代里。中国人民英勇不屈地抗击日本侵略者的事实，使加拿大当局改变了对华人的看法。1997年厉以宁去加拿大，先到温哥华，再去多伦多，由西往东走。在温哥华，他们一行瞻仰了纪念中国筑路工人当年事迹的塑像。塑像的建立，表明加拿大恢复了对华工的正确评价。厉以宁感慨地说："在加拿大西部坐火车的人都该想一想，当年为了修筑这条铁路，有多少华工牺牲在这里，有多少华工遭受了极不公平的待遇！"②加拿大华人的权利是靠中国人自己争取来的，而并非出于任何人的恩赐。

最近二十年，中国经济的崛起，使全世界对中国的看法都转

---

①厉以宁：《山景总须横侧看：厉以宁散文集》，北京大学出版社，2003年版，第218页。

②同①，第218页。

变了。厉以宁在加拿大温哥华候机楼里遇到的,差不多全是中国人。包括内地和香港来的，台湾来的，还有从东南亚来的。他说，在温哥华的唐人街，“我们简直感到这里有点像九龙。稍后，我们到了多伦多，又是华人聚居的城市，唐人街就有好几处。这次我们看到，连卡尔加里这样一个新兴的城市，也有唐人街和中华会馆。华人在加拿大经济中已经占据不可忽视的地位，华人在加拿大经济和社会发展中的作用是谁也无法否认的”。①

厉以宁从路易丝湖回来，在车上，记起了宋朝刘辰翁词《西江月》中的两句：“梦从海底跨枯桑，阅尽银河风浪。”他认为，刘辰翁的词是凄凉的、悲切的。其实，沧海桑田不一定令人感慨哀伤，也可以反映人们在回忆往事时精神的振奋和心情的开朗。厉以宁回想起一百多年来中国人民经历的风风雨雨，联想起加拿大华人处境的变化，禁不住用这样八个字作为文章的收尾：沧桑世道，回味无穷。

五、宽容兴邦

2001 年厉以宁访问印度后所写的两篇散文《莫卧儿帝国盛世何在——阿克巴陵墓旁的感叹》和《失势帝王：世上最孤独、也是最悲哀的人——关于泰姬陵的记载》，是他对印度莫卧儿帝国兴衰史的一种思考。这是两篇引人入胜的文章，尽管它们不是经济史论文。

从历史上看，莫卧儿帝国的奠基人巴布尔，是中亚帖木儿帝

①厉以宁：《山景总须横侧看：厉以宁散文集》，北京大学出版社，2003 年版，第 219 页。

国创立者帖木儿的六世孙。巴布尔的母系出自成吉思汗，所以巴布尔自称莫卧儿人，莫卧儿就是蒙古一词的变音。这时，印度正处于四分五裂状态，巴布尔就在1524年由阿富汗率军南下，1526年占领新德里，1527年在亚格拉附近击溃了印度的诸侯联军，奠定了莫卧儿帝国的基础。

阿克巴是巴布尔的孙子，1556年继位时才十四岁。四年之后，他十八岁时，亲掌政权。阿克巴在位的前二十年（到1576年），东征西讨，拥有广阔的版图，北面包括阿富汗、克什米尔，东面包括孟加拉、阿萨姆，南面达到文迪亚山，西面达到伊朗边界。莫卧儿帝国这时达到极盛时期。厉以宁对莫卧儿帝国前期的历史总结说："阿克巴的宗教政策是宽容的，容许以前被迫改信伊斯兰教的印度教徒恢复原来的信仰。"①

莫卧儿帝国的盛期并没有持续多久。阿克巴晚年住在距德里以南二百多公里的亚格拉行宫里。在他看来，德里是京城，派系斗争不止。伊斯兰教的大臣和地方军政长官不满阿克巴对待印度教徒的宽容政策，而皇子们又都认为老皇帝当政太久了，因为到1596年，他已经做了四十年的皇帝，并且身体还相当强壮，不会马上过世，于是就纠集党羽，密谋兵变。阿克巴在皇子们争夺地位的斗争中，孤零零地死去。皇子贾汉吉尔夺得了皇位，在位二十二年。贾汉吉尔晚年也不相信各个皇子，认为这些皇子总想篡位。他的儿子沙杰汗为了躲避灾祸，便去了南方。贾汉吉尔去世后，沙杰汗匆忙赶回京城，得到禁卫军的支持，宣布自己为皇帝，

---

①厉以宁：《山景总须横侧看：厉以宁散文集》，北京大学出版社，2003年版，第166—167页。

并把自己的兄弟全部杀死，不留后患。

厉以宁在印度参观了位于亚格拉的泰姬陵。泰姬陵被称为莫卧儿帝国时代印度建筑史上的奇迹。陵中安葬的是沙杰汗的皇后泰吉·玛哈尔。沙杰汗于 1628 年登上皇位，只过了三年，泰吉·玛哈尔就死于难产。泰姬陵修了二十二年，到 1653 年陵墓才完成。不久，风暴突然降临在莫卧儿帝国的宫廷。

1657 年，泰姬陵修好后的第四年，沙杰汗患了重病，他的第三个儿子奥朗则布在印度南部发动叛变，击败了平叛的军队，直取京城，俘获了沙杰汗。至于同他争夺皇位的哥哥和弟弟，一一被清除掉。奥朗则布于 1658 年登上莫卧儿皇帝的宝座。

奥朗则布怎样对待他的父亲沙杰汗呢？厉以宁在《山景总须横侧看》一书中写到："他并没有杀害自己的父亲，而是把他监禁在亚格拉的一座古堡里。沙杰汗每天早晚，从古堡的小窗口遥遥望见泰姬陵，忧伤不已。沙杰汗身体越来越弱，据陪伴参观的当地人告诉我们，沙杰汗只要还能起床、走动，总要来到窗前，含泪悼念死去的皇后，在晨风中，在夕阳的余晖中，回忆他们在一起度过的十八年岁月。沙杰汗羞辱地在这里被监禁了九年，1666 年去世，终年七十四岁。"①

厉以宁在泰姬陵周围的花园草地上，在缓缓流水的水池旁，不停地思索着。他想些什么？他想到的是："失势的帝王无疑是这个世界上最孤独的人，也是最悲哀的人，因为他曾经煊赫一时，

①厉以宁：《山景总须横侧看：厉以宁散文集》，北京大学出版社，2003 年版，第 172—173 页。

不可一世，而当他被夺权、被废黜、被监禁之后，忠于他、随从他的人，被杀害了，或者被赶走了，或者背叛了他。他失去的不仅是皇位和权势，而且也包括他所拥有的一切。没有人理睬他，没有人探望他。沙杰汗被监禁了九年，奥朗则布一次也没有来看他。沙杰汗就这样孤苦伶仃地抱恨死去。”①

莫卧儿帝国到了奥朗则布时期，宗教政策全变了。奥朗则布抛弃了阿克巴的宗教宽容政策。他把印度教寺庙改建为清真寺，或者干脆夷为平地，土地赐给伊斯兰封建主。他对印度教徒加重税赋，除非这些人改奉伊斯兰教。宽容不再存在，镇压、叛乱、再镇压，终年不绝。奥朗则布一死，帝国很快分崩离析。

在亚格拉的阿克巴陵墓旁，厉以宁想到：“阿克巴同奥朗则布的对比不是也很能令人深思吗？莫卧儿帝国从盛到衰到亡，原因不少，学术界争论也多。但就宗教政策、民族政策而言，这位曾祖父和他的曾孙是截然不同的。阿克巴主张宽容，也实践了宽容，莫卧儿帝国兴盛了。奥朗则布抛弃了宽容，实行残暴的宗教迫害、严厉的民族歧视，怨声载道，反叛四起，帝国终于走向衰微。尽管这不是莫卧儿帝国衰亡的主要原因，但至少也是原因之一吧！”②

①厉以宁：《山景总须横侧看：厉以宁散文集》，北京大学出版社，2003 年版，第 173 页。

②同①，第 169 页。

经济学家和诗人的心灵感悟①

刘玉铭　刘伟

著名经济学家厉以宁1930年出生于江苏仪征，是我国经济学界最早研究当代非均衡理论的经济学家。他所著的《非均衡的中国经济》一书，被评为“影响新中国经济建设的十本经济学著作”之一。厉以宁从中国经济的非均衡性出发，提出了用股份制重新构造我国经济的微观基础的建议，为国内改革开放以来最早提出股份制的学者之一，被人们称为“厉股份”。

许多了解厉以宁的人都知道，除了经济研究之外，诗词创作也是厉以宁生活中的重要组成部分。厉以宁创作了不少诗词佳作，这些作品对中国古典文化的传承和发展发挥着重要的作用。经济研究方面的巨大成就，和他动人的、深邃的诗词作品相互辉映，构成了厉以宁独具魅力的人生。

但是，许多人或许不知道，厉以宁不仅在诗词创作方面成就卓著，而且在古典诗词研究方面也有独到的见解。我们曾经问过厉以宁：“您作为一位经济学家，怎么写了这么多诗词？经济学同诗词创作有什么联系？”他笑着说：“我读中学时就喜欢诗词，也

①摘自刘玉铭、刘伟：《听厉以宁教授讲诗词》，京华出版社，2007年版。

练习写诗词，那时我根本没有想过以后会学经济学。”他还告诉我们：“我的许多诗词是抒情的、写景的、言志的、怀念家人的，也有咏叹古人的，这些同经济学有什么关系？”尽管如此，我们还是打算从较深的层次来探讨一下作为经济学家的厉以宁同作为诗人的厉以宁之间是不是多少有些关系。

一、一种会话方式

经济学家，或任何知识人与公众之间的关系，不是一种缺乏精神互动的机械活动，而是一种会话或交谈。今天，蔓延整个经济学界的数理方法，成了最为流行的交谈方式，这种方法背后所蕴含的对于理性和科学性的追求，无疑使得经济学日益朝更缜密、更严整的方向发展，但与此同时，也使得经济学和大众的思想日趋隔膜，成了只有少数专业人士才能靠近的孤岛。

自从 1951 年考入北京大学经济系以来，厉以宁写了不少诗词，这正是他作为一位经济学家的特殊言说方式。1960 年 11 月，厉以宁当时三十岁，曾填过一首《鹊桥仙》：

鹊桥仙[①]

二十岁生日，独自骑车游圆明园遗址

1960 年

半池衰草，
几经秋雨，
只剩几株野菊。

①厉以宁：《山景总须横侧看：厉以宁散文集》，北京大学出版社，2003 年版，第 3 页。

西风过后又初霜，
照旧是花黄叶绿。

茫茫人世，
漫长苦旅，
一生如同弈局。
荣枯顺逆俱寻常，
总难免弯弯曲曲。

当时的心情已尽在词中了。过了二十五年，在 1985 年的《减字木兰花》中，厉以宁这样写道：

减字木兰花①

五十五岁生日，下午偕何玉春骑车再游圆明园

1985 年

菊花已谢，
静待梅枝花信夜。
莫患无家，
新树新杈宿旧鸦。

诗情不绝，
岂是闲吟风与月？
好景斜阳，
片片飞云一色黄。

①厉以宁：《山景总须横侧看：厉以宁散文集》，北京大学出版社，2003 年版，第 4 页。

其中“岂是闲吟风与月”一句，很可以表达厉以宁的诗词观：诗词，并非只是用以表达风月之叹的，而是以艺术的方式承载了诗人对于社会、对于历史、对于经济发展的思考。厉以宁的很多诗词，都以感性的方式展现了一个经济学家的日常思考与感悟，所触及的许多问题，已经超越了单纯的理性思考的边界，能为读者带来独特的启发。

二、一种精神力量

厉以宁从马克思·韦伯的著作中得出的重要结论是：经济的发展必须有精神动力。人生在世，所作所为，也应当有精神力量作为支柱。没有精神动力，就谈不到有奋斗的目标和前景。厉以宁教授在1968年被拘禁于北京昌平北太平庄时所填的《破阵子》和1969年下放到江西南昌鲤鱼洲时所填的《临江仙》，说明即使在最艰难、恶劣的环境中，信念也是不可丢弃的。他这样写道：

破阵子①

昌平北太平庄

1968年

乱石堆前野草，
雄关影里荒滩。
千嶂沉云昏白日，
百里狂沙隐碧山，
此心依旧丹。

隔世浑然容易，

①彭松建、朱善利编：《厉以宁诗词解读》，北京大学出版社，2000年版，第261页。

忘情我却为难。
既是三江春汛到，
不信孤村独自寒，
花开转瞬间。

临江仙[①]

答马雍同学

1969 年

自比故乡三月柳，
一生到处安家。
春风伴我走天涯，
漫江微雨过，
含笑吐新芽。

十里沙洲帆影下，
静看湖上朝霞。
惯听渡口浪淘沙，
桨声迎早雪，
清曲唱梅花。

厉以宁通过这两首词向我们传递了这样的信息：无论是社会经济的发展，还是个人思想的成熟进步，都不能缺乏精神或信仰的支撑。诗词可以是精神的直接呈现，诗性思维的充盈或匮乏，往往能呈现一个人的精神世界。从这个角度看，诗与经济并不是绝然不同之物。

---

①彭松建、朱善利编：《厉以宁诗词解读》，北京大学出版社，2000 年版，第 269 页。

三、一种生活乐趣

厉以宁有时对学生说："我常常把吟诗填词当作一种乐趣，特别是旧地重游时，或者想给亲人写点什么时，我喜欢用诗词来表述。"下面，试举几个例子：

南乡子[①]

送何玉春出差去江苏

1972 年

碧水映云涛，
湖上轻舟缓缓摇。
原是东风来有信，
飘飘，
明日春光过小桥。

桥外柳千条，
最绿人间雨后苗。
此去不愁知己少，
娇娇，
几处莺声在树梢。

南乡子[②]

重游京郊肖家河

1982 年

日暖白云低，
漫漫杨花坠入泥。

---

①彭松建、朱善利编：《厉以宁诗词解读》，北京大学出版社，2000 年版，第 282 页。

②同①，第 295 页。

忆昔塘边芳草地，
萋萋，
风动桥头卖酒旗。

往事已无遗，
又步柳荫过小溪。
成片高楼村外起，
依依，
老树也知岁月移。

南乡子[①]

湖南涟源至冷水江途中

1992年

远处雾茫茫，
农户新楼粉色墙。
山影几重溪水碧，
流长，
西去潺潺伴夕阳。

荷叶满池塘，
三两村童捕蝉忙。
大路尽头杨柳岸，
飘香，
叫卖声声玉米黄。

这三首《南乡子》，无非是厉以宁作为一种生活乐趣来填写的。

---

①彭松建、朱善利编：《厉以宁诗词解读》，北京大学出版社，2000年版，第322页。

这种生活中的乐趣，人人皆有，很难把它们生硬地同经济学家的身份连接在一起。

再看下面两首《调笑令》和一首《钗头凤》：

调笑令①

记厉伟学步

1964 年

穿户，
穿户，
小燕巢边寻路。
轻轻两翼低挥，
停停又复起飞。
飞起，
飞起，
明日长空万里。

调笑令②

为厉澳两周岁题照

1997 年

春雨，
春雨，
小树长高几许。
今朝犹绕膝前，
转眼翩翩少年。
年少，

---

①彭松建、朱善利编:《厉以宁诗词解读》，北京大学出版社，2000年版，第253页。

②同①，第 350 页。

年少，
处处天涯芳草。

钗头凤[①]

记厉莎学步

1999 年

粉裙裤，花间路，
晃摇迈出人生步。
杏红腮，笑容开，
不须牵手，
试上阶台，
乖！乖！乖！

望高处，飞尘雾，
未来当学常青树。
畅胸怀，自成材，
漫长年月，
怎做安排，
猜！猜！猜！

两首《调笑令》，前一首是为儿子写的（1964 年），当时他一岁。后一首是为外孙写的，当时他两岁（1997 年）。《钗头凤》则是为孙女写的，当时她也刚好一岁（1999 年）。像这样的词，都只能说明厉以宁的家庭生活乐趣，与经济学无关。

①彭松建、朱善利编：《厉以宁诗词解读》，北京大学出版社，2000 年，第 358 页。

四、一种治学之道

中国传统学术的发展,历来讲求“义理、考据、辞章”的统一,现代社会科学也将“文史哲”打通当成胜境。在今天学科划分越来越细密和繁琐的情况下，一个人在自己的研究领域中有所作为已属不易,再去追求所谓的“文史哲”打通,就更是难于上青天了。

厉以宁曾多次谦逊地表示，自己是一个经济学的教师、经济学的研究者。虽然他自幼喜爱诗词，但从不曾以诗人自命。但是，阅读厉以宁的诗词以及了解他对诗词的鉴赏，我们会不时地产生这样的体会：凡能在思想和学术上有所建树之人，不会仅仅局限于某个学科的狭隘范畴，而很可能是一个“多面手”。古往今来的其他许多大学问家，也为我们提供了很好的例证。

诗词的意境能丰富经济学的思考，经济学的思考则使得诗情诗思不落入空洞无物的牢笼。更进一步说，任何学术研究，都离不开丰沛的想象力和敏锐的感受力。作为情感与直觉的一种特殊训练，诗词的功用，本不像我们所想象的那般狭隘。如此，我们才能真正理解这位经济学家对于诗词的感情。读一读厉以宁 1951 年的《南乡子 · 湖南益阳渡口》、1959 年的《七绝 · 河北农村所见》和 1970 年的《蝶恋花 · 鲤鱼洲至滁槎途中》，我们一定有深刻的体会：

南乡子[①]

湖南益阳渡口

1951 年

路北旧祠堂，
杂草枯藤断裂墙，

①傅旭：《厉以宁的诗意人生》，经济科学出版社，2003 年版，第 37 页。

祖辈风光流水去，
沧桑，
前代空为后代忙。

道口树成行，
阵阵飘来果味香，
甜杏稍黄还带绿，
装筐，
三日航程到岳阳。

七　绝[①]

河北农村所见

1959年

高炉馀火映红霞，
农舍停炊社即家。
岂止城中遭苦雨，
溪头荠菜不开花。

蝶恋花[②]

鲤鱼洲至滁槎途中

1970年

薄雾滩前湖岸浅，
不见渔舟，
只见南飞雁。
漫漫荻花遮住眼，

①傅旭：《厉以宁的诗意人生》，经济科学出版社，2003年版，第88页。

②同①，第143页。

云低更觉青山远。

小路那边枯叶遍，
乱草危墙，
破落农家院。
政策如风时刻变，
向谁细诉村民怨？

你能说这不是三篇经济学短文吗？

作为一名教授，厉以宁曾在北京大学开设过“唐宋诗词欣赏”的讲座，引起了学生极大的兴趣，旁听者不计其数。厉以宁对诗词的研究，既有诗词总论，也有诗家别论；既有诗之脉络的分析，也有词之谱系的建构；既继承了前人研究的成果，更多地则是自己的心灵感悟和独特见解。某些感受和评价，往往能于简洁之中直指要害，对于某些诗人的评论，也往往能“一语点破梦中人”，因此，值得我们仔细理解和品味。

经邦济世 诗化人生[①]

——记北京大学光华管理学院厉以宁教授

杨晓华 吴志菲

厉以宁教授1930年11月22日出生于江苏省仪征市。1955年毕业于北京大学经济系，后留校任教。1985至1992年间任北京大学经济管理系主任，1993至1994年任北京大学工商管理学院院长，1994年至今任北京大学光华管理学院院长，2005年以后任北京大学光华管理学院名誉院长。

厉以宁这位享誉海内外的著名经济学家，对于经济学与中国经济改革和发展做出了重要贡献。厉以宁在对中国以及其他许多国家经济运行的实践进行比较研究的基础上，发表了非均衡经济理论，并运用这一理论解释了中国的经济运行。厉以宁从中国经济改革之初就提出用股份制改造中国经济的构想。这一理论与政策主张在中国经济改革与实践中证明是行之有效的，因此被理论界与政策制定者广泛接受。他的理论与政策主张促进了中国经济改革与经济发展，对中国经济改革与经济发展产生了积极而又重要的影响。

---

①摘自赵为民、孙战龙、张琳编：《先生之风》，生活·读书·新知三联书店，2008年版。

在近现代中国历史上，有很多这样的学者，他们不但以严谨的学术著作及深刻的学术思想，成为自己学术领域的翘楚，他们还以自己的精辟见解，影响着政府的决策和民间思潮的走向，因而民族历史的变迁中便深深打上他们的烙印。经济学家厉以宁正是这样一位学者。面对这样一位学者，我们在崇敬之余，自然还会产生这样的问题：他如何选择了自己的人生道路？他如何成就了自己的非凡人生？

同学代填的人生最重要的志愿

1949 年 4 月，文化名城、长期作为国民党政治堡垒及大本营的南京市得以解放。这一历史事件改变了所有南京市民的命运，包括金陵中学毕业的高材生厉以宁。

本来在金陵大学附中，厉以宁以出色的数理化天赋、勤奋刻苦的努力及名列前茅的成绩被保送到金陵大学深造。他当时选择了化学工程系，因为他立志做一个化学家，实现工业救国的抱负。但是南京解放后，厉以宁就参加工作，在湖南沅陵一家消费合作社担任会计。

两年后他再次参加高考，将目光投向了新中国的首都北京。他委托在北京大学历史系就读的同学赵辉杰代为报名。赵辉杰认为厉以宁文理兼优，选学经济系最为适合，就替老同学做主，第一志愿填报了北京大学经济系。同年 7 月，厉以宁在长沙应试，8 月接到了北京大学的录取通知书，他以优异成绩考上了多少学子梦寐以求的北大，拉开了他终生致力的经济理论学术生涯的序幕。“至今我愈来愈觉得赵辉杰代我填报的第一志愿是最佳选择”。厉以宁回忆道。

厉以宁的这种选择在他早年是料想不到的。

厉以宁出生时，家人为他取名以宁，“以”是排行，“宁”指出生于南京。四岁时他随全家迁居上海，先后在上海两所著名的小学学习，成绩一直名列前茅。1941 年，厉以宁考上著名的上海南洋模范中学，1943 年又随家迁居到湖南沅陵，以优异成绩考上湖南名校雅礼中学，1947 年转入南京金陵大学附中就读，直到高中毕业。在这些名牌学校的学习为厉以宁奠定了良好的文化基础。

像很多人一样，厉以宁曾经有过一段缱绻的文学梦想。厉以宁一直偏爱文学，熟读中国古典文学《红楼梦》《三国演义》《水浒传》《西游记》《聊斋志异》；他醉心于唐诗宋词的醇美世界；他喜爱外国著名作家巴尔扎克、莫泊桑、托尔斯泰、屠格涅夫以及中国现代文人鲁迅、巴金、茅盾、沈从文等人的作品。

在湖南沅陵雅礼中学（当时雅礼中学迁移到沅陵）读书的这段日子，他不断地将自己对生活和世界的感受用诗歌、散文、杂感和短篇小说等表现出来。他的每一个作品都成为同学们争相传阅、反复议论的焦点，这进一步鼓舞了他的作家梦。

1946 年，厉以宁重返南京，转到南京金陵大学附中读高二。在一流的数理化老师们的熏陶下，厉以宁的兴趣又逐渐从文学转向自然科学。他还担任了班里的学习委员兼化学课代表。高中毕业前夕，学校组织厉以宁所在班全体同学去一家大型化工厂参观。轰鸣的机器、林立的烟囱、严肃的化学工程师，这些都深深刻进了厉以宁的脑海。他说：“这次参观给我留下了很深的印象，使我了解到化肥生产对我国农业发展的重要性，于是我决心走‘工业救国’的道路。”也许，差一点，中国就多了一位化学家，少了一位经济学家。

经济学既是一门需要以严谨的科学精神进行数学计量和推理的学问，又是“致用”之学，需要对人的价值和社会的价值进行深刻地理解和探讨的学问。因此，厉以宁早年所经历的思想和情感历程就奠定了一位经济学家最好的基础。

从仰望群星到北大之星

“五四”以来，北大在国人心中享有崇高的地位，大师云集，人文荟萃，思想活跃，这些在厉以宁看来是最理想的求学之地了。一旦进入这所学术殿堂，就像高尔基说的那样，如“饥饿的人扑在了面包上”。求学的四年中，他从宿舍到图书馆，从图书馆到老师的办公室或宿舍，埋头苦读，孜孜探索，学问和思想都迅速成长起来。他说那时寒暑假都是在图书馆里度过的。刚上大学不久，厉以宁就在 1952 年 7 月的《经济导报》上公开发表了平生第一篇经济研究文章《波兰经济新面貌》。这篇文章有着计划经济时代的烙印，但却显示了一位好学深思的青年在学问上的抱负和独立探索的精神。

和北大其他院系一样，二十世纪五十年代初的北大经济系（现在是北大经济学院）群星荟萃，每一个学子都幸运地接受着这种光芒的照耀。厉以宁的回忆中较多提及的是陈岱孙、陈振汉、周炳琳、赵迺抟、罗志如等先生。其中陈岱孙、陈振汉两位先生尤值得一提。

陈岱孙是我国著名经济学家，1926 年获得哈佛大学经济学博士学位，回国后为中国经济界培养了几代学子，被尊为中国西方经济学的泰斗级人物。他强烈的爱国主义思想及高尚的品格为人所称道，他深刻的学术思想和见解影响着国计民生。

陈岱孙先生的叔祖是末代皇帝的老师陈宝琛，因此他有着不寻常的家学渊源，国文功底深厚，对年轻的厉以宁有着很深的影响。

陈振汉先生是哈佛大学文学硕士、哲学博士。他是较早在北京大学讲授“比较经济制度”课程、介绍社会主义经济制度的学者。新中国成立后，先生出任北大法学院中国经济史研究室主任，以非凡的毅力和深厚的功力开始选编《清实录》《东华录》中的经济史资料。1952 至 1953 年，任北京大学经济系代主任。

陈振汉教授非常喜欢厉以宁这个刻苦用功的弟子。他给厉以宁的评语是：“成绩优异，名列前茅。”他认为厉以宁是一个大有前途的学术接班人。

厉以宁从陈振汉那里学来了进行经济史比较研究的方法，更从这位学者身上学到了“闹中取静”的读书习惯。

还在大学学习期间，厉以宁就明确了自己的研究领域和研究目标：探索现代经济的规律，服务祖国和人民。

“如果说我今天多多少少在经济学方面有所收获的话，那么这一切都离不开在北京大学学习期间老师们的教诲，他们是我在经济学领域内从事探索的最初引路人。”厉以宁说。

1955 年厉以宁毕业后，以优异的成绩被经济系选留。然而随着国内政治空气越来越“左”，厉以宁也觉得很难施展抱负，他在系里的资料室从事编译工作，一干就是二十年。

这期间厉以宁参加过开山修渠和深翻土地的劳动，忍受过三年自然灾害带来的饥饿和浮肿，参加过农村社教，作为被“专政”的对象，先后在京郊海淀公社草场大队、昌平县太平庄农场及北大校园内的“劳改大院”进行过三年“劳动改造”。他的家被抄过三次，许多资料，包括妻子、家人的照片都被损坏了。在被迫接受“劳动改造”时，连人身自由都已失去，更别说进行更多的知识积累了。1969 年 10 月，厉以宁和许多北大教职工一道，到江西鲤鱼洲农场劳动，先住仓库，后住茅草棚，“文革”结束前，仅他参加劳动和下乡的时间加起来就将近十年。“但是，我经历的这一切，磨炼了我的意志，这是最大的收获。”

资料室的二十年工作，尽管是冷清寂寞的，但是他却得以在人们头脑发热的年代，镇静自如地吸收中外经济学的知识，了解西方经济学的进展，进行独立的思考和判断。“它是我大学毕业后的又一个知识积累阶段，它使我在大学所学的东西得到了进一步充实，视野进一步拓宽。”

厉以宁认为这二十年还是人生经历的重要积累。“五十年代后期到七十年代中期，特殊的中国经济环境使我对中国的现实经济问题有了亲身的感受。这种感受是任何一个不曾亲自经历过这段时期的经济工作者所不可能具有的。在大学阶段，我曾对波兰经济学家兰格提出的在计划经济和市场经济之间存在第三条道路的观点产生了兴趣，但‘文革’中的经历使我看到了苏联模式给中国经济带来的种种弊端，也发现了兰格理论的局限性。这些感受可以说是在经历了那一系列磨难后的最大收获。多次下放，使我看到农村的贫困和城乡人民生活水平的低下，于是，对新中国成立以来，尤其是‘大跃进’以来的经济政策、方针、路线感到怀疑，发现自己在大学阶段所学的那套东西同现实的距离是那么大。中国要富强，人民要过上好日子，看来不能再依靠计划经济的模式了（这些思考在当时是不能公开的）。”

二十世纪七十年代末，科学的春天到来了。厉以宁这个曾被斗争、抄家、剃阴阳头、监督劳动、隔离审查的人的经济学观点才得以重见天日，他多年的积累有了用武之地。从这以后，他开始了新的教学生涯。1979 年，他被提升为副教授；1983 年，被提升为教授。

在未名湖畔，厉以宁的名字日益成为学生们头脑中的“关键字”。厉以宁的经济学讲座成为学生们心中北大风度的代表。他讲课不仅内容丰富，而且形式不拘一格，大多数时间他不用讲稿，只是在一张卡片上列出一系列的提纲。讲课时他或站、或坐、或走动，脸上溢出轻松的笑容，一双眼睛闪闪发光。二十世纪七十年代末以来，北大学生很少没有听过他的经济学讲座的。

但是，奠定厉以宁在中国经济学界地位的关键，还是他在学术上富有勇气和智慧的创造。

所有制改革理论的代表人物

在中国自二十世纪七十年代末以来的以渐进式制度变迁为特征的市场化进程中，歧见纷纭的经济学家们以其各自的知识背景和社会立场，为我们展示了丰富精彩的经济改革理论，形成了众多的思想流派，使得经济学成为中国社会科学中最为繁荣活跃的领域。

如何对中国从集中计划经济体制到市场经济体制的极具民族特色的变迁路径进行合乎逻辑的理论阐释，如何为中国的经济改革寻求和选择一种社会成本最低的推进战略，一直是中国的经济学家们试图解决的两大问题。对这两个问题的不同回答，形成了在理论前提、分析方法和政策主张上迥然相异的思想派别。其中有“价格改革主线论”“所有制改革主线论”“宏观调控主线论”等，不一而足。这些改革理论经历了学术上的激烈纷争和与现实经济的碰撞摩擦，在大浪淘沙般的甄选和淘汰之后，有些理论被淡忘了，而有些理论却日益被中国改革的实践证实和接纳，从而奠定了它们在经济改革思想史中的不朽地位。

厉以宁是所有制改革理论的主要代表人物，他在西方经济学、社会主义政治经济学、国民经济管理学、经济改革理论、经济转型理论、比较经济制度理论方面均有很深的造诣，形成了独特而系统的思想体系，历来被认为是沟通中西、治学谨严、体系恢宏、独树一帜的经济学家，对中国经济学的学术发展以及中国经济改革的政策趋向均有广泛而深刻的影响力。要理解他的思想体系，首先要理解他设定的两个认识中国经济状况的理论前提。

认识非均衡的中国经济

非均衡理论在1936年凯恩斯的《就业、利息和货币通论》出版以后，被作为一种新的经济学假设逐渐得到了主流学派的关注和认同。

厉以宁是较早对非均衡理论进行系统研究的国内经济学家，他在借鉴和吸收西方经济学家的研究成果的基础上，尤其在汲取贝纳西、科尔内等现代经济学家关于非均衡经济运行学说的基础上，对中国经济的内在本质特征进行了深入解析。他指出中国经济的非均衡性是研究中国经济的基本出发点，也是探讨经济体制改革理论的现实起点。早在二十世纪八十年代初期撰写《社会主义政治经济学》时，厉以宁教授就提出了社会主义经济总量失衡和结构失衡的问题，即社会主义经济中社会总供给和社会总需求的失衡问题，并认识到失衡或者说非均衡是社会主义经济运行的现实状态。而社会主义经济所追求的均衡，是一种相对的动态的均衡，不是一种静态的绝对的平衡。在此基础上，他探讨了社会经济的动态相对平衡和社会发展战略的动态相对平衡。根据动态相对平衡的观点，厉以宁认为，从我国现阶段以及从更长远的时间来看，需求略大于供给的状况是发展中社会主义国家的现实，而且为了实现预定的经济与社会发展目标，为了保证一定的经济增长率，需求略大于供给的相对动态的失衡是对经济发展较为有利和现实的状况。这就是他提出的“以平衡为分析的出发点，但不以平衡为必然达到和必须达到的境界”的著名命题。这些早期的思想奠定了他以后的“均衡非目标论”的理论基础。

厉以宁将自己撰写于二十世纪八十年代末期的《非均衡的中国经济》一书，看成是最能代表自己关于中国经济的学术观点的著作。在这部专门论述中国经济运行的体制特征的著作中，他从中国目前的非均衡经济现实着手分析，以说明资源配置失调、产业结构扭曲、制度创新变型等现象的深层次原因，并进而合乎逻辑地提出中国经济改革必须构建具有充分活力的微观经济主体的政策主张。更为重要的是，在这部著作中，他提出两类不同的经济非均衡理论，奠定了所有制改革理论的根基。西方的非均衡理论考察的是在市场不完善、价格信号不能起到自行调整供求关系的条件下的经济运行过程，而厉以宁观察中国的经济现实所看到的情形是，中国固然存在着市场不完善以及价格信号不灵敏的经济非均衡状况，但是，中国的非均衡经济运行中隐藏的更为严重的非均衡现实是，缺乏具有充分活力的、能够自主经营自负盈亏的、具有独立市场决策权力的企业或者厂商。厉以宁认为，发达成熟的市场经济所出现的非均衡属于第一类非均衡，而在传统的和双轨的社会主义经济体制之下，由于企业并没有摆脱国家行政机构附属物的地位，所以这种非均衡属于第二类非均衡。而经济改革的首要使命，是建立一种新型的经济运行体制，重新塑造具有充分活力的、自主经营自负盈亏的、有投资与经营自主权并相应地承担投资风险和经营风险的独立商品生产者，从而由第二类非均衡过渡到第一类非均衡。

厉以宁进一步指出：中国经济改革必须以现阶段的经济非均衡作为出发点，而不应当迷恋完善的市场体系和灵活的价格体系；从我国特殊的非均衡状态出发所得到的有关我国经济体制改革的总体构想只能是，企业体制改革是整个经济体制改革成败的关键所在。正是由于中国经济处于第二类非均衡，因此双轨运行时期的资源配置方式就不能只依赖价格调节和市场调节，而应该将数量调节和价格调节、市场调节和政府调节加以有机整合，积极发挥政府在商品市场配额调整和建立社会主义商品经济秩序中的主导作用，从而使得商品市场配额均衡的实现对于经济由第二类非均衡向第一类非均衡的过渡产生积极影响。

合理的资源配置方式——政府调节和市场调节

中国经济体制改革的一个实质性问题是寻找一种合理的资源配置方式，这种资源配置方式包含宏观和微观两个层次的含义。宏观层次上的资源配置是指资源如何分配于不同的部门、不同地区、不同生产单位，其合理性反映于如何使每一种资源能够有效地配置于最适宜的使用方面。较低的微观层次的资源配置是指在资源配置为既定的条件下，一个生产单位、一个部门、一个地区如何组织并利用这些资源，其合理性反映于如何有效地利用它们以达到最大的符合社会需求的产出。

厉以宁指出，这两个不同层次的资源配置既有联系，又有区别，其最关键的区别在于，两个层次的资源配置实现的途径不同。较低层次的资源配置可以在不转移生产要素的前提下，通过生产技术措施或组织管理措施来实现资源利用效率的提高；而较高的宏观层次的资源配置合理化的实现，通常要涉及生产要素的流动、产权关系规范化、固定资产的转让、宏观经济调节手段的运用、宏观经济管理体制的改革等问题。

通过区分较高的宏观层次的资源配置和较低的微观层次的资源配置，厉以宁认识到，与两个层次的资源配置方式的合理化相应的是两个层次的企业体制改革。较低层次的企业体制改革是改革企业的内部经营机制，由此使得企业变得充满活力，企业在经营过程中将更加关注自身的经济效益并更好地发挥经营中的主动性和创造性；而较高层次的企业体制改革是改革企业的经济地位，使企业由过去作为行政机构附属物的地位转变为真正独立的商品生产者和经营者，使企业的产权关系明确化，使企业成为承担投资风险和经营风险的投资主体和利益主体。

因此，经由对资源配置理论的研究，厉以宁得出了他的关于经济改革顺序的基本选择，即：要使资源配置由不合理趋向于比较合理，经济管理体制和经济运行机制的改革是必要的，而在经济体制改革中，必须以赋予企业独立的商品生产者地位作为突破口，明确产权关系，实现政企分离，培育和完善市场，在此基础上实现市场定价的格局和资源的有效配置，而价格改革既不是唯一重要的改革，更不可能成为改革的突破口。经济转轨时期的资源配置合理化的这种路径特征，是由我国经济的非均衡性质所决定的，因此，厉以宁的资源配置学说的最大特色，或者说他对资源配置研究的最大贡献，在于他从中国的经济非均衡的独特状态出发，从经济体制变革的角度，从微观经济基础和宏观经济调控相互协调衔接的角度来研究资源配置。

按照厉以宁从资源配置角度所设想的新经济体制的目标框架，这种体制将是一个企业具有充分活力，生产要素可以自由流动和重新组合的经济体制。但是这种达到资源合理配置的新经济体制的正常运作离不开政府调节和市场调节的有机结合，离不开宏观经济和微观经济的协调。在厉以宁关于政府调节和市场调节的结合，以及宏观经济和微观经济的协调方面的一个贯穿始终的基本观点，可以归结为一个准则，即对于经济运行（包括资源配置）来说，在运行目标上，宏观目标优于微观目标，而在运行机制上，市场调节优于政府调节。这就是厉以宁教授著名的“二次调节论”的基本观点。

对资源配置中政府行为非理想化，以及政府行为适度与优化的深入理论解析，是厉以宁资源配置学说中颇具特色的篇章，他通过对政府调节局限性的剖析，划定了新经济体制中政府干预的边界。厉以宁认为，根据非均衡理论，由于经济中存在的大量不确定性，由于政府所获得的信息的不完全性，由于政府政策效应的滞后性和不平衡性，政府行为必然是非理想化的，而只有从政府行为的非理想化出发，才能正确估计和有效利用政府干预在非均衡经济的资源配置中的作用。考虑到政府行为的非理想化特征，政府在资源配置过程中调节行为的优化应当以限制市场在资源配置中的消极作用并促进市场在资源配置中的积极作用为原则，政府调节应当通过对市场的影响而体现出来。

所有制改革——重构具有充分活力的市场主体

厉以宁是一贯强调所有制改革对于传统体制转轨的决定性作用，并把所有制改革或企业制度改革置于首要位置的代表性人物。所有制改革优先论是厉以宁从他的经济非均衡论和资源配置学说中推导出的结论。从逻辑上来看，只有彻底改造宏观经济的微观基础，构建真正具有独立地位的充满活力的市场主体，使企业成为真正拥有自主经营权利并承担经营风险的商品生产者，才能真正建立起社会主义市场经济体制，达到资源的有效配置和经济运行机制的真正转轨。

早在二十世纪三十年代，科斯（R.Coase）《企业的性质》一文中就曾指出，市场机制赖以运转的微观基础是完善的企业制度，只有在企业产权制度确立、企业之间的财产权利界定明晰的基础上，企业与市场之间以及企业与企业之间的联系才是明确的，才能最大限度地节约交易成本，降低交易摩擦，市场价格机制才能有效运转。厉以宁从中国在经济转轨时期所处的第二类经济非均衡的现实状态出发所得出的结论，同样印证了科斯的理论。

兰格和哈耶克之间关于市场经济和计划经济的持久论战，对于中国经济改革理论的影响是相当深远的。在二十世纪五十年代，兰格的通过试错法建立模拟市场的社会主义经济模式的理论曾被经济理论界不少人接受。这种经济运行模式，不同于马克思主义经典作家所设想的完全取消商品货币关系的产品经济模式，也不同于苏联高度集权的指令性计划经济模式，而是一种试图采取计划模拟市场的经济运行方式；这一模式以取消消费者主权为前提，中央计划当局只是被动地反映消费需求和生产成本的变化，制定模拟的市场价格，并通过这种价格调节资源的有效配置。

青年时代的厉以宁同样认同和服膺兰格的思想，但是二十世纪六十年代后的社会经济现实，迫使他重新审视和反省传统经济模式在公平和效率上的体制缺欠。他认为，在传统经济体制下，由于国有企业在政府行政的强大约束之下丧失了独立自主的商品生产者地位和决策权力，由于存在严重的政企不分、产权不明晰的体制顽疾，国有企业既不能实现收入的公平分配，更不能实现资源的有效率的配置。这样，厉以宁由对兰格模式的推崇转而对兰格模式的质疑和批判，并从自己的理沦框架出发，确立了自己的改革思路，即改革必须从企业改革也就是所有制改革入手，所有制改革是中国整个经济体制改革的核心和关键环节，在没有进行企业改革、因而企业尚未成为独立的商品生产者的情况下，在改革并不触及计划经济体制的产权基础和产权结构的前提下，中国真正的竞争性的市场经济体制就不可能稳固建立并有效运转起来。

在 1986 年 4 月 25 日北京大学“五四”科学讨论会上，厉以宁以非常精彩的富于个性的语言，表述了他对于经济体制改革路径选择的基本观点:“经济改革的失败可能是由于价格改革的失败，但经济改革的成功却并不取决于价格改革，而是取决于所有制的改革，也就是企业体制的改革。”这句被理论界广为传播的名言集中体现了厉以宁先生关于经济体制改革的基本观点。可以说，所有制改革是整个经济体制改革最为核心也是最为艰难的部分，所有制改革主线论由于触及最为敏感的产权问题的“禁区”而在实践过程中备受磨难。在强大的压力面前，厉以宁始终以一个诚实谨严的学者的姿态阐扬自己的所有制改革理论，充分表现了一个经济学家巨大的勇气和科学精神。

具有人文关怀的经济学家

现代意义上的经济学往往被视为一种具有严格经验主义和实证主义性质的社会科学，因而在大多数经济学家看来，经济学应该处于一种完全超越于价值判断之上的道德中立状态。

在厉以宁看来，经济学非但不能摒弃和回避价值判断，不能完全摆脱或忽视价值观念在经济学研究中的作用，相反，作为一门社会设计和社会启蒙的科学，经济学应该将规范研究和实证研究紧密地结合起来，将对客观经济运行规律的研究与对人的行为的研究紧密地结合起来，将现实社会经济状态与经济学家经由自我的价值判断而形成的对理想社会的科学设计结合起来，将经济学的科学目标和道义目标结合起来。作为社会启蒙的科学，经济学的最终目标是要通过科学研究告知人们对经济行为和经济事实的肯定与否定的客观标准，从这个意义而言，经济学不是超越阶级的纯粹抽象的数理科学和逻辑哲学。作为社会设计的科学，经济学将告诉人们如何进行经济建设，如何制订发展目标并且把目标实现的可能变为现实，如何促进国民经济的协调，以及如何把人们创造出来的物质财富用于满足人们不断增长的物质文化需求。

厉以宁将经济学的本质界定为社会启蒙和社会设计的科学，强调价值判断和规范研究在经济学中的作用，但是这并不表明他不重视实证研究在经济学中的地位，相反，他认为实证研究所获得的成果将会丰富规范研究的内容，使经济学中有关社会评价、政策探讨的判断建立在更有实证根据、更有说服力的基础之上。

厉以宁认为，经济学研究要在新的时代面前回应挑战，就必须在三个层次上进行全新的探讨：第一个层次是对现行经济体制以及该种经济体制条件下的经济运行的研究；第二个层次是对经济和社会发展目标的研究；第三个层次是对人的研究，也就是对人在礼会中的地位和作用的研究。

厉以宁将“体制、目标、人”作为经济研究的三个层次，而他所设想的社会主义政治经济学体系正是从这三个层次的研究角度为出发点构建的。从他的较早期著作《社会主义政治经济学》中可以看出，他试图以自己独特的理论框架对传统经济理论进行重新阐述的积极而有意识的努力，即使以现在的眼光来看，仍可以明显觉察这部著作在体系创新方面的开创性贡献。在他看来，社会主义经济研究的重点是社会主义经济的运行，而经济运行总是在一定的经济体制条件下实现的，因此，必须将一定的经济体制作为社会主义经济研究的前提。在对人的研究中，厉以宁始终以一个关注民生的经济学家的姿态，主张“对人的关心和培养是社会主义的生产目的”，认为在理想的社会制度中，人应该成为全面发展的人，他们能够充分发挥自己的创造力，充分拓展自己的潜在能力，不断深化对自身历史使命的认识，社会生产发展的最终目标与人的全面自由发展达到统一。以这种人文关怀的理念为出发点，厉以宁对公平与效率问题、社会福利的基本含义问题、人的地位的社会评价标准问题、社会主义民主问题等进行了广泛深刻的探讨。其中以对道德问题的探讨最为系统和深入。

厉以宁是国内经济学界较早关注道德伦理问题的学者之一。我们可以从他的许多著作中看到他试图从伦理学的视角对经济学的诸多范畴进行规范分析的努力。作为一个经济学家，其理论思路与伦理学家的相异之处在于，他并不是关注于有关道德的是非判断与善恶评价，而是将道德置于整个经济运行体制中去考量，探讨道德在经济发展和经济转型中对经济运行的调节作用。

在厉以宁教授看来，由于存在着市场缺陷和政府失灵的情形，因而单纯依赖市场调节和政府调节就不能达到预期的经济运行目标，而市场调节和政府调节所遗漏的空白，应该由习惯和道德调节来填充和弥补，在交易活动中如此，在非交易领域就更是如此。由此，厉以宁提出，道德调节和习惯调节是超越市场和超越政府的一种调节，它的社会整合和经济调节功能介于作为“无形之手”的市场调节和“有形之手”的政府调节之间，作为第三种调节起作用，共同维系和引导着整个经济和谐有效地运转。习惯和道德调节的力量来自于经济中的行为主体内部，即来自每一个行为者自身，它表现为各个行为者按照自己所认同的文化传统、道德信念和道德原则来影响社会生活，使资源使用效率发生变化，使资源配置格局发生变化。因此，习惯和道德调节的约束力和有效性，取决于社会成员对群体的价值观念和传统信仰的认同程度的高低，取决于社会成员建立在共同价值观念之上的自律程度的高低。换言之，道德作为维系社会运行的一种手段，是通过各个行为主体自身的道德约束和相互之间的道德约束，形成一种渗透于社会生活的道德风尚，它使得经济行为主体对他人的行为和社会前景形成稳定的预期，以此为整个社会经济运行提供一种道德坐标和道德秩序。

道德力量为我们探讨经济学中的一些规范问题，如效率与公平等，提供了新鲜而有说服力的视角。厉以宁认为，效率具有双重基础，即效率的物质技术基础和效率的道德基础，单纯用物质技术因素来阐释效率是不够的，事实上，物质技术因素只能产生常规效率，而道德力量才能够真正挖掘效率增长的潜力，从而产生非常规效率，从这个意义上说，道德力量是效率的真正源泉，这个结论已经被经济史中无数例证以及管理学的现代理论所证实。道德视角的引入同样可以加深我们对于公平的标准的理解。从收入的绝对或相对平均而言的公平并不能为公平的衡量提供一个客观统一的尺度；同样，用机会均等来测度公平，同样会遗漏下许多难以解释的空白点。厉以宁认为，公平以对群体的认同为基础。在一个群体内部，成员对群体的认同程度越高，其公平感就越强；当社会中的成员从其出于超利益的考虑而参与的群体中普遍感到一种受到尊重和和谐的氛围，其公平感就会增进社会的协调和效率的提高。

厉以宁强调道德力量在经济运行中的作用，但他并非是一个“道德乌托邦主义者”或“道德万能论者”。第一，他一直强调道德激励与利益动机的相容性。第二，他始终重视现代社会运行中法律的作用。第三，他关注政府的道德自律并主张建立一套严密的筛选机制、保障与激励机制、约束与监督机制，以此规范政府的行为。

处在制度转轨关头的中国，既需要经历经济体制变迁的洗礼，又必然经受伦理道德体系和文化传统更新的阵痛，对于一个具有长期集中计划经济传统并拥有丰厚的历史道德资源的国家来说，这种经济体制与道德传统的双重变迁的使命注定是意义深远而步履艰辛的。从这个意义上来说，道德重整既具有迫切性，同时又具有长期性和渐进性。

厉以宁以独特的理论进路、勇敢的创新精神、坚实敏锐的现实感和严密宏大的理论体系，为中国经济改革思想贡献了丰富的思想资源，确立了自己在当代中国经济思想史的位置。他有着深刻的忧患意识，关注着国家的命运和民生，这使得他的思想浸透着一种强烈的人文精神，充满终极关怀的意味。

诗词世界的真情人生

在公众的印象中，厉以宁是一位严谨、睿智且有独到见地的经济学家，其实伴随他人生历程的不仅仅有经济思想，更有着充满激情与哲理的诗意，两者相互交融，构成了他独具魅力的人生。在北大，厉以宁诗词讲座的吸引力丝毫不逊色于他的经济学讲座。

每每提及厉教授的夫人何玉春，北大校园的女教师们都钦羡不已，都说她是天底下最幸福的女人。这倒不完全在于她丈夫有名气，而在于大经济学家厉以宁对她、对家人一往情深；他给她写诗，从青春年少写到满头白发；给家人写诗，从终身伴侣写到儿女孙辈。在厉以宁七十岁生日这一天，与他相濡以沫四十二年的妻子何玉春始终陪伴身边，厉以宁的多首诗词都是写给她的。一首《浣溪沙·除夕》，为我们再现了这对恩爱夫妻的新婚之夜："静院深庭小雪霏，炉边相聚说春归，窗灯掩映辫儿垂。笑忆初逢询玉镜，含羞不语指红梅，劝尝甜酒换银杯。”然而，当一位学生朗诵厉以宁写于1971年的《鹧鸪天·迎何玉春来鲤鱼洲》时，她不禁抹起了眼泪，这首词让她想起了他们携手走过的艰难岁月。那是她和厉以宁长达十三年的夫妻分居之后，在她放弃了一切能放弃的之后的一次真正不再分开的相聚。厉以宁在词中写道：“往事难留一笑中，离愁十载去无踪。银锄共筑田边路，茅屋同遮雨后风。朝露冷，晚霞红，门前夜夜稻香浓。纵然汗渍斑斑在，胜似关山隔万重。”

写于1963年的《鹧鸪天·中秋》：“一纸家书两地思，忍看明月照秋池，邻家夫妇团圆夜，正是门前盼信时。情脉脉，意丝丝，试将心事赋新词，几回搁笔难成曲，纵使曲成只自知。”诗词，于他既是历史烟云，又是他生活的浪花。无论悲欢离合、喜怒哀乐，在厉以宁的笔下都是含蓄蕴藉，不失骚人之旨。诗的语言清新、典雅，传统笔墨与时代气息结合得那么自然和谐，新而不俗，陈而不迂。这是他诗词的独特风格，其实这也是他为人、治学的风格。眼下名人诗词可谓多矣，但是像厉以宁这样的功底、意蕴，即使在职业诗人中也不多见，何况对厉以宁来说，诗词只是他的一大业余爱好。他的词多于诗，这也许是词的形式便于表达无穷变幻的思绪和事物，既遵照格律，又大有选择变换的余地。

作诗不是诗人的专利。读过厉以宁的诗词，甚至觉得非专业诗人往往能生产出好诗，因为“诗者，志之所之也，情动于中而形于言”。“我对诗词的兴趣，是在中学时代培养起来的。二十世纪四十年代，我先后就读于上海南洋模范中学、湖南雅礼中学、南京金陵中学，都是国内著名的学校，不但重理，而且重文，造就了许多优秀人才。我的中学语文老师擅长诗词，在他们的诱导和影响下，我很早就开始学写诗词，后来成为终身兴趣。”十七岁时，在南京读高中的厉以宁春假回家乡仪征，途中填了他的第一首词《相见欢·仪征新城途中》，诗句美妙委婉，读来使人如临其境：“桨声篙影波纹，石桥墩，蚕豆花开一路水乡春。长跳板，小河岸，洗衣人，绿裤红衫都道是新婚。”这第一首词严格按照词律，意境清逸淡雅，用词浅易平实而又生动。

厉以宁的诗词功底得益于他中小学的国文老师，诗词格律是老师教的，而诗韵词韵是他自己下功夫熟记的，他能默写出几十种词牌的正谱。厉以宁认为诗词对一个人的人生修养有潜移默化的作用，“一首好诗，往往可以影响人的一生。做诗填词，可以修身养性，抒怀遣兴，培养人的高尚情操和广阔胸怀”。自己经历过坎坷，但是意志从未消沉，他说这应该归功于诗词的涵养。由此他认为，现在中学生的“营养”过于单一，文学知识太差，这对于一个人的全面成长是很不利的。

如果不是以优异的成绩考进了北京大学经济系，也许今天的厉以宁会是一位职业诗人。他后来开始了毕生从事的经济学研究，但吟诗赋词的兴趣却始终未减，这种爱好也的确给他多年沉闷而又艰辛的生活带来了许多的慰藉。厉以宁性格开朗、思维敏捷，他以睿智乐观的博大心胸接纳生活，无论处在多么艰难的环境里，总是泰然处之。之所以能做到这一点，其不为外界了解的“秘密武器”就是他有诗词为伴。

“隋代不循秦汉律，明人不着宋人装。陈规当变终须变，留与儿孙评短长。”作为积极主张改革开放的经济学家，他的经济理论推动了中国的发展，发展变化的观点也贯穿于他的诗词，而这些诗词也把他的才华和性情真实地展现给读者，使我们看到一个有血有肉的中国知识分子，一个内心丰富的经济学家。

心宽无处不桃源[1]

——我的母亲何玉春和父亲厉以宁

厉　放

女儿为母亲的摄影集写序，这应该说是母亲和女儿都感到高兴的事，正如父亲为母亲摄影集中的每一幅照片都配上诗词，他们俩一定十分喜悦一样。

母亲是湖南省沅陵县人。沅陵古称辰州，是湘西的重镇。我和弟弟出生在北京，也长期居住在北京。很久以来，湘西，对我不过是一个边远又神秘的地名，那从山峻岭中曾经上演的摄人心魄的剿匪记更增添了这地方的草莽和神奇。直到那一天，我“忽然发现”沅陵这个从小耳熟能详的名字，这个与我的家庭有着血脉相连的地方，就在湘西，我萌生了要走一趟的渴望。但直到2005年，我才有机会去湘西，亲身去了解她，感受她。

虽然如此，我还是从二舅何重礼的画集中认识了她。二舅童年时就梦想着用画笔将家乡的山山水水记录下来，果然，终其一生，他都以绘画表达对家乡、对大自然的热爱。我终于看到了湘西“吊脚小楼河岸东，鲇鱼豆腐味浓浓，猕猴桃绿辣椒红”[2]。然而，她

①摘自《何玉春摄影集：心宽无处不桃源》，经济科学出版社，2006年版，厉放，序。

②厉以宁：《浣溪沙·湖南凤凰》，载于李庆云、鲍寿柏主编：《厉以宁经济学著作导读》，经济科学出版社，2005年版，第370页。

在我的眼中清晰却又朦胧。

父亲一辈子执着于经济学研究，暇时赋诗填词抒发心中感怀。对于湘西，他自视的“第二故乡”[①]，当然有一番咏叹。“林间绕，泥泞道，深山雨后斜阳照。溪流满，竹桥短，岭横雾隔，岁寒春晚，返？返？返？青青草，樱桃小，渐行渐觉风光好。云烟散，峰回转，菜花十里，一川平坦，赶！赶！赶！”[②]我从这饱含情感的诗词中，逐渐了解了湘西。

悠悠美景，如诗如画。湘西的山清水秀孕育了画家的情感，她的激流险滩激发了诗人的浪漫，这些文字与画卷托举的是那一个个沅水边绽开的人生梦境。

当我看到学工出身，一辈子与发电设备和图纸打交道的母亲，退休之后用她画过无数张设计图纸的双手拿起照相机（尽管只是普通的傻瓜照相机），用审视机电设备的眼睛捕捉大自然之奇，用饱尝过人生冷暖、敏感细腻的心灵按动快门传递生活之美，用幸福快悦的目光摄取孩子们千姿百态的照片时，我惊奇又欣喜。在那一张张梦幻奇特的景物和出神入化的人物照片里，我看到了母亲眼中的世界，体味到了她内心的情感，这使我不由又想起了湘西——那个神秘的地方。

湘西原本多侠气。我相信母亲“出人意表”勃然生发的艺术性情离不开故乡山水的陶冶，离不开沅水河的“荡漾”，同时这草莽的武陵山脉也造就了她的坚强和果敢，使她走出了湘西。大山

---

①傅旭：《厉以宁的诗意人生》，经济科学出版社，2003 年版，第 25 页。

②厉以宁：《钗头凤·湘西，山行》，载于《厉以宁词一百首》，民主与建设出版社，1998 年版，第 3 页。

的豪放，沅水的激荡，也给了她热情和胆识，支撑她走出了一条属于她自己的路，一条洒下了泪水和欢悦的人生之路。

沅陵地处沅、酉二水交汇处，是一个有着古老楚乡文化的小山城，那里随处可见比山间羊肠小道略宽一些的青石板路。半个世纪前，母亲踏过长长的青石板，坐了一只木船到宽宽的沅水河对岸，从此故乡留在身后，她开始越走越远。

我曾经奇怪感情丰富的母亲怎么会选择学工科，长年累月与那些庞大复杂的电机打交道？父亲说她“本应数理呈才智，偏学电工意气豪”[①]。母亲自己说：“高中快毕业时，听老师讲苏联建设水电站的故事，听入了迷。于是高考的志愿就填上了电力系。”那是“我们年轻人有颗火热的心”的年代。从此“辽水远，燕山高”，母亲带着一腔热忱、一纸电力系的毕业文凭，独自到了东北，在一个大型钢铁企业的发电厂工作、生活了十五年。

“千重山，万重山，云路迢迢两地间，谁将心事传？”[②]我曾经奇怪，为什么母亲不在北京工作？为什么我和弟弟不能像其他孩子们一样进门就可以唤“妈妈”？我当时哪里懂得“呈纸到衙前，落地无声化作烟”的愁苦和无奈，哪里懂得“别来无处说相思”的寂寞和心酸？有了孩子后，母亲申请调回北京工作，申请了十几年，盼望了十几年，等待了十几年！那时，我十三岁了，弟弟也八岁了。

---

①厉以宁:《鹧鸪天·记何玉春返母校华中理工大学》，载于《厉以宁词一百首》，民主与建设出版社，1998 年版，第 85 页。

②厉以宁：《长相思・无题》，载于《厉以宁词一百首》，民主与建设出版社，1998 年版，第 40 页。

孩子都喜欢过年，我喜欢过年时突然发现母亲回来了，背了一大网袋又红又亮的辽宁苹果。这些苹果其实远不如当今的“红富士”那般清甜，也没有“黄香蕉”“红元帅”那般名贵，但是它们和母亲一起来到我的面前，那酸里透甜的果味醇香，带给我的满足和快悦无与伦比。那苹果我以为只有东北才有，那苹果只有母亲才可以把它带回北京。可惜苹果还没有吃完母亲就走了，最后苹果也被吃完，只剩下心头里无尽的想念。

“当时谁料分离久，怎知别梦年年有。”[①]我从小晕车，从心里害怕去北京火车站送人。从海淀家里到北京火车站不仅要坐一两个小时的汽车，中途还要换车，想起来我就不寒而栗。而最令我心惊胆颤的是离别的那一刹那，那刺耳的汽笛撕心裂肺，我不知道随着这一声尖叫，隆隆开启的列车会把母亲带到何处，她又何时才能回来。那一刹那，似一桶冰水从头顶灌下，顿觉齿冰心寒；那一刹那，似一只无情的大手从天而降，活生生地将我和母亲撕开，我挣扎，我反抗，我呼唤，却终是徒然；那一刹那，“泪尽再难流，只剩心儿碎”[②]。为了不让母亲从我眼前离开，大人和孩子都费尽心机……

“一纸家书两地思，忍看明月照秋池。邻家夫妇团圆夜，正是门前盼信时。”[③]我在还听不懂大人谈话的年纪，已经懂得他们口

①厉以宁：《忆秦娥·北京建国门桥头》，载于《厉以宁词一百首》，民主与建设出版社，1998 年版，第 37 页。

②厉以宁：《生查子·观京剧〈西厢记·长亭〉》，载于《厉以宁词一百首》，民主与建设出版社，1998 年版，第 24 页。

③厉以宁：《鹧鸪天·中秋》，载于《厉以宁词一百首》，民主与建设出版社，1998 年版，第 28 页。

中“两地分居”的意思；在还分辨不清神话故事与现实生活的区别时，早已相信“牛郎织女”哪里是天上的传说，分明是人间的生活！如今我也为人妻，为人母，真正懂得了“月到圆时总不圆，同向星空多少怨”[①]的悲凉和与孩子路隔千里、牵肠挂肚、百般惦念的心焦与心酸。

问苍天，天下的母亲们如果可以选择，有谁愿意留下嗷嗷待哺的孩子，终年“仆仆风尘两地行”？母亲走过的这条“路隔银河用泪连”的漫漫长路该是怎样的画面，怎样的言语才可表现？

“青春已逐年华去，西风送客愁如故。”一年又一年，那么热烈的期望、失望、盼望，那么长久的期待、等待、祈待，那么多的曲折、挫折和挫败，最终以那么大的决心、决断和决择，跟随父亲调到南昌鲤鱼洲北大农场。母亲终于回来了，但落户在农村。后来，儿女都已长大，先后离开了家，像她当年一样越走越远。

“往事回头一片云。”那云中有太多的遗憾，太多的回忆，太多的思念、挂念和惦念。那云化作一般炽热的爱，那云变作两朵含笑临风的向阳花。母亲把永不褪去的炽热之情和刻骨之思加倍地给予了小孙女和小外孙，把那一腔浓得化不开的爱聚焦在孩子们成长的身影上。这两个幸福的孩子，在她的镜头里双眼明明亮，小脸笑盈盈，这笑甜醉了母亲的心。

我儿子很小时有一个秘密。一天，他神秘地告诉外婆：“我在存钱哪！等我有了八十块钱，要给你买一件东西。”“哦，买什么

---

①厉以宁：《南乡子·七夕》，载于彭松建、朱善利主编：《厉以宁诗词解读》北京大学出版社，2000 年版，第 252 页。

呢？”“买棒冰！”孩子一脸的得意和自豪，母亲早已乐得满怀。这幸福，这快悦，充溢了她的生活，丰富了她的摄影创作，增添了作品的丝丝甜意。

“花香泥土路，叶绿油桐树。当年树已枯，乡恋情如故。”[①]走过了青石道，渡了沅水河的母亲，半个多世纪来，既经历了人生的“荡漾”，也承受了命运的“颠簸”，如今“喜看儿女已长成，会心一笑皆无语”。[②]但她对那边远的乡城仍怀有不可言说的温爱和挥之不去的怀念。她一次又一次把镜头朝向她，在照片里留住了对故乡的眷恋。

“看罢青山旭照红，诗情原在淡云中，迎春浅草碧葱葱。湖海苍茫终有岸，溪泉涓滴却无穷，细流长绕最高峰。”[③]故乡的书风画境，把母亲引进到一个原始素朴的精神境界，燃起了她对自然风光永不泯灭之爱。当她以满腔的真诚和热忱捕捉大自然之奇异和美妙时，已消融在那无边静谧的画境里，那已逝的少年时代，久远的故乡又悄然回到记忆。

“岁月催人老，总觉乡情难了。”[④]终于那一天，2005年春节，在父母亲的带领下，我们一行十几人回到沅水边。山，还是那一

---

①厉以宁：《醉花间·重到沅陵溪子口》，载于傅旭著《厉以宁的诗意人生》，经济科学出版社，2003年版，第40—41页。

②厉以宁：《踏莎行·结婚三十周年》，载于傅旭著《厉以宁的诗意人生》，经济科学出版社，2003年版，第183页。

③厉以宁：《浣溪沙·张家界》，载于傅旭著《厉以宁的诗意人生》，经济科学出版社，2003年版，第43页。

④厉以宁：《伤春怨·沅陵龙泉山》，载于傅旭著《厉以宁的诗意人生》，经济科学出版社，2003年版，第41页。

片山，葱茏青翠；湾，依旧是那道湾，已是水宽流缓[①]。龙兴讲寺[②]，千年古庙，人迹稀少，幽静中带着一缕悲戚。长长的青石板路已经破碎，风景独特的吊脚楼正被速生的白墙红栏风头砖瓦楼渐渐替代。

“现代”已经到了湘西，这片土地已经悄悄变了模样。看不到了，我二舅画布上的“童年足迹”[③]；看不到了，母亲口中辉煌过、闪耀过的乡城；看不到了，父亲笔下的种种风情！但是在母亲的身上，我看到了在这山地水域中演绎出的人生故事；在她的照片里，我看到了那风里、雨里、黄昏的微光里、透明的流水里闪动着的浓浓的乡恋和乡情。

“酉水拖蓝城下绕，辰山叠翠桐林俏，梅雨初晴青石道，看晚照，梯田处处蛙声闹。”[④]母亲从这里走出，她的照片又把我们带回到这块土地，这片风景里，透过那独特的视角，炽热的情怀，浓烈的爱意，她用作品留住了瞬间的美丽，那是她和我们永远的记忆。

选入这本摄影集中的湘西风景照，只有三幅。为什么不多挑一些呢？我想这大概是母亲已经考虑过的，因为她离开湘西几十年了，走过的地方真不少。正如父亲1969年自北京下放到江西农

---

①沅陵境内的五强溪水电站已建成，沅陵老城淹没于水中，水位上涨，河面变宽，昔日的急流飞浪已不再现。

②“龙兴讲寺”始建于唐代贞观二年（628），经历代重修尚留下一些唐宋时期的构建。详见何重义著《湘西风景之旅》，新世界出版社，2004年版。

③何重礼绘画作品“童年足迹”（水粉41×52cm），刊于《中国当代美术家精品集——何重礼》，辽宁美术出版社，1986年版。

④厉以宁：《渔家傲·别沅陵》，载于《厉以宁词一百首》，民主与建设出版社，1998年版，第4页。

村，乘火车途经句容下蜀时所写的：“从此应知天下秀，心已到，五洲间。”[①]此时此刻的母亲一定也有类似的想法。

根在湘西，性格和气质是湘西的，视野早已在湘西以外了——这就是我的母亲。

2005 年 5 月 8 日母亲节
于香港杏花邨

①厉以宁：《唐多令 · 由北京赴南昌，车过下蜀，隔江遥见故乡仪征有感》，载于《厉以宁词一百首》，民主与建设出版社，1998 年版，第 49 页。

中国经济改革的“智囊”①

——读《厉以宁改革论集》札记

萧惑之

在中国改革开放和现代化建设中，我国经济学界是有巨大贡献的知识群体。他们是这场伟大变革的亲历者和实践者，无论是对政治经济学理论的研究，抑或对国家经济政策制定的建言献策，都抱有一种“知无不言，言无不尽”的大无畏精神。著名经济学家厉以宁教授则是其中之佼佼者。

厉以宁教授学贯中西、博古通今、著作等身、桃李满天下，以经济理论的研究成果支撑和解读国家的经济发展政策，早已享誉中外。这部《厉以宁改革论集》是先生的“自选集”，虽然精编后不足十八万字，读后仍让我们对厉先生的经济改革思路一目了然，对许多可操作的具体建言尤感亲切。也是一部在深化改革实践中，难得的“温故知新”之作。还有一些建言，诸如《论新公有制企业》中的一些观点，“中国并非实行私有化，中国正在进行新公有化”，似嫌尚没有引起人们的足够重视。

《经济改革的基本思路》勾勒出深化改革的“路线图”

“计划经济”——“在生产资料社会主义公有制的基础上，根

①摘自《中关村》杂志2009年7月号，总第74期，第110—113页。

据国民经济有计划按比例发展规律的要求，从国民经济的具体情况出发，按照统一计划来管理的国民经济”——主宰了中国经济发展长达三十多年。然而，这种“屠龙”思维，却没有取得人们想象的那样美妙成果；相反，却让我们与世界经济发达的国家之差距，无论是经济指标还是技术水平，都越来越大。如果不尽快赶上去就有被开除“球籍”的危险。

“在已经建立社会主义计划经济体制的国家，改革是非常艰难的。”厉以宁教授为中国经济改革把脉，切中时弊地抓住改革的“命门”。因之，在“自序”中着重谈的两个问题之一就是“计划经济体制为什么异常牢固”。厉以宁教授凭借他的潜心研究和深刻观察，指出了“计划经济体制”有可能顽强地存活下去的根本原因。主要是：“第一，计划经济体制把企业置于行政部门附属物的地位，企业既不能自主管理，又不能自负盈亏。第二，计划经济体制是由若干个次一级的体制组成……盘根错节，难解难分，此存则彼存，此损则彼损。于是，想要冲破计划经济体制的束缚，对任何单个的企业或单个的居民来说，简直是不可思议的事情。第三，计划经济体制有一种被认为是正确无误、不容怀疑的计划经济理论体系的支柱，这种经济理论为计划经济体制进行辩护，把计划经济体制的建立说成是社会主义的唯一选择，把任何违背计划经济体制的经济行为都说成是修正主义的。”

冲破思想樊笼，不比推翻“三座大山”容易。如果从 1978 年党的十一届三中全会邓小平同志为“改变中国命运”，对“社会主义经济理论中进行了重大创新”算起，又经过了近八年的时间，即 1986 年 4 月 25 日，厉以宁教授终于在北京大学“五四”科学讨论会上的报告中，提出了影响巨大的“经济改革的基本思路”。这篇报告就是《厉以宁改革论集》的首选之作——《经济改革的基本思路》，共讲七大问题，阐明二十八点要义。作者自云“其中有些看法可能会引起争论”。然而“没有争鸣，经济学就不可能繁荣”。今天重读这篇文章，仍感意义重大，生发出一种浓重的“温故知新”的感觉。

“所有制改革是改革的关键”。所有制改革的目的，就是要建立真正“自负盈亏”的全民所有制企业。价格改革的成败与否取决于所有制的改革。集体所有制企业是可以实行股份制的，股份制也是全民所有制企业体制改革的可行措施之一。所有制改革要因地制宜，视行业、地区和企业规模分而行之。

“需要比较完善的市场机制”。市场本身可以使需求和供给趋向平衡，但是又存在局限性，因此，有必要进行政府调节。市场调节与政府调节是并存互补的，一方不可能代替另一方。比较完善的市场机制不是靠引进的，而是自然发育形成的。社会主义的市场体系应包括四大市场：即“商品、资金、技术和劳务”市场。

“应当提高政府部门的效率”。高效率的政府部门表现为有效的“经济决策、政策执行和经济监督”。行政改革势在必行。“无法可依，有法不依，执法不严，以权代法，则是政府无效率或低效率的标志”。政府改革以后，管理经济不是容易而是更难了。干部要实行“任期目标责任制”“有上也有下”，能者上，差者下。

“提倡社会主义企业家精神”。中国需要一大批社会主义企业家，更需要提倡企业家精神。特别要注意原来条件不好的企业，包括乡镇企业，那里是容易产生社会主义企业家的场所。大学里的经济系,可以使学生增长一些基本知识,不一定能培养出企业家。因为“企业家和企业家精神是商品经济的产物”。企业的新陈代谢是经济发展规律。

“社会主义的经济行为规范”。建立新的价值观念是社会主义精神文明建设的关键。诸如“公平”“就业”“一部分人先富起来”等，通过思考和宣传，都要予以新的解释。“价值观念的转变是比经济体制改革更深刻的一场革命”。绝非一代人能完成的，我们必须充分认识这个问题的艰巨性。

“当前需要认真注意的问题”。扩大经济中的横向联系是近期改革的重要措施。唯有横向经济联系，打破条块分割，才能统一商品市场，才能形成资金市场。必须处理好“基建投资”和“消费增长”的速度难点，既要调节需求，也要调节供给。“需求略大于供给”和“供给略大于需求”，都是基本平衡。平衡本身不是目的，只是一种分析方法而已。

“我国经济发展前景的设想”。从长远来看，“全民所有制企业不一定很多，大量企业可能是混合经济或者是集体的”；“指令性计划不是不可取消的，指导性计划可以成为我国唯一的计划形式”；“工资的调节下放到基层”；“将来中国经济面貌的最明显变化，可能反映在农村经济面貌的变化上”。

……

重温厉以宁教授二十二年前提出的改革思路，我们欣喜地发现：许多思想都已为党和政府制定政策所采纳，成为治国方略的一部分。一个经济学家的“理论研究成果”和“坦诚的建言”如此受到青睐，既体现经济学家的社会责任，也表明政府对经济学家的重视。厉以宁教授对西方经济学的研究可谓透彻，对马克思主义的经济理论可谓精通，对中国经济发展的现实可谓了如指掌，最难能可贵之处更在于一位经济学家的人格魅力，“不唯书，不唯上，只唯实”，热情投入，冷静观察，实事求是，敢于“为民请命”。“荷戟彷徨”笃信真谛，“身居高位”淡定处之，“厚德载物”桃李满天。1987年，厉以宁教授为北京大学经济管理系干部班毕业生作《南歌子》词云：“手掌官衙印，须知百姓情，犹如晒谷盼秋晴，最怕连绵细雨下难停。慎独人人敬，兼听心内明，秉公执法似天平，切莫一头偏重一头轻。”可作为先生撰写《经济改革的基本思路》时的心境佐证。

《论城乡二元化体制改革》为“待富”群体奔小康指路

厉以宁教授在《经济改革的基本思路》的结末，即第二十八点要义中，有一段预期改革发展趋势的文字：“将来中国经济面貌最明显的变化，可能反映在农村经济面貌的变化上。土地向耕作能手集中，家庭承包的农场规模扩大，劳动生产率提高，多余的劳动力主要进入乡镇企业，小城镇将普遍兴起，大城市、小城镇和农村形成多层次的经济网络。小城镇将成为生活服务、文化教育、文娱和商业中心。中国人民生活水平提高的标志，不是看现期的货币收入，而是看家庭财产存量的不断增加。”毋庸讳言，二十二年前读到这样的描述，似乎有一种进入“桃花源”的恍惚，今天重读蓦地感到这不正是我们的现实吗！最令人钦佩的是厉以宁教授的这种追求，愈老弥笃，于2008年初发表《论城乡二元体制改革》的论文，也就是我们现在拜读的《厉以宁改革论集》的压轴之篇章。作为中国改革的亲历亲为者，目睹中国改革开放三十年的风云变幻，肩负经济学家的社会责任和道义，既高瞻远瞩，又从国情实际出发，提出深化中国经济改革发展的意见。

“城乡二元化和计划经济”是旧体制的“两大支柱”。在某种意义上讲，农民处于“二等公民”和国企“乐吃大锅饭”，皆源于此。特别是“城乡二元体制的建立对计划经济的存在和延续起着重要作用”。这些年来，“城乡二元体制基本上未被触及，至今只能说‘略有松动’而已”。

“城乡二元体制改革的必要性”应成为人们的共识。从“以人为本”的角度来看，不仅要发展农村经济，满足物质文明建设的需要，关键还在于“让农民和城市居民一样享有同等的权利，拥有同等的机会。这才是城乡二元体制改革中要认真解决的问题”。

建言“农民土地使用权流转”和“宅基地置换抵押”。这些看似非常具体的问题出自经济学家的理论研究之中，让人联想起马克思从研究商品开始而成为《资本论》的最活跃细胞的研究方法。厉以宁教授曾有一首《相见欢》的词吟唱道：“边城集镇荒丘，大山沟，多半见闻来自广交游。下乡怨，下海恋，下岗忧，了解民情不在小洋楼。”可以佐证厉以宁教授研究的经济理论课题都是“源于生活”提炼的结果，因之最朴素也最有实际指导意义。

当务之急是必须“基本实行社会最低生活保障制度”。这是关系到能否继续深化发展的关键。厉以宁教授明确指出：“这是城乡居民最后一道生活保障线。其他的各种保障（如就业、养老、教育、医疗、住房等）都是社会最低生活保障的延伸。”这一保障不仅要覆盖全社会，而且费用只来自财政，由专门机构负责发放。厉以宁教授算了一笔“国家大账”，得出的结论是，目前完全有条件支付。

“迎接内需的大突破”关键是要提高农民的收入。厉以宁教授为我们描绘出一个可以期待的前景。前提就是要“迅速提高农民的收入，改变农民的生活方式，调整农民的消费结构”。全世界最大的待开发的市场在哪里？就在中国农村。中国的农民，包括迁居城市和继续留住农村的农民，是一个数量十分庞大的“待富”群体，一旦走向小康、富裕的道路，那会造成什么样的结果，我们之中谁能说得准！

2008年的金秋时节，党的十七届三中全会传出“在新的起点上推进农村改革发展”的指令，新华社的文章准确地概括为七句话：“科学判断——准确把握农村改革发展的历史地位”“目标任务——全面描绘农村未来美好图景”“三大部署——勾勒新一轮农村改革发展‘路径图’”“制度创新——夯实农村改革发展的制度保障”“现代农业——确保国家粮食安全放在首位”“八大举措——彻底破解城乡二元结构”“三个要求——为农村改革发展提供坚强政治保证”。我们不难看出，厉以宁教授等著名经济学家的建言多被采纳，使经济学的研究者成为“非常活跃和卓有贡献的群体”。这对曾经流传的“中国没有真正意义上的经济学家”是一种无言的反驳。

《非均衡的中国经济》是破解经济改革难题的金钥匙

法国经济学家瓦尔拉是经济学“洛桑学派”的奠基人，他于1874年推出的名著《纯粹政治经济学纲要》，是最早用数学方法对一般经济均衡进行全面分析的著作之一。其独特之处是将古典力学的联立方程式体系用到经济学领域。“瓦尔拉在完全自由竞争社会制度这一假设前，创立了一种数学模型，其中生产要素、产品价格会自动调节达到均衡。这样，他把生产、交换、货币和资本各方面的原理联系起来。”根据瓦尔拉的“均衡学说”“生产的过剩、商品的滞销、经常性的失业，以及与超额需求有关的通货膨胀都不会出现”。

谙熟世界经济史的厉以宁教授，深知“这一不符合经济实际的‘均衡理论’，早已被诸如凯恩斯这样的经济学家从怀疑到否定，并提出‘非均衡理论’”。厉以宁教授在借鉴前人研究成果的基础上，从动态的视角看问题，明确地提出：“在市场不完善和价格不能起到自行调整供求的作用的条件下，各种经济力量将会根据各自的具体情况而被调整到彼此相互适应的位置上，并在这个位置上达到均衡。换言之，非均衡实际上也是一种均衡，只不过它不是瓦尔拉学说中所论述的那种均衡，而是存在于现实生活中的均衡。这就是非均衡的含义。”

“非均衡”学说的确立和宣传，对中国经济体制改革的政策制定予以理论上的支撑。厉以宁教授在“两类不同的微观经济单位和两类不同的非均衡”的论述中，明确告诉我们，“具有活力的微观经济单位是搞活经济的基础”，它们的必须条件是“自主经营、自负盈亏，能够按照自己的利益进行各种投资机会的选择和生产经营方式的选择，能够按照自己的利益进行各种税后利润的分配，并且需要自己承担投资和经营的风险”。结合中国的国情，社会主义“双轨制”经济体制下的企业，是完全可以按照上述要求进行改造的。厉以宁教授特别指出：“应当把微观经济单位具有充分活力这个条件看得比市场完善这个条件更加重要。这是解决市场活动参加者的利益、责任、刺激、动力问题。”对于当前一些缺乏活力的微观单位，厉以宁也做出透辟的分析：“主要是由于它并未成为真正的利益主体，生产经营的成果同它的利益没有直接的、必然的联系，它也不为生产经营的失误或投资失误而承担应有的经济损失。这样，微观经济单位缺少动力和刺激，又缺少压力和责任。”在经济出现失调或危机之时，往往政府出来干预，针对这种情况，厉以宁教授对这种惯用的方法不以为然，他指出：“从时间上看，等到最高决策当局觉察到问题的严重性并且下决心‘纠偏’、‘调整政策’，肯定已有较大的‘滞后’，这给经济造成的损失也肯定是相当大的。”

厉以宁教授对“非均衡经济理论”极为重视，在自选的《厉以宁改革论集》中，保留了两篇相关的文章，一篇是前面提到的即 1988 年撰写的《论两种类型的非均衡经济和我国当前经济体制改革的主线》，另一篇则是 1993 年在国家自然科学基金项目“中国经济增长理论及数学模型”总结会上的报告，即现在《厉以宁改革论集》选编的《非均衡条件下经济增长与波动的若干理论问题》（简称《非均衡理论问题》）。

《非均衡理论问题》最为精彩之处是“结合我国实际情况进行考察，我们可以对当前经济体制改革的思路以及经济增长的有效途径有较深入地认识”。对当时的“价格改革主线论”和“宏观调控主线论”予以分析。明确指出不能由于“两个主线论”“不适合我国当前的经济现实而认为非均衡分析是错误的”。在这篇文章中，厉以宁教授对“非均衡理论中的‘短线决定原则’的理解”，对理论界提出的“短线顽症”予以把脉，“可以归结为‘无信息、无动力、无渠道’所致”。虽然是“不可避免”的，但却是可以采用生产要素的“替代”和“重组”予以设法缓和的。当然，“替代”和

“重组”都是极为困难的，解决的唯一办法就是“改革”。“改革”的关键就在“政府”。

我们之所以对厉以宁教授提出的《非均衡理论问题》十分重视，因为这对我们分析当前中国经济的真情实情犹如增添了“一双慧眼”，也是为解决中国经济改革中的难题找到了“一把钥匙”。可见，走出“象牙塔”的经济学家，一旦融入中国经济的沃土之中，就一定能够“生根、开花、结果”。他们不仅能用知识解释经济“现象”，更能用智慧改造社会。

附录：时代、责任、创造[①]

——厉以宁先生寄语

新世纪管理人员应当具有什么样的素质？

——时代感、责任感、创造性。

——扎实的专业基础知识，握有打开知识宝库大门的钥匙，广阔的视野和清晰的思路。

——严于自律，学会宽容。

一、时代感和责任感

（一）时代感

我们已经进入了新的世纪。在新的世纪，我们遇到了一些以前不曾遇到过的问题。这些问题涉及许多学科，包括自然科学的各个学科、人文和社会科学的各个学科，而在人文和社会科学的各个学科中包括了管理学。管理，是由人来进行管理；管理的对象，有人也有物，或者说，管理的对象是各种生产要素及其组合。大到管理一个国家，管理社会，小到管理一个企业、一个单位、一个社区，管理者都要考虑如何有效地组合生产要素并使效率不

①摘自《厉以宁北京大学演讲集》，经济科学出版社，2003 年版。

断提高。由于管理者是人，被管理的最重要的生产要素仍然是人，在各种生产要素的组合中起主要作用的同样是人，所以人是管理中的核心问题，也是管理学中要研究的核心问题。我们说，管理今后要以人为本，正是着眼于“管理者是人”和“被管理对象主要也是人”。管理学变化的结果将会怎样？现在还很难做出判断。我们至今还只能从变化的趋势上做一些推测，这就是：管理将会更加突出人的因素的作用，强调人际关系的协调，重视人同社会的适应；管理学也必将成为日益以人为中心的一门科学。

新世纪是一个知识和创新的价值不断升值的时代。新时代的一个显著特征，是要不断地利用各种人才所推动的创新，来促进产业升级，促进经济增长，实现经济和社会的协调发展，使人们的生活质量不断提高。在这方面，肩负着人才培育任务的高等学校无疑起着十分重要的作用。高等学校究竟应该为经济和社会的发展输送什么样的人才，不仅事关高等学校自身的兴衰，而且还维系着一个经济体系的前途。毕业生的质量从来都是衡量高等学校办学效率的关键性指标。假定培养出来的人是不合格的，或者他们的知识很快就报废了，这样的人才培养绝对是资源的浪费。那么，在新时代，我们究竟要培养出什么样的人才呢？如何使培养出来的人才能正确处理人际关系、人同社会的适应呢？这正是大家关心的问题。

结合前面谈到的管理学的变化趋势，在这里，我想就新世纪需要什么样的管理人员谈些个人的看法。正如近年来我在北京大学光华管理学院 MBA 班上多次说过的，一个大学生、研究生，不管你是学什么的，原来属于哪个系、哪个专业，为了顺应时代的要求，都必须学习管理学，必须懂得管理学。因为，不管你今后从事何种工作，你都离不开管理。即使是从事科技研究工作，让你管理一个实验室，能管好吗？你是学医的，难道你将来不可能担任某个医院的领导，或某个研究所的负责人吗？你在学校工作，也有可能当某一级的领导，从院系到校，那时，你能管理好吗？更不用说在企业工作，对一个企业的管理了。明白了这个道理，就会懂得，只有在教学内容、教学方法上继续进行改革、调整，二十一世纪的高等学校才能培养出时代需要的、合格的管理人员。

（二）创造性

高等学校应该培养出有创造性的人才、有创业精神的管理人员。现在报刊上经常提到“新经济”一词。什么是“新经济”？新经济就是建立在技术创新和资本市场基础上的一种经济。没有技术创新，就谈不到新经济；没有资本市场，同样也就没有新经济。在一段时期内，新经济和旧经济是并存的。当然，新旧总是相对而言，过若干年后，现在的新经济可能也会成为旧经济，但无论如何，每个时代都会有同时代相适应的新经济出现。没有创造性，不会有新经济。对新经济，我们应该采取一种理性的态度，而不要轻易地说它是泡沫，更不要称之为泡沫经济。在经济增长的过程中有点泡沫是不足为奇的，经过一段时间，泡沫就少了，但泡沫又会再来。经济始终在有泡沫、无泡沫、多泡沫、少泡沫中前进。对新经济，我们要学习，要观察，更要学会利用它。假定我们首先在心理上就排斥它，拒绝它，躲得远远的，认为这无非是些泡沫，实际上就拉大了我们自己跟世界发展水平的差距，也限制了我们自己的创造性。我们应该时时树立一种接受新事物的新观念。

比如说，我们应当努力把握和了解新经济给社会带来的许多变化，诸如可以降低成本、减少中间环节、增加信息量，还可以充分利用资源、分散风险等等。今天，科学技术的发展速度，早已超过我们原先最大胆的想像。在这种情况下，又有谁敢小视今天的技术进步会给未来经济带来的变化？不树立这样的新观念，就培养不出有创造性的人才，我们的高等教育就不符合技术进步时代的要求。

任何时候，只要有市场竞争，那么市场竞争归根到底是人才的竞争，尤其是有创造性人才的竞争。在知识经济时代，这个问题尤其突出。知识经济时代，经济增长要靠技术与经营管理力量的加强，加强技术与经营管理力量要靠人才，人才靠学校培养出来。而从管理学的角度来讲，在知识经济时代，特别要重视非程序性决策人才的培养。

管理中的决策分两类，一类叫程序性决策，另一类叫非程序性决策。假定有规章制度可循，完全按规章制度来办事，做出决策并不难，规章怎么定的，就严格执行这个规章。这种决策叫程序性决策。虽然可以对现行的规章提出修改意见，但仍然属于程序性决策范围。然而，有时遇到的很多情况是原来没有预计到的，情况在不断变化，必须在这种情况下做出决策，而又没有规章制度可沿用，这叫非程序性决策。知识经济时代，非程序性决策的比重可能加大，因为世界是变化的，国际竞争不断加剧，各种预料不到的变化随时可能出现，都需要当机立断，做出决策而又没有前例可援。这样的决策就是有创造性的。这种能力不是从单纯的教科书里就能得到的。靠什么呢？既要靠实践所积累起来的经验，还要靠个人的创造性。要知道，每一个科学技术人员、行政工作人员、工程师、医生、教师，都有可能独当一面，成为管理方面的负责人。管理本身既是科学，又是一门艺术。是科学，其中有许多规律可循；是一门艺术，很多地方要靠自己的创造性。管理人员要有清晰的思路，要深刻了解现实，还要有独立分析、判断能力。这正是知识经济时代管理人员应当具有的一种素质。

（三）人力资本概念

要了解技术进步，必须从人力资本的作用谈起。新世纪的管理人员一定要懂得什么是人力资本，懂得人力资本的作用。

资本可以分为物质资本与人力资本两种形式。物质资本是指体现在物质产品上的资本，例如厂房、机器设备、原材料、燃料等等。人力资本是指体现在劳动者和企业家身上的资本，如劳动者和企业家的素质、文化技术程度与健康状况。人力资本的主要特点在于它与人身联系在一起，它潜藏在人身上。物质资本可能在战争中或巨大自然灾害中毁灭，只要人力资本继续存在和发挥作用，物质资本就能重建，甚至比过去更好。

人力资本的作用并不是在任何制度环境中都能充分发挥的。如果制度环境限制了人力资本作用的发挥，社会变迁、制度创新、技术进步、高新技术产业的建立和发展也都无从谈起。如果缺少对人才的合理选拔机制、激励机制、流动机制，人力资本同样不能充分发挥作用，制度和技术都难以有所突破，高新技术产业也难以顺利成长。

不仅制度创新和技术创新的发展有赖于人力资本作用的发挥，一切企业，包括劳动密集型的和资本密集型的企业在内，如果要提高效率，都离不开人力资本的投入及其发挥作用。一切生产经营都应当走向集约化。从粗放型生产经营向集约型生产经营转变，既适合于现有的资本与技术密集型企业，也适合于现有的劳动密集型企业，这两类企业都有必要提高效率，依靠提高效率来增加赢利，实现增长。不能简单地认为资本与技术密集型企业等同于集约型生产经营的企业，劳动密集型企业等同于粗放型生产经营的企业。假定忽视人力资本作用的发挥和效率的提高，资本与技术密集型企业可以成为粗放型生产经营的企业。只要不断提高效率，不断依靠挖掘内部潜力来实现产量的增长，劳动密集型企业可以成为集约型生产经营的企业。产业不同，所生产的产品不同，不可能要求所有的产业和所有的产品都有划一的生产要素消耗比例。资本与技术密集还是劳动密集的区分，同产业与产品的特点有关。但无论哪一个产业与哪一种产品的生产，都有集约型的生产经营与粗放型的生产经营之别，这就要看是否依靠人力资本的作用，是否不断提高效率。总之，一切企业都要走集约化的道路，这既表现于体制的改革、技术的更新和机器设备得到了充分利用，也表现于人员素质的提高及其潜力的发挥。

弄清楚了上述问题，就可以了解到：一方面，既然任何一种类型的企业经济增长方式的转变都有赖于人员素质的提高，有赖于人力资本作用的发挥，因此必须研究如何才能把职工身上的潜力挖掘出来，调动他们的积极性。这涉及制度环境的变更和改善问题。只有以制度创新为前提，才能有利于发挥人力资本作用的各种机制的建立。另一方面，既然任何一种类型的企业经济增长方式的转变都有赖于技术的进步，有赖于新产品的开发，因此，高等院校及科研机构应当致力于促进技术进步与新产品的研制，并使所培养的人才能在这方面做出贡献。换句话说，创造性来自何处？来自人力资本作用的发挥。

（四）企业家概念

在谈到发挥人力资本作用时，除了要调动广大科研人员和经营管理工作人员的积极性和创造力而外，还应当培育企业家，使企业家的才能充分发挥出来。经常有这样一种报道：某某企业刚建立时，什么资本也没有，白手起家，后来发展得多么大。这种说法是不确切的。可能开始时没有物质资本，但一定有人力资本，而且是高素质的人力资本，否则怎么会迅速成长、壮大？

什么叫企业家？社会上有不少误解，说“厂长就是企业家”。错了。企业家，按照经济学的说法，不是一种职务，而是一种素质。企业家要符合三个条件：第一，要有眼光。能够发现别人所不能发现的赚钱机会，用经济学的话说，他能发现潜在的利润。第二，要有胆量。任何投资都要冒一定风险。经过可行性研究，也要冒风险。敢不敢投资？不敢投资不行。第三，要有组织能力。就是能够高效率地组合生产要素。符合这三个条件，才具备了企业家素质。在当前，应当再增加一条，有社会责任感。有了这四个条件，就是社会主义市场经济条件下的企业家。

学术界认为，我国自从改革开放以来，企业家的形成大体上经过三次浪潮。

第一次浪潮是 1979 年到 1984 年。这时的企业家是在体制外形成的，是农村插队回来没找到工作的知识青年，是农村出来的一些能人，还有的因各种社会原因而没有职业的人，这批人是在体制以外的，有本事，加之当时赚钱的机会多，他们又敢于冒风险。前面提到了人力资本的作用,这里可以再补充几句。大家知道，古代希腊、罗马奴隶社会中，奴隶一无所有，可是有些奴隶后来成为大作家，有些奴隶后来还成为大商人，这是怎么回事？这是因为：尽管他们一无所有，但他们身上的人力资本是属于自己的。他们发挥了人力资本的作用，赎买了自己，最后创业成功。我国1979年改革开放后出现的第一批企业家，开始创业时，一无所有，但发挥了自身的人力资本的作用，他们富起来了。他们不是旧中国资本家的延续，他们是社会主义建设者，是社会建设力量，跟老的资本家没有关系。当然，也不应忽略，他们的局限性是文化素质比较低,眼光比较狭隘。经过大浪淘沙，几起几落，有沉有浮，有的现在还存在，有的已被淘汰了。

第二次浪潮是1985年到1992年。这些企业家是体制内转到体制外形成的。1984年，中共中央召开十二届三中全会，通过《决议》，把改革的重点从农村转向城市，所以这时有一批机关工作人员、科技人员“下海”，创办了科技企业，产生了一批企业家。

第三次浪潮是1992年邓小平同志视察南方讲话以后。这批企业家是在体制内通过国有企业改革形成的。今天我们仍然处在第三次浪潮之中，体制内将出现大批企业家。

国有企业设备好，大学毕业的管理人员、技术人员多，为什么竞争不过别人呢？不妨从《水浒传》讲起。《水浒传》里有个故事，林冲发配路过柴进大官人庄上，庄上有个教头姓洪，趾高气扬，瞧不起人，给他介绍说这是东京八十万禁军教头豹子头林冲，他瞧不起：“发配的，他敢跟我比吗？”林冲不愿比，洪教头更狂妄自大了。柴进看不过去，叫林冲跟他比，林冲碍于柴进的情面，打了一两个回合，就跳出圈外，说："我认输了。"别人纳闷，怎么还没有比就认输了？林冲说："我还戴了枷呢，戴了枷怎么能比呢？"柴进买通两个差人把枷去了。枷一去掉，林冲几棍子就把对方打翻了。结果洪教头满面羞惭，离庄而去。国有企业为什么竞争不过人家，因为还带"枷"呀。经过改革，把"枷"去掉，完全有可能出现大批企业家。

要知道，植物分两种：一种是正常环境中生长的植物；另一种是特殊环境中生长的植物，耐旱、耐涝、耐高温、耐严寒、耐霜冻。洋企业家是在正常环境中成长的植物，市场秩序良好，法制法规健全。中国的企业家不同，是在特殊环境中成长起来的。如此复杂的政府与企业的关系、企业与企业的关系，是体制转轨时期中国特有的。最明显的是债务关系，不是欠债人求债权人，而是债权人去求欠债人，请他吃饭，让他还钱，外国人哪经过这种事情？不管怎么说，这么复杂的关系都经过了、磨炼过了，就好比你在山路上走惯了，风雪天都走惯了，将来走阳关大道的时候，可以充分发挥自己的才能。所以中国的企业家完全有可能施展自己的才能。

企业家的功能是高效率地重新组合资源。一家企业，仅有高水平的技术人才而缺少企业家，企业不可能发展起来。有了企业家，技术人才就有了充分发挥才能的机会。

（五）制衡和效率的关系

新世纪的管理人员一定要懂得制衡和效率的关系。我把这称作制衡观。让我先讲一个具体的例子。我曾经到过一个地方，那里正在开国有企业经验交流会。一个人在会上介绍他那个企业的经验，说他们厂之所以效率这么高，是因为董事长、总经理、党委书记一个人兼，决策果断，所以效率高。我听了一半就走了。这不是好经验。党委书记可以兼董事长，说是国家控股，但是不能再兼总经理。问题何在？因为需要有制衡机制。制衡，是为了防止最坏的情况出现。有了制衡机制，即使降低效率，无非是为了防止最坏情况出现而必须付出的代价。决策集中在一人，拍板快，大权独揽，但这是不行的，最坏的情况随时都可能发生。而最坏情况的发生正是最大的效率损失。

新世纪的管理人员还要懂得，制衡也是对被提拔到领导岗位上的管理人员的保护，使他们少犯错误。近些年一些本来很有前途的人被提升为某个地区、某个部门或某个单位的领导人，正由于缺少制衡机制，这些人权力大了，就不受制约地独断独行，甚至干了违法的事情也无人过问，最终毁了自己一生。假定那个地区、那个部门或单位，早就建立了一套有效的制衡机制，岂不是可以及早使他不敢违背法律法规和纪律，阻止他胡作非为，促使他走正道而不步入歧途？

要知道，领导人的功过是不对称的。当事业走向成功的时候，应归功于领导集体，当事业走向失败的时候，第一把手负主要责任。原因何在？当事业成功的时候，第一把手起了重要作用，但他一定是跟领导层其他成员共同商量而做出决策的，共同负责，共同把事情搞好；而在事业走向失败的时候，很可能是第一把手一意孤行，专横跋扈，听不得不同意见，最后造成决策失误而失败了。最明显的例子是太平天国。当太平军从广西桂平金田村打到南京的时候，天王和东、南、西、北王以及翼王大家共同努力，靠集体的力量，太平军才争得半壁江山。一路上，南王、西王死了。到了南京以后，天王听不得不同意见，排斥异己，刚愎自用，最后导致整个事业的失败。所以任何单位都应该记住，管理者都应该懂得，制衡是必要的。制衡即使付出降低效率的代价，也是必要的。

在制衡过程中，难就难在谁来监督第一把手，设置什么机构来监督第一把手。更难的在于：即使建立了对第一把手的监督机构，有了监督者，那么谁来监督那个负责监督第一把手的监督者？负责监督第一把手的人和机构是否起了监督作用了？还是敷衍一下或者根本就没有监督？所有这些，都是管理中的深层次问题。只有当制衡的思想深入到领导班子每个成员的时候，企事业单位的管理工作才能真正走上正轨。

（六）责任感

制衡观的树立，实际上反映了一个管理人员的责任感。从责任感出发，每一个管理人员都应当欢迎建立制衡机制，这样可以使自己的工作做得更好，也可以使本单位的工作更有成效。

责任感的含义是广泛的，有社会责任感、对本单位的责任感、对家庭的责任感、受人之托的责任感等等。在某些场合，各种责任感是统一的；但在另一些场合，这种责任感和另一种责任感之间可能有矛盾。有矛盾是正常的，因为任何一个人在社会都处于人际关系之中。一个人既是社会的一分子，又是团队的一分子、社区的一分子、工作单位的一分子、家庭的一分子。各种不同的责任感都是由此产生的。因此，他不仅要对社会负责，也要对团队、对社区、对本工作单位和对家庭负责。当某些责任感之间有矛盾时，就需要权衡轻重；当两者不能兼顾的时候，就需要有所选择，顾全大局。作为新世纪的管理人员，时时刻刻要记住的是：始终要把社会责任感放在首位。把社会责任感放在首位，有可能与某些把本单位的利益放在首位的同事有冲突，甚至因此得罪了本单位的上上下下而在本单位陷入孤立状态。各种指责都可能朝你而来：什么“吃里爬外”啦，“沽名钓誉”啦，等等。这就需要有毅力、有信心，还要有耐心。周围的人迟早会了解你是正确的。

一个管理人员不要轻易地说自己的动机是好的，问心是无愧的。动机与效果应当统一，不能只问动机，不问效果。诺贝尔经济学奖获得者哈耶克说过这样一段话：坏人只能干些小坏事，因为他们是心虚的；世界上的一些大坏事往往是由“高尚的”理想主义者干的，一项决策错误，可能使几百万人饿死。但他们自认为是问心无愧的，因为他们想把人间变成“天堂”。

电视剧《省委书记》中有这样一段：一个县里有一家工厂偷偷排放工业废水，造成下游环境污染，但受到地方保护，原因是这家工厂每年给县财政带来几百万元收入。事情曝光后，这个县的负责人说道：这几百万元对于一个穷县来说是多么重要啊，小学的校舍盖好了，失学儿童上学了，下岗工人就业了，而县领导自己一分钱的好处费也没有拿过。他说，自己的“动机”是好的，是“问心无愧”的。这种说法显然会迷惑人。能说这样的县领导对本单位没有责任感吗？不是好官吗？必须端正认识，因为他的行为造成了下游环境污染的后果，表明他缺少的正是社会责任感，不能因此而原谅他的失职。在电视剧中，他被处分了。

"问心无愧"是老百姓的语言。一个普通人，临终前对自己的家人说，我这一辈子没干过坏事，没有欠人的钱未还，我问心无愧。普通人可以这么说，但一个管理人员，特别是高层管理人员是不能这么说的。要看效果,看社会和历史对你的政绩做出的评价。效果检验一切。

二、基础要扎实，视野要广阔

（一）知识、方法和视野

为了适应新世纪对创新的更高要求，高等学校培养的人才应是能够不断从事创新的人。为了从事创新，他的知识面应该宽广，他的基础应该扎实。一个人大学毕业之后，短期内取得一些成就并不难，难就难在今后长期取得成就。为此，这就要求他们在校时基础一定要打好。高等学校的专业划分不能太细，因为专业太细不利于人才的成长。对毕业生所做的跟踪调查发现，学生的能力往往不是一毕业马上发挥出来的。但五年、十年之后，学生的潜力就发挥出来了，这就是所谓的"成长后劲"。基础越扎实，"成长后劲"越大。还必须认识到，任何一个专业的毕业生，并不单是这个系的老师培养出来的，而是全校的力量共同培养出来的。因为一个在校学生既可以从所在的系里学到自己的专业知识，还可以通过听各种讲座、辅修等形式，不断地充实和完善自己的知识结构。更重要的是，他在学校这个大环境中成长起来，氛围对他的熏陶、启迪，学习伙伴之间的相互影响、感染，对学生的成材起了难以忽视的作用。

为了使学校培养出来的各个专业的毕业生，包括管理专业的毕业生能够适应新的形势和新的市场环境，应当着重培养学生的创造能力。因此学校不是把学生锁定在很窄的专业上面，而应该培养“宽口径、厚基础”的人才，重在成长后劲，重在发展潜力。以一个班级来说，比如说，考分达到多少就可以录取。一个班的新同学,最高分和最低分相差不大,所以进校时的差别也不是很大。但是到毕业的时候，差别就大了。有的人只晓得书本知识，而另外一些人在学校中从多方面吸取知识，又有社会工作、校外调查等多种实践等等，毕业时就不一样，毕业多年以后更大不一样了。创造力就反映在这里。

要知道，教员给学生三个层次的东西：一个是低层次的，给你知识。因为教员比你年纪大一点，书读得比你多一点，你的知识少，教员给你知识。但传授知识属于低层次，因为教员本身的知识同样有限。第二个层次，给你方法。给你方法比给你知识更重要，给你方法等于给你一把钥匙，你有了这把钥匙就可以打开知识宝库的大门，以后就可以自己去发展了。虽然学到方法比学到知识更重要，但还不够，还有第三个层次，应该给你一个广阔的视野。站得高，就看得远。既然学生的发展在于后劲，视野就必须开阔。我们看东西,不仅需要用显微镜,更需要有一个望远镜。有显微镜，虽然可以看得很细，但不够。比如你坐飞机，在飞得很高的时候，你可以看到田野的起伏、山峦的走势、河流的流向，大地的整个轮廓都在你的心中，你就跟别人不一样了，因为你站得高。所以好教员在教学生时，不仅给知识、给方法，更要给他一个广阔的视野。

无知一旦同权力结合，灾难就降临了。宋朝那个被俘虏到金国去“坐井观天”的皇帝宋徽宗，属狗，他就下令全国不准吃狗肉，你说荒唐不荒唐？你能说宋徽宗没有学问吗？不能。他的字写得好，画也画得好，填的词也不错。但有学问和无知是两回事。文盲可能无知，有学问的人也可能在某一方面无知，特别是可能对国情无知。个人无知，顶多对自己不利。无知同权力一结合，就害了本单位，甚至害了国家。

（二）利益导向

作为一个新世纪的管理人员、一个有远见的企业家，必须有一个观念，就是利益导向，而不是危机导向。什么叫利益导向？就是指一个企业，今天日子虽然很好过，甚至还赚钱，顺顺当当地在走发展的道路。可是要看得更远，看到前面有更大的利益存在。为了取得这个利润，必须进行改革。什么叫危机导向？中国很多国有企业都是危机导向，就是说，只要日子还混得下去，不会想到改革。到混都混不下去了，才想到改革。为什么呢？就是常说的，“改革总是受命于危难之际”，不是在危难之际，为什么要改革？

这些国有企业为什么不是利益导向，而是危机导向？因为对改革者来说，对于企业领导人来说，他的得失是不对称的。按利益导向进行改革时，他本人能得到什么好处？改革遇到麻烦，遇到纠葛，得罪了上级，得罪了左邻右舍，有时跟职工关系也搞不好，上面就来过问了：“你这个企业日子还过得下去嘛，干吗要改啊？瞎折腾。”撤职了，换人了。好处得不到，有过失是自己的，因此他不愿意搞利益导向的改革，多半是危机导向下才改革；也就是被逼得没有办法了，非改不可了，这时只好改革。

人们常说，改革有可行性，也有必要性。当日子好过的时候，觉得没有必要改革，尽管这个时候改革的可行性较大。到了危机阶段再改革，改革的必要性突出了，但改革的可行性小了，改革困难重重。这么难，怎么改革啊？所以一定要认清，改革需要有利益导向，而不要危机导向。

（三）依靠专家进行决策

新世纪的管理人员要了解到，任何一个方案、一项可行性研究、一种战略发展规划，都要请一批专家来做，因为你的知识面不可能那么广，你对某个专门问题的研究不一定那么深入。但专家做出了决策，你认为不妥当，你能够轻易地把它否决掉吗？这是专家们做出的决策，你必须去求教另一批专家，来论证这批专家们做的决策对不对。假定他们说做得对，那还好办；假定他们说做得不对，那你就怀疑了。两批专家意见不同，怎么办？你就要去找第三批专家来鉴定，究竟哪一批专家对，最后仍然是专家来决定。这就是“专家比较决策原则”。那你马上就会想到，我这个单位、这个企业能养活这么多专家吗？这个眼光就不够了。现在社会上的专家多，咨询行业为什么有这么大的发展空间呢？因为它为企业提供了各种各样的专家咨询服务，不需要企业自己去养这么多专家，那样成本太高。应该充分利用社会上的专家，利用高等院校、科研机构等各方面的专家，请他们做方案，进行论证。要善于利用咨询业。在中国，咨询业的发展前途是不可限量的。

依靠专家是必要的，但你作为管理者，作为企业家，自己对新事物、新问题要不断学习、分析、探索，要树立终身学习的观念。知识不断更新，特别在今天技术创新的时代、市场竞争激烈的时代，一定要知道终身学习的意义。学习要付成本,但收益比成本大得多。所以尽管你是大学毕业的，甚至得到硕士、博士学位，工作后也要不断地学习。怎么学习？进学习班，去考 MBA 或 EMBA，去读 EDP(高层管理人员培训班)。学习班给你两个好处:一是给你知识,二是让你广交朋友。因为这个班的同学都是企业家,有各行各业的、各个地区的，还有各种所有制的。同学关系的建立可能给你提供各种机遇，使你终身受益。自己有了新知识、新观念，对专家的依靠就可以建立在稳健的基础上。

新世纪的管理人员要懂得生产效率和资源配置效率的区别。

二十世纪三十年代以前，经济学中谈效率，讲的是生产效率。生产效率是指：多投入多产出，有投入就有产出。二十世纪三十年代以后，出现了另一种效率概念：资源配置效率。资源配置效率是指：投入不变，但只要改变资源配置方式，就会产生不同的效率。比如，用 A 方式配置，产生 N 效率；用 B 方式配置，产生 N+1 效率。由于资源配置效率概念的出现，引起经济理论中一个重要变化。过去，受生产效率概念的影响，只有从事生产的，才产生效率；凡是从事组织、人事、宣传、行政管理等工作的人都被认为是非生产性，他们不创造效率。资源配置效率概念出现后，从事这些领域工作的人都是创造效率的。这是因为，从事组织、人事工作的人，把人力资源配置恰当，效率就会大大提高。从事宣传工作的，能在人力投入量不变的条件下提高人的积极性，发挥人力资本的作用，使效率上升。从事行政管理工作的，能在投入为既定时使人力资本同物质资本结合得更好，这不也使效率上升吗？可见，生产效率概念尽管不错，但太窄了。资源配置效率概念的提出，拓宽了人们对效率的认识。新世纪的管理人员一定要明白这个道理。

（四）站得高，才能看得远

对新世纪的管理人才来说，具有广阔的视野尤为必要。管理人员无论在哪个工作岗位上，都要对全局有所了解，对趋势有清醒的认识，否则很难把本职的管理工作做好。他们还应当懂得，每个工作岗位都有一定的职责范围。难道担任了高层领导就要什么都管？你做不到这一点，即使勉强做到了，也管不好。管理所依据的是明确的分工。只有分工明确，各司其职，每一个层次的管理者就能有所为，才能使管理有条不紊，做好本职的管理工作。

不妨从中国历史上一件真事谈起。西汉时期，汉宣帝有一个丞相，名叫丙吉。有一天他到长安城外视察去了，出城不久，路边有人打架斗殴，把人打死了。人家看到丞相出巡，于是拦轿喊冤。丙吉吩咐绕道而行，不要管他。走了不远，丙吉看到一头牛在路边直喘气，于是下轿，围着这头牛转了好几圈，左看右看。于是人们都说这个丞相关心牛远远胜过对人的关心。丙吉说，我是丞相，路上有人打架斗殴把人打死了，自有地方官按律处理，我不能越权去过问。那么，看到牛喘气，为什么那么关心？丙吉说，我是丞相，丞相管的是天下大事，现在天气还不够热，这头牛就在喘气，我怀疑今年会有大瘟疫流行，预防瘟疫流行是丞相应该管的事情。这件事在历史上被传为美谈。所以说，一个人担任什么职务，就应该知道哪些是我该管的事，哪些我不管，但自会有人管。我就管那个人，看他尽职与否，而不是管那件事。这就是现代管理中的一个重要问题。缺少广阔视野的管理者，能这样看问题吗？

能这样处理问题吗？

要了解趋势，实际上就是要懂得客观规律，顺应客观规律，而不做违背客观规律的事情。一个管理人员必须认识到，凡是去做违背客观规律的事情，没有不失败的。权力再大，也顶不住客观规律的作用。清朝纪晓岚写过一本《阅微草堂笔记》。这本书是讲鬼狐故事的，但也讲他到乌鲁木齐，在乌鲁木齐效力时的事情。他把当地的见闻写了下来，其中有两件事值得思考。一件事，新疆北部地区是产金的，当时关内很多流民去那儿采金。消息传到了清朝驻乌鲁木齐大臣那儿。有的谋士出主意，说不要紧，因为产金地区就一条路可以进去，派兵把守这条路，不准粮食往里运，里面的人没粮食吃，必然就会自己走出来。大臣一考虑，觉得对啊，听任这些人流到这里采金，那怎么行？干脆把他们从山谷里赶出来。于是就断绝粮道，派兵把守路口。这一来就不得了，成千上万的流民困在里面，粮食进不去，总不能饿死在山里吧，于是就翻山越岭跑出来了，跑出来就变成土匪。于是新疆北部就乱了。清朝政府又调兵打，经过好几年才把这股土匪消灭掉。军费等支出比当初少收的税款多得多。这是违背客观规律的结果。其实，当时可以想出其他各种办法。比如说，只有一条路可以进去，可以设个关卡，粮食照样往里运，出来的人根据你采金多少，该交多少税交多少税，能收多少就多少，不就行了吗？或者，把流民组织起来，安顿下来，容许他们采金，但要照章纳税，地方经济不就发展起来了吗？所以干出违背客观规律的傻事，正是缺乏周密思考、缺乏远见的结果。纪晓岚还讲了另一件事。新疆有一年春耕时缺牛。没有牛，春耕就不好办了。又有人出主意了，说新疆人爱吃牛肉，只要出布告，禁止杀牛，这样牛就多了，牛多了，新疆的春耕问题就解决了。驻乌鲁木齐大臣听了谋士的话，出了布告。结果坏了，农民一看，不准杀牛，那我们养牛有什么用？于是就不养牛了，结果牛更缺了。后来没办法，只好取消禁令，牛才慢慢恢复繁殖。这再一次说明遵循客观规律的必要性。

要学会审时度势。审时度势，意味着对客观情况有充分的了解。为什么有些管理者不审时度势而总是短视呢？一个重要的原因是视野太窄，只顾眼前，忽略了全局。可以举明朝最后一个皇帝崇祯为例。崇祯即位之时，明朝已岌岌可危，他想挽回大势已不可能。除了他刚愎自用、性格多疑而外，他还缺乏全局观念，不审时度势，毫无远见。在这种内外交困的危机时刻，他想多筹军费，应付山海关用兵，于是有官员投其所好，上奏折主张裁减驿站，以节省费用。这个意见正符合崇祯的心意，于是崇祯二年就下诏把全国大多数驿站裁掉了。但裁减下来的驿卒上万人，怎么办？这些人身强力壮，又会骑马，这一下，他们就各奔前程了，李自成就是被裁减下来的驿卒，与伙伴们一起加入起义军。陕北的农民起义军势力大增，局势从此不可收拾，十来年后，起义军攻进北京，崇祯上吊，明朝亡了。

这一历史事实告诉我们，作为决策者，尤其是高层决策者，一定要视野宽广，瞻前顾后，对全局要有清醒的认识；要认清客观规律，尊重客观规律，顺应客观规律，然后才做出决策。这样的决策才是科学的、合理的。这才是真正对社会负责。

我们可以再举当代的情况来说，关于知识和技术进步在经济增长中的作用问题，同样需要从客观上、从历史上来考察。如果只局限于从某个企业或某个部门的角度来考察，显然是不够的。这是因为，知识与技术进步不一定直接反映于本企业或本部门的发展上，更重要的是反映在客观环境的改善上。例如，交通运输条件因技术进步而大大改善后，火车、汽车、轮船、飞机的数量增加，速度加快，载货量或载客量增大，安全性提高，这就有利于每一个生产单位的产量的增长，从而有利于国内生产总值的增长。但这种情况在某个具体生产单位投入的变化方面并不是明显地反映出来的。又如，通讯手段、新闻传播手段的现代化，为每一个生产单位的产出的增加提供了良好的条件，这也是有利于国内生产总值增长的，各个生产单位由于利用先进通讯设施与新闻传播设施所取得的进展，不知道要比通讯手段、新闻传播手段制造单位本身的效益大多少倍。再如，由于知识与技术进步，新药发明了，医疗条件改善了，社会患病率下降了，人民体质增强了，职工出勤率上升了，工作效率更高了，企业的产出将增加，但这方面知识与技术进步对经济增长的重大作用是难以估量的。你能计算出自从青霉素发明和应用以来一共为社会减少了多大损失吗？你能估计到器官移植手术的成功将会使社会增加多大产值吗？一个管理人员，尤其是科技部门的决策人员，必须拓宽视野，站得高、看得远，才能面对技术进步的新形势。

三、严于自律，学会宽容

（一）自律

新世纪的管理人员应当善于处理人际关系。善于处理人际关系，包括了严于自律，学会宽容，而首先是自律。

关于这个问题，可以从第三种调节说起。平时我们只听说过两种调节：一种调节是市场调节，另一种调节是政府调节。市场调节是一只无形的手，靠市场供求规律来调节；政府调节是一只有形的手，通过法律、法规、政策来配置资源。试问有没有第三种调节？有。

从历史上看，市场的出现不过是几千年前的事，原始社会后期才出现商品交换。政府调节的出现就更晚了。那就要问，人类社会已存在多久？少说有几万年了。在市场出现以前，在政府出现以前，既没有市场调节，又没有政府调节，在那漫长的岁月中，人类社会是靠什么力量来调节的？靠的是道德力量调节。再看，市场出现以后、政府出现以后，在某些边远的小村落里，在那些孤岛上，市场的力量是达不到的，政府的管辖是鞭长莫及的，但当地还有人们在生活，他们还在繁衍后代，这是什么力量在调节？是道德力量在调节。再进一步分析，市场出现以后、政府出现以后，社会经过了多少次大动乱：农民大起义、外族入侵、诸侯割据、军阀混战。中国古代有两句话："小乱居城，大乱居乡。"发生小动乱的时候，乡下人向城里跑，因为城里有兵把守；发生大动乱的时候，城里人往乡下跑，跑得越远越好，因为城市是兵家必争之地，断粮、断水、火攻、水攻，破城以后，屠城三日，大家都怕，跑得越远越好。大动乱的年代，市场失灵了，政府瘫痪了，但人类社会延续下来了。这时候是靠什么力量来调节？靠的是道德力量。

可见，肯定存在着第三种调节，那就是道德力量调节。道德力量调节介于有形之手与无形之手之间："道是无形却有形，道是有形又无形。”我们说，企业文化建设、社区文化建设、校园文化建设都不是市场调节，也不是政府调节，而属于道德力量的调节。还有，自律也是道德调节。人人都要自律，国家公务员要自律，老师和学生要自律，企业工作者要自律。自律包括两个方面：一方面是自我约束，另一方面是自我激励。不能一讲自律只是自我约束。对自己的行为也要激励，以便走向预定的目标，所以要给自己不断打气，这样，才能充分体现道德力量调节的作用。

在没有市场调节、政府调节的情况下，道德力量是唯一的调节。有了市场和政府调节后，道德力量的调节同样存在，而且时时刻刻都存在。有了道德力量调节，市场运行就更正常；有了道德力量调节，政府调节就更有效。道德力量调节无论从哪个角度看，都是非常重要的。

新世纪的管理人员，不懂得道德力量的作用是不对的，不严于自律是难以成长的。如上所述，自律，既包括自我约束，又包括自我激励。自我约束，并不容易，一要拒绝诱惑，二要顶住压力。相比之下，对管理人员来说，顶住压力要比拒绝诱惑更难，因为压力通常是来自上面的。顶压力要冒风险。拒绝诱惑，总不会有什么风险吧，除非诱惑与压力双管齐下。但双管齐下时，仍以压力为主。

（二）宽容

再谈宽容问题。不懂得宽容的管理人员、特别是高层管理者，是一个不了解人际关系的复杂性和调动人们积极性的必要性的人。

先温习一下中国历史。中国古代洪水经常泛滥，所以治水在历朝历代都是重大的任务。治水留给中国文化的传统是疏导，疏导才能把水治好。大禹治水就是采取疏导方针，终于把水治好了。疏导意味着宽容。缓流总比急流宽，水流很急的地方总是很窄的，缓流的地方就宽阔。中国历史上形成的这个传统，对社会进步的影响很大。

犹太人在中国历史上的遭遇很能说明问题。罗马灭掉犹太国以后，犹太人就在世界各地漂泊，他们在欧洲各个国家都居住过。犹太人每到一处都是紧紧抱成了团，为什么呢？因为他们信仰犹太教。在基督教的社会里，对犹太人是排斥的，把他们看成异教徒。犹太人受歧视，在欧洲不许做官，不许买地，只准做生意，基督徒不同他们通婚。犹太人要理发都难，基督徒不替异教徒犹太人理发。欧洲各地的国王、诸侯看到犹太人做生意赚钱了，找个理由把财产没收了，驱逐出境，或者关进牢房，甚至杀了。越是这样，犹太人在欧洲每个地方越是抱成一团。

一千多年前，犹太人分批来到中国。北京大学出版社出了一本书，是已故著名社会学家潘光旦教授写的，叫《中国境内犹太人的若干历史问题》。犹太人在唐宋时期大量来到中国，北宋时期居住在今天的河南省开封（汴梁）的很多，遗迹有的保存下来了。但犹太人来到中国后，汉民族是个宽容的民族，不歧视他们，可以同他们通婚。犹太人可以读书、参加科举考试、做官、买地、经商。这样，历史上进入中国的犹太人融入了汉民族之中，这是宽容造成的民族融合，也就是疏导的作用。宽容意味着和解。矛盾宜解不宜结，更不应激化，矛盾要靠疏导来缓解。一个管理人员，要学会处理人际关系，善于做疏导工作。

管理者、特别是高层管理者，经常要处理对现行做法的不同意见，其中包括来自学术研究人员的不同意见。应当以宽容的态度来对待不同意见。这是因为，尽管一切都要由实践来检验，但验证往往是滞后的，目前的研究成果要由今后的实践，甚至更长时间的实践做出判断，因此，主管人员和主管部门不宜对某项研究成果匆忙做出肯定或否定的结论，不然就会阻碍有真知灼见的观点的出现，阻碍创新。

在实践过程中，不同观点的争论是不断发生的。谁有资格进行评判？不是某个权威，不是某个行政部门的负责人，而只能是实践，而且需要时间。一项研究成果究竟是正确的还是错误的，或者说，如果正确，那么正确到何种程度，如果错误，又错到何种程度，通常不是眼前就能被证实的，甚至不是较短时间内能被证实的。不仅如此，而且情况还会有反复。比如说，一种观点，经过较短的时间，仿佛已被证明是错误的，但又过了一段时间，实践才证明它是正确的。正是从这个角度来看，主管人员对于争论应当采取冷静的态度，不要急于表态，而是把争论双方的观点置于同等的位置，仔细研究，看看其中有哪些值得思考之处。这也是一种宽容。

经过一段时间，如果实践已经证明某种观点是不正确的，那也不必因此而对持有这种观点或曾经持有这种观点的研究人员采取轻视、歧视的看法。一个研究人员，可能在这个课题中所得出的研究结果被实践证明不正确，但不等于他在其他课题研究中不会得出或不曾得出正确的论点。那种“一错全错，一对全对”的评价标准不利于研究者的探索，同时这种评价标准也是非常不公正的。再说，即使研究中得出了已被实践证明是不正确的论点，对于同时代的或以后的研究者来说，也并非没有帮助，至少提供了经验教训，从而可以使其他人少走弯路。

这里需要专门谈一谈理论研究同实践之间的关系问题。新世纪的管理人员应当理解这种关系。要知道，理论源于实践，又服务于实践。但这不等于理论研究只能给现实做解释。理论服务于实践的方式是多种多样的。一个理论研究者可以对现行的做法进行阐释，使它们在理论上得到进一步的论证，或者使它们易于被群众所接受；他也可以针对现行的做法进行探讨，指出其不足，以便使它们趋于完善，取得良好效果；他还可以提出相反的意见，比如说，认为它们的设计有问题，或思路有问题，从而有不可忽视的负面作用。以上这些，都应当被看成是对实践的服务。即使理论研究者对现行的做法提出了相反的意见，这也有助于决策者深入思考，想一想这些研究者所提的意见是不是也有些道理？或者从另一个角度思索一下，为什么这些研究者会提出不同的、甚至相反的意见呢？是不是自己所掌握的信息与他们所掌握的信息有不同的来源？是不是自己所采用的计算方法与他们所采用的计算方法不一致？这种思考绝不是多余的。研究者需要有宽容的环境。

如果缺少这种环境，研究者之中，尽管不少人仍会坚持进行研究，不受环境不佳的影响，但也会有些人将因此增加顾虑，不愿再进入这一研究领域。这不仅是学术研究的损失，更是社会智力资源的损失。

（三）和解就是双赢

中国古代治水留给我们的精神遗产，一是疏导，二是协作。疏导，前面已经说过了，现在再谈协作问题。

治水需要协作，上游下游要协作，左岸右岸要协作，没有协作是无法把水治好的。协作同宽容往往联系在一起，不宽容，能有成功的协作吗？协作也意味着和解，把什么问题都弄得那么僵，争得死去活来，连协作的气氛都没有，能协作好吗？

现在流行一句话：“商场就是战场。”这句话是不妥当的，至少是不全面的。商场与战场不同。在战场上，两军对垒，不是你吃掉我，就是我吃掉你。投降、收编，也是“吃掉”的一种方式。然而商场的情形就不一样。商场上固然有竞争，同时也有协作。他今天是你的竞争对手，说不定明天就是你的合作伙伴。竞争意味着双方共同创造一种新局面，这本身就有协作的成分。何况，商场中难道一定是你死我活的斗争，我非把你吃掉不可？不一定如此。和解就是双赢。各自后退一步，海阔天空。企业间达成谅解，是双赢；企业合并、重组，是双赢；企业共建协作网，也是双赢。路不是越走越窄，而是越走越宽广。新世纪的管理人员，在商场上，如果不懂得“和解就是双赢”的含义，什么都要搞成“一家独占”，结果必定付出的代价太大，得不偿失。有些“百年老店”，尽管历史悠久，但依然是“百年小店”，做不大。为什么？中国人在商界有两句名言，叫作“和为贵”“和气生财”。这两句名言都是对的，但很不够。因为“和为贵”是一般原则，是谈待人处事的原则。“和气生财”是商界熟悉的道理，指的是“顾客至上”。“百年老店”之所以一百年来规模不变，至今只不过是“百年小店”，可能也遵循了“和为贵”“和气生财”，但企业仍做不大。从现代经济学的角度看，在商场上一定要懂得“和解就是双赢”的道理。“百年老店”可能牢牢抱着“肥水不流外人田”的古训不放，产权封闭，不知道同别人合作，不懂得开放产权的好处，结果，店是老店，但仍是小店。怕什么“肥水流入外人田”？把饼做大了，大家都有好处，这就是双赢。不懂得“和解就是双赢”，把竞争对手永远看作是对手，饼怎么做大？过去那种狭隘的观点“宁肯我不赚，我也不让你赚”，早就过时了，应当丢得远远的。

有人也许会问，假定企业被兼并了、重组了，那还怎么叫“双赢”？对这个问题，要从资产重组的效率这个角度来看待。应当懂得，在市场上，上市公司处于竞争对手们的严密注视下。有条件取得更好的业绩但未能实现这一点的上市公司，实际上在向全社会表明自己尚有盈利潜力而未发挥出来。竞争对手显然对此有所察觉，于是就会在市场上收购该公司的股票，甚至不惜以抬高了的价格收购它们。等到收购了一定数额的股票后，就改组董事会，重新制定经营方针与发展战略，再次组合资源，以便获得迄今未被取得的利润。一旦实现了这种控股或收购，公司的盈利潜力发挥出来了，利润率上升了，包括新老股东在内的全体投资者都将由此得到好处，而社会的资源利用效率也提高了。这正是市场机制在资源优化配置中的积极作用的反映。因此，任何一家上市公司，要在市场上立足并不断壮大，必须竭尽全力提高自己的经济效益，尽可能把一切可以拿到的利润全都拿到手。如果上市公司经营状况不理想，业绩平平，有盈利潜力而未能发挥出来，竞争对手就会通过在市场上收购股票进行控股或接管。市场为此准备了条件，所以市场竞争迫使每一家上市公司走上利润最大化的道路。这实际上向所有的上市公司宣告，不要以为股票上市后就万事大吉了，不能抱着“比上不足，比下有余”的想法而得过且过。市场的竞争和可能被收购的压力是客观存在的，经营差的企业则将由于产权交易市场的存在而感受到更大的压力。“不兼并别人就会被别人兼并”，这在产权交易条件下是对企业的告诫，企业将因此而致力于提高经济效益，增强竞争能力。这就告诉人们，如果存在着竞争压力，固然对企业是一种鞭策，迫使它们取得更好的业绩。即使实现了资产重组和企业兼并，同样能使劣势企业改变面貌，否则，只有等着破产！

我有一次在讲到“和解就是双赢”时，北京大学光华管理学院深圳 MBA 班的同学在讨论中用这样一个故事来表述：龟兔赛跑，第一次，兔子中途睡了一觉，乌龟赢了。第二次，兔子汲取经验，一口气跑到终点，兔子赢了。第三次，乌龟说要按照它指定的路线跑，兔子同意了。这条路中间有一条河，兔子跑到那里，停住了，乌龟游了过去，赢了。第四次，兔子和乌龟商量：咱们合作吧。兔子把乌龟驮在背上，很快跑到河边；乌龟驮着兔子，游过河去。这就是“双赢”。这个“龟兔双赢”的故事，可能会对大家有所启示。

（四）超常规效率

管理人员追求效率。一定要了解效率有两个基础：一个是效率的物质技术基础，一个是效率的道德基础。什么叫效率的物质技术基础？有多少先进的设备，有多少熟练劳动力，这就构成了效率的物质技术基础。但要认识到，仅仅有效率的物质技术基础，只能产生常规效率。有了效率的道德基础，就能产生超常规效率。

超常规效率从哪里来？超常规效率来自效率的道德基础。不妨举三个例子：

第一个例子，一个国家，当它遇到外来侵略的时候，比如抗日战争时期，为什么中国人民有那么大的凝聚力、那么高的战斗热情、那么高的工作积极性？这个效率是从哪里产生的，来自效率的道德基础。

第二个例子，一个社会，当它遇到特大自然灾害的时候，比如 1998 年发洪水的时候，那个时候国民为什么有那么大的凝聚力，发挥互助友爱的精神？家家晚上看《新闻联播》，都在关心长江水位又到多高了。解放军战士几十个小时在水下堵漏洞，这种效率是从哪里来的？来自效率的道德基础。

第三个例子，一个移民社会为什么效率会那么高？比如说，今天广东、福建一带，住了很多客家人，客家人的祖先在河南，是历朝动乱时期南迁的：魏晋南北朝、隋唐五代、北宋南宋、明清动乱时期南迁。一个个家族迁移，到了南方，在蛮荒之地恶劣的自然环境中扎下根来。客家人在这里站住了，然后走向全世界。在福建龙岩市，有一万多座土楼保存下来，有方的、有圆的，有的土楼住好几百户，有时一个大家族在一个土楼里住。家族的道德的凝聚力量在这里发挥了作用。我到那里去，他们请我题词，怎么写？想了一下，题了七个字“人情道德一楼中”。因为它反映了道德力量的作用，这就是移民社会有超常规效率的原因。

（五）培育认同感

什么是公平？有好几种解释。

一种解释是说平均分配是公平。对吗？干多干少一个样，干好干坏一个样？怎么叫公平？当然，一般情况下，平均分配不是公平。但在特定条件下，这就意味着公平。举个例子，某个城市缺水，定量给每人每天一桶水，有钱没钱都一桶，这就是公平。再举个例子，发洪水了、地震了，大家没粮食吃，空投面包，分面包时一人一块，每个人都一样，这就是公平。这说明什么呢？人都有同样的生存权。在生存权上，大家是公平的，因此特定条件下的平均分配是公平的。

第二种解释，机会均等是公平。大家都站在同样的起跑线上，差别是竞赛的结果。经济学教科书上正是这样解释的。但是细问一下，竞赛者真的站在同样的起跑线上吗？比如两个学生都考取了北大，一个学生家在北京，父母都是高级知识分子，在重点中学上学；另一个孩子来自陕北，父母是农民，在县、镇的普通中学上学。肯定是第二个学生比第一个付出的努力大好多倍，因为两个学生的出发点是不同的。

第三种解释，收入的合理差距是公平的。大家都同意这种解释，没有人提出异议。但究竟什么叫合理差距呢？这就说不清楚了。比如说，厅长的工资比处长高多少叫合理差距？教授工资比副教授的高多少叫合理差距？谁也说不清楚，只能有模糊的解释。很可能是参考历史上已经形成的系数（比如 1：1.5，或 1：1.8……）而不断做些调整，才形成目前的收入差距。

以上三种解释都是对的，它们可以并存而不是只能从中挑选出一种解释作为唯一正确的答案。试问，还有没有第四种解释？我想不会没有。

这里讲的是第四种解释：公平来自认同，因为每个人都属于某个群体，最小的群体是一个家庭，大一点的是一个家族、一个社区、一个企事业单位，再大就是一个城市、一个省份，直到一个国家。你如果认同这个群体，公平感就会产生；不认同，怎么也产生不了公平感。举一个例子，家庭是个最小的群体，某个家庭中有三个小孩。父母生第一个孩子时家庭经济状况不好，孩子只能读到初中，就必须出来工作，帮父亲挑起家庭的担子；第二个孩子上学时家庭情况好了，读大学；第三个孩子可以出国留学。如果三个孩子对家庭是认同的，对父母当年处境是谅解的，哥哥或姐姐都不会认为自己受到的是不公平待遇，这是由于有了认同。再举个例子，家中有三个男孩或三个女孩，老大穿新衣服，老二穿旧衣服，老三穿带补丁的衣服。如果孩子们对家庭认同了，就不会感到是自己受到不公平的待遇。长大了也如此。家庭如此，企业、社会也是这样，要有认同；认同了，就会产生公平感。不仅一个大的群体，甚至一个小小的群体，要绝对的公平，是做不到的。一个单位里，要每一个人都认为某种做法是公平的，也不容易。这些人从这个角度看，认为这样不公平；另一些人又从另一个角度看，认为那样不公平。企业文化的主要功能是什么？发扬企业风格、弘扬企业精神，这些都对，但还不是最重要的。企业文化最重要的功能是培养企业员工的认同感，认同了，什么事情都好办了。企业的竞争力首先需要有企业的凝聚力。如果企业上上下下一盘散沙，人心涣散，什么新技术都白费劲，哪有什么竞争力？所以说，我们对公平的理解，既要从经济学角度解释，也要从社会学角度去理解。

我们经常说，要搞好一个企业，需要职工们能同甘共苦。同甘，依靠一种制度，包括分配制度。如果缺少对制度的依靠，企业赚钱了，大家都争着要多分钱，这不就乱套了。所以，同甘靠制度。共苦，依靠精神，包括凝聚力。如果缺少凝聚力，企业一遇到困难，人心就涣散了,还谈什么“共苦”？但再深入一步思考。一项制度，要靠认同，才能切实执行；一种凝聚力，就是认同的体现。所以，同甘也好，共苦也好，都以认同为基础。

把公平来自认同作为对公平的第四种解释，同前面所说的特定条件下平均分配就是公平、机会均等是公平、收入合理差距是公平这三种说法，是并存的，不能彼此替代。更不能认为这四种解释中只有某一种才叫公平，其他都算不上公平。

有人说，怎么能随便认同呢？一个企业，如果厂长、经理贪污腐败，你要职工去认同他？家长吸毒，你要子女去认同他，怎么行？所以他们认为，公平来自认同的提法是有害的。其实，这完全曲解了“公平来自认同”的本意,至少是误解了对认同的解释。我在这里所说的认同，是指成员对自己所在的群体的认同，而不是指对群体中的某个领导人的认同。企业职工是企业这个群体中的成员，正因为他爱护这个企业、认同这个企业，所以对贪污腐败的厂长、经理，就会站出来同他斗争，揭发他的丑事，即使遭受打击仍抗争不已。这就是对群体的认同。子女看到家长有吸毒行为，就要劝阻，就要坚持不懈地让他把恶习改掉，否则这个家就被毁掉了。子女所认同的是这个家，所爱护的是这个家，正是从这一点出发，他们才这么做。怎能把默认损害群体的行为称作认同呢？怎能把盲从错误的、甚至违法的企业领导人的行为称作认同呢？

图书在版编目（CIP）数据

难忘的岁月 / 厉以宁著. -- 北京 : 北京联合出版公司, 2020.6

（大家文丛 / 江力, 李克主编）

ISBN 978-7-5596-3637-9

Ⅰ. ①难… Ⅱ. ①厉… Ⅲ. ①散文集－中国－当代 Ⅳ. ①I267

中国版本图书馆CIP数据核字(2019)第190885号

难忘的岁月

作　　者：厉以宁 著
责任编辑：张　萌
封面设计：李腾月
内文排版：北京崇贤馆世纪文化传媒有限公司

北京联合出版公司出版
（北京市西城区德外大街83号楼9层　100088）
北京崇贤馆世纪文化传媒有限公司
环球东方（北京）印务有限公司　新华书店经销
字数364千字　880毫米×1230毫米　1/32　14.25印张
2020年6月第1版　2020年6月第1次印刷
ISBN 978-7-5596-3637-9
定价：68.00元
